metro

Michael Dibdin
Roter Marmor

metro wurde begründet von
Thomas Wörtche

AF201801

Zu diesem Buch

In einem verschlafenen Badeort an der toskanischen Küste versucht sich Polizeikommissar Aurelio Zen von den Folgen eines Bombenanschlags zu erholen, den er nur knapp überlebt hat. Gleichzeitig bereitet er sich auf einen Prozess in den USA vor, bei dem er als Kronzeuge gegen die Mafia aussagen soll. Als in seinem Bekanntenkreis mehrere Menschen ermordet werden, scheint der Fall klar: Die ehrenwerte Gesellschaft hat die Jagd auf den unbequemen Commissario eröffnet.

»Michael Dibdins Romane zeichnen ein schärferes Bild von Italien als jeder Reiseführer.« *The Guardian*

Der Autor

Michael Dibdin (1947–2007) studierte englische Literatur in England und Kanada. Vier Jahre lehrte er an der Universität von Perugia. Bekannt wurde er durch seine Figur Aurelio Zen, einen in Italien ermittelnden Polizeikommissar. Michael Dibdin wurde mit dem CWA Gold Dagger und dem Grand prix de littérature policière ausgezeichnet. Seine Romane wurden in zahlreiche Sprachen übersetzt und von BBC als TV-Serie verfilmt.

Im Taschenbuch sind bereits erschienen: *Entführung auf Italienisch; Vendetta; Himmelfahrt; Tödliche Lagune; Così fan tutti; Schwarzer Trüffel; Sizilianisches Finale* und *Im Zeichen der Medusa*.

Als E-Book sind zudem bereits lieferbar: *Sterben auf Italienisch* und *Tod auf der Piazza*.

Die Übersetzerin

Ellen Schlootz arbeitet als Übersetzerin aus dem Englischen. Sie hat u. a. Werke von Ian Rankin und David Hosp ins Deutsche übertragen.

Mehr über den Autor und sein Werk auf *www.unionsverlag.com*

Michael Dibdin

Roter Marmor
Aurelio Zen ermittelt in der Toskana

Kriminalroman

Aus dem Englischen von Ellen Schlootz

Unionsverlag

Die Originalausgabe erschien 2002
im Verlag Faber and Faber, London.
Die deutsche Erstausgabe erschien 2003
im Goldmann Verlag, München.

Im Internet
Aktuelle Informationen, Dokumente, Materialien
zu Michael Dibdin und diesem Buch
www.unionsverlag.com

Unionsverlag Taschenbuch 759
© by Michael Dibdin 2002
Originaltitel: And Then You Die (2002)
© by Unionsverlag 2017
Neptunstrasse 20, CH-8032 Zürich
Telefon +41 44 283 20 00
mail@unionsverlag.ch
Die erste Ausgabe dieses Werks im Unionsverlag erschien
am 15. Dezember 2015
Reihengestaltung: Heinz Unternährer
Umschlagfoto: 123rf / Audrey Omelyanchuk
Umschlaggestaltung: Martina Heuer
Druck und Bindung: CPI – Clausen & Bosse, Leck
ISBN 978-3-293-20759-2

Der Unionsverlag wird vom Bundesamt für Kultur mit einem
Verlagsförderungs-Strukturbeitrag für die Jahre 2016–2020 unterstützt.

Auch als E-Book erhältlich

Für Luca Merlini

Versilia

Alle Welt glaubte, Aurelio Zen sei tot. Massimo Rutelli unter dem nächsten Sonnenschirm, ein paar erstrebenswerte Meter näher am Meer, war tatsächlich tot.

Die beiden Männer waren auch in beinah jeder anderen Hinsicht verschieden. Zen trug ein kurzärmeliges Baumwollhemd, eine leichte Hose und Ledersandalen und saß zurückgelehnt in seinem Liegestuhl im Schatten des Strandschirms, die Krempe eines Panamahuts über die Augen gezogen. Massimo Rutelli war nackt bis auf eine winzige schwarze Badehose und ein orangefarbenes Handtuch, das locker über den oberen Teil seines Rückens drapiert war. Er lag bäuchlings auf einer der mit grünem Segeltuch bespannten Liegen, die den Sonnenanbetern zur Verfügung standen, seine Hände ruhten auf dem perfekt glatt gezogenen Sand. Doch der Hauptunterschied zwischen den beiden war, einer war tot, und der andere träumte.

Es war ein Traum, den Zen seit vielen Monaten immer wieder träumte. Er wusste nicht genau, wie lange schon. Seine Erinnerungen an die Zeit nach dem »Incidente« waren lückenhaft, verworren und unzuverlässig wie die Erinnerungen aus seiner Kindheit. Der Traum selbst enthielt immer drei feste Elemente – eine Brücke, eine unmittelbar bevorstehende Katastrophe und ein Happy End –, doch die spezifischen Details, Örtlichkeiten und Spezialeffekte variierten von Mal zu Mal.

So konnte die Brücke beispielsweise so schmal sein wie ein Abwasserkanal aus Beton unter einer Autobahn oder eine riesige Konstruktion, die so lang war, dass man von der Mitte aus keins der beiden Brückenenden sehen konnte. Einmal war es eine Holzbrücke über einem reißenden Fluss gewesen. Ein Zug mit einer Dampflokomotive fuhr über die Brücke, während die in Brand gesetzte Zündschnur auf der Unterseite der Bohlen Funken sprühend auf das Bündel Dynamitstangen zuraste. Doch die Schnur war zu spät angezündet worden. Die Waggons erreichten unversehrt die andere Seite, bevor die Planken auf spektakuläre Weise in die Luft flogen und wie Tausende von Streichhölzern wieder herunterfielen.

Ein andermal war es eine primitive Hängebrücke über einem Abgrund gewesen, dessen ungeheure Tiefe unter dicken Nebelschwaden verborgen lag. In diesem Fall hatte die Bedrohung in einem Schwarm glänzender schwarzer Käfer bestanden, die mit ihren rasiermesserscharfen Mundwerkzeugen an den Seilen knabberten. Erst als der letzte Strang zu reißen drohte, war zu erkennen, dass die Haltetaue nicht aus Hanf waren, sondern aus Stahl, gegen den der Insektenschwarm machtlos war.

Diesmal hatte sich der erfinderische Traumregisseur schon wieder ein neues Szenario ausgedacht. Seit den Sechzigerjahren war davon die Rede, eine Brücke über die Straße von Messina zu bauen als Ersatz für den langsamen und unzureichenden Fährbetrieb, der die einzige Verbindung zwischen Sizilien und dem Festland darstellte. Mit über drei Kilometern wäre sie, wenn sie je fertiggestellt würde, eine der längsten Brücken der Welt, doch nicht irgendwelche technischen Probleme mit der Konstruktion hatten das Projekt bisher verhindert, sondern wirtschaftliche und politische.

Die geschätzten Kosten waren so gewaltig, dass man sie üblicherweise nur in Dollar veranschlagte, selbst als es noch Lire gab – von 4,5 Milliarden Dollar war die Rede –, da der entsprechende Betrag in Lire sich in einer Größenordnung bewegte, die nur noch für Astrophysiker verständlich wäre. Während der langen Zeit, in der die Christdemokraten das Land regierten, hatte niemand einen Zweifel daran gehabt, in wessen Händen dieses Geld landen würde, ganz zu schweigen von den unvermeidlichen Verteuerungen und Nachbesserungen für unvorhergesehene Probleme, durch die sich der ursprünglich geschätzte Betrag vermutlich mindestens verdoppeln würde. Nicht fertiggestellte Autobahnen, auf eiligst entwässerten Sumpfgebieten errichtete Kraftwerke sowie Hüttenwerke, die Hunderte von Kilometern vom nächsten Eisenerzlager entfernt gebaut wurden, waren zu jener Zeit an der Tagesordnung, doch selbst die abgebrühtesten Politiker wollten sich nicht dabei ertappen lassen, wie sie ihren Freunden und Förderern beinah ein Prozent des nationalen Bruttosozialprodukts zukommen ließen. Und so war die Brücke nie gebaut worden.

In Aurelio Zens Traum existierte sie allerdings, und er befand sich mitten darauf, fuhr mit hoher Geschwindigkeit von Sizilien zurück zum sicheren Festland. Die Brücke war jedoch nicht jene elegante Hängekonstruktion, die die Ingenieure tatsächlich entworfen hatten, sondern ein altes, verrostetes Gebilde mit schmiedeeisernen Trägern, ursprünglich für den Schienenverkehr geplant, nun aber mit einer behelfsmäßigen Fahrbahn aus Holzplanken versehen. Das Auto, in dem Zen saß, war ebenfalls antiquiert, ein riesiges Kabrio aus der Vorkriegszeit mit grotesk gewölbten Kotflügeln, das von einem grimmig aussehenden uniformierten Chauffeur mit Pilotenbrille gefahren wurde. »Das ist eine gefährliche Straße«, murmelte er melodramatisch. Zen nahm davon keine Notiz. Er genoss das strahlende Sonnenlicht, den belebenden Wind und freute sich an den leisen Rufen der Wassermelonenverkäufer unten am Strand.

Sie fuhren so schnell, dass sie das riesige Loch in den Planken vor ihnen erst sahen, als es eigentlich schon zu spät war. Es war keine Zeit mehr zu bremsen, also beschleunigte der Fahrer, und das Auto flog über das Loch. Es landete mit den Vorderrädern auf der äußersten Kante der anderen Seite, während die Hinterräder über dem Abgrund schwebten. Zen und der Fahrer kletterten genau in dem Moment aus dem Wagen, als dieser nach hinten kippte und über den Rand der Planken in die Tiefe stürzte. Erst jetzt wurde Zen bewusst, dass die ganze Zeit eine dritte Person im Auto gewesen war, ein junger Mann, der auf der Rückbank gesessen hatte. Er war gut gekleidet, mit Anzug und Krawatte, und wirkte vollkommen ruhig. Das einzig Merkwürdige war, dass er kein Hemd anhatte und seine Füße nackt waren.

Doch Zen hatte keine Zeit, darüber nachzudenken, denn sobald das Auto verschwunden war, taten sich immer mehr Risse und Löcher in der Fahrbahn auf. Die Brücke war so konstruiert, dass sie einem Erdbeben standhalten würde, das stärker war als das, welches 1908 Messina dem Erdboden gleichgemacht hatte. Dieses neuerliche Erdbeben musste also noch viel gewaltiger gewesen sein. Ganze Abschnitte fielen ins Wasser hinunter, bis nur noch das kurze Stück übrig war, auf dem Zen hockte, und auch das zitterte und bebte nun unter seinen Füßen. Die Grundregel dieser Träume war jedoch, dass der Held immer unversehrt davonkam. Offenbar waren dem Regisseur diesmal allerdings die Ideen ausgegangen, wie er ihn retten könnte, deshalb brach er die Episode abrupt ab. Die Leinwand verdunkelte sich, und Aurelio Zen wachte auf.

Er schob die Krempe seines Hutes nach oben und schaute sich um. Natürlich war alles wie immer. Das machte ja gerade den Charme von Versilia aus und war der Hauptgrund, weshalb die Leute Jahr für Jahr wiederkehrten. Nie gab es irgendwelche Überraschungen. Nie passierte etwas Unvorhersehbares. Und genau das war es, was Francos Gäste wünschten. Sie waren nicht am Neuen und Exotischen, am Fremden oder Andersartigen interessiert. Sie wollten immer haargenau dasselbe, das sie schon seit Jahren vorfanden, wenn nicht schon seit Jahrzehnten und in einigen Fällen sogar über mehrere Generationen hinweg. So lange konnte es nämlich dauern, bis man einen Platz in der ersten Reihe des Bagno bekam. Die waren genauso begehrt wie die entsprechenden Plätze in der Mailänder Scala, die viele von Francos Gästen im Winter regelmäßig besuchten. Zens Stammplatz lag noch so gerade im vorderen Drittel des Strandbads, und er hatte ihn nur deshalb bekommen, weil der rechtmäßige Besitzer ein Freund verschiedener Personen war, die ein professionelles Interesse daran hatten, Zen am Leben zu erhalten und so lange zu verstecken, bis sie ihn brauchten. Ohne deren Beziehungen hätte er noch nicht mal einen Platz direkt vor den Toiletten bekommen.

Allerdings hatte er den Platz ja offenbar nicht lange halten können, dachte er leicht verbittert und blickte nach links. Der Mann war immer noch da, lag arrogant ausgebreitet, mit dem Gesicht nach unten, auf der Liege, die eigentlich Zen gehörte. Die knappe Badehose brachte seinen strammen Hintern überdeutlich zur Geltung. Befriedigt stellte Zen fest, dass die untere Körperhälfte des

Mannes jetzt voll der Sonne ausgesetzt war. Die blasse Haut seiner Beine nahm bereits eine gefährlich rötliche Farbe an. Geschieht dem Kerl ganz recht, dachte er und schob seinen Stuhl ein Stück weiter zurück in den Schatten. Obwohl ihn die streng hierarchische Hackordnung hier am Strand überhaupt nicht interessierte, war er mittlerweile doch schon lange genug Stammgast, dass ihn diese unerwartete und unwillkommene Unregelmäßigkeit irgendwie ärgerte. Schließlich war es ja der Sinn von Versilia, dass solche Dinge eigentlich nicht vorkamen.

Die ganze Szenerie um ihn herum erschien ihm so flach und symbolhaft wie ein Bühnenbild im Theater; in beunruhigender Weise hatten sich die drei Dimensionen auf zwei reduziert. Oben der azurblaue Himmel, der mit durchscheinenden weißen Dunstschleiern überzogen war. Unten diese grenzenlose Friedlichkeit, die Legionen von Ombrellini, die mit ihren kräftigen Farben wie Staatsflaggen unmissverständlich den Besitzanspruch über das jeweilige Stück Strand geltend machten. Die vorne am Meer waren alle grün, ebenso wie die Stühle und Liegen, doch dahinter kamen eng geschlossene Reihen in diversen Rot-, Gelb- und Blautönen. Die weißen Stangen der Schirme bildeten das einzige vertikale Element in der Szenerie. Sie unterteilten den scheinbar endlosen Strand in überschaubare Räume und Wohnungen, denen nur Wände und Decken fehlten.

Auf der Horizontalen waren die Unterteilungen noch deutlicher erkennbar. Jedes Strandbad besaß einen eigenen hölzernen Steg, der die Parzelle in zwei Hälften teilte. Auf jeder Seite waren zwei Reihen von Plätzen, in deren Mitte ein Sonnenschirm stand, der in exakt zweieinhalb Metern Abstand von seinen Nachbarn platziert war. Am Ende des Stegs, jetzt bei Ebbe ein paar Meter weiter weg, war das Meer, doch außer den Kindern interessierte das kaum jemanden. Das Meer war bloß ein notwendiger Vorwand für alles andere: die genüssliche Trägheit, die absolute Faulheit, das bewusst lässige Verhalten und die in unterschiedlichem Ausmaß zur Schau gestellte Nacktheit. Was die Leute wohl in erster Linie anzog, war der Sand, der von Franco und seinen beiden Söhnen jeden Morgen gründlich gereinigt und glatt gezogen wurde. Jeden Tag wurde er so stark von der Sonne aufgeheizt, dass es für Leute mit empfindlichen Fußsohlen um die Mittagszeit unerlässlich war, Sandalen zu tragen. Während des späten Nachmittags und frühen Abends strahlte er die Hitze wieder ab, und im Einklang mit dem wolkenlosen Himmel veränderte die dichte Fläche hellbrauner Körnchen ihr Aussehen. Das Vorrücken der Schatten von den Sonnenschirmen zeigte das Fortschreiten eines weiteren perfekten und absolut vorhersagbaren Strandtags an.

Natürlich gab es auch Leute zu beobachten. Ja, für einen Wochentag war das Bagno erstaunlich voll. Doch Zen hatte mit all den komplizierten, sich überschneidenden Cliquen, Clans und Großfamilien nichts zu tun. Deshalb war das menschliche Element für ihn von geringerem Interesse und weniger wichtig als die Umgebung, bloße Statisten, die eben zur Szenerie gehörten. Die meisten von ihnen waren weiblich und größtenteils mittleren Alters. Es gab allerdings auch ein paar junge Mütter mit Kindern. Die wenigen anwesenden Männer machten den Eindruck, als kämen sie sich überflüssig vor, und saßen in der Regel ein wenig abseits von der übrigen Familie. Rechts von Zen, fast am oberen Rand des Strands, unterhielt sich ein junges Paar sporadisch, während die junge Frau sorgfältig die Pickel auf dem Rücken ihres Freundes ausdrückte. Doch die meisten Leute in ihrem Alter arbeiteten entweder oder waren weiter unten am Strand in Viareggio, wo richtig was los war. In Versilia dagegen wurden die meisten Bikinis von Frauen getragen, die anscheinend nicht merkten oder denen es egal war, dass sie einen Punkt im Leben erreicht hatten, wo Männer sie in Gedanken lieber an- als auszogen.

Die Ausnahme von dieser Regel war Gemma, falls sie tatsächlich so hieß. Es gab zwar keinen Grund zu der Annahme, dass dem nicht so war, doch seit dem »Incidente« lebte Zen in einer Welt, in der die Namen von Leuten, sofern sie sich die Mühe machten, überhaupt einen zu nennen, bestenfalls dazu da waren, bestimmte Konventionen zu erfüllen. Es waren Höflichkeitsfloskeln, die den sozialen Umgang erleichtern sollten und für sich betrachtet keinerlei Bedeutung oder Substanz hatten.

Allerdings gehörte Gemma natürlich nicht zu jener, sondern zur wirklichen Welt, deren Umrisse Zen vage von der Brücke aus erkennen konnte, die er Stunde für Stunde, Tag für Tag, Woche für Woche langsam und unter Schmerzen überquerte. Diese Welt wurde allmählich klarer, war aber immer noch ein ganzes Stück entfernt. Eines der wunderbarsten Dinge an Gemma war, dass sie von alledem nichts wusste. Abgesehen von Verkäufern und Taxifahrern war sie der einzige Mensch, zu dem Zen seit dem »Zwischenfall« Kontakt hatte, der nichts darüber wusste. Dies hatte ihren kurzen und beiläufigen Begegnungen einen zusätzlichen Charme und eine gewisse Spannung verliehen. Zen benutzte sie, wie er merkte, als Versuchskaninchen, um festzustellen, ob er wieder für normal durchgehen könne. Bisher waren die Ergebnisse durchaus ermutigend gewesen.

Er hatte zu Gemma hinübergeschaut, sobald er aufgewacht war. Das war natürlich eigentlich gar nicht notwendig gewesen. Wie alle anderen am Strand, mit Ausnahme des unverschämten Neuen links von Zen, war sie genau da, wo sie auch sein sollte, genau da, wo er wusste, dass er sie finden würde. Sie lag ausgestreckt auf ihrem Liegestuhl, ihre langen, feingliedrigen Füße hingen über das Ende, und der rechte zuckte ab und zu wie der Schwanz einer Kuh, die von Fliegen geplagt wird. Ihr Gesicht war von ihm abgewandt, doch er wusste, dass sie nicht schlief. Sie machte ein Nickerchen, was etwas völlig anderes war. Sie hatten einmal eine pseudoernsthafte Diskussion über diesen feinen Unterschied geführt. Das war bisher das einzige Mal, dass sie in ihrem Umgang über das rein Konventionelle hinausgegangen waren.

Gemma hatte den Ombrellino direkt gegenüber von Zen auf der anderen Seite des Stegs, was es ihnen ermöglichte, einander zur Kenntnis zu nehmen. Bei Franco verlief das soziale Leben nämlich streng hierarchisch. Die Leute in den ersten Reihen, die alte Aristokratie des Etablissements, »kannten« sich nur untereinander, wenn auch der eine oder andere sich gelegentlich herabließ, einem Freund oder guten Bekannten zuzunicken oder mit ihm ein Wort zu wechseln, der weiter hinten in den gesichtslosen Reihen saß, zwischen Parvenus und Plebs. Das konnte sogar jemand sein, der einen höheren Rang in jener Welt bekleidete, die dort aufhörte, wo der Sand begann. Doch im Allgemeinen war ein freundschaftlicher Umgang nur mit denen gestattet, die direkt neben einem oder unmittelbar auf der anderen Seite des Stegs saßen. Das hatte Gemma und Zen in die Lage versetzt, Blicke zu tauschen, sich zuzunicken und schließlich zu grüßen. Da sie etwa im gleichen Alter und offenkundig ohne Partner waren, war das letztlich unvermeidlich gewesen. Nachdem sich herausgestellt hatte, dass sie beide den Strand mieden, wenn am Wochenende die Menschenmassen anrückten, war zwischen ihnen eine lockere, unverbindliche Beziehung entstanden.

Nach einer Weile begann Gemma sich zu regen, richtete sich dann träge auf und blickte um sich. Sie war eine schlanke, langbeinige Frau mit kleinen Brüsten und erstaunlich groß. Sie bemerkte, dass Zen sie beobachtete, winkte oder lächelte aber nicht. Stattdessen faltete sie die Zeitschrift zusammen, die sie gelesen hatte, nahm die Leinentasche, in der sie ihre Strandutensilien hatte, zog ihre Gummisandalen an und kam über den Holzsteg zu seinem Platz. »Signor Pier Giorgio«, sagte sie. »Sie sind ja wach.«

Zen setzte eine abwehrende Miene auf. »Ich tu nur so«, sagte er.

Gemma blickte zu dem Eindringling hinüber, der Zens Platz besetzt hatte, und machte eine fragende Geste. Zen signalisierte zurück, dass er keine Ahnung hätte.

»Ich wollte mir gerade einen Kaffee holen«, sagte Gemma. »Möchten Sie auch einen?«

»Das wäre sehr nett.«

»Espresso?«

»Ja bitte.«

Ohne ein weiteres Wort oder eine Geste drehte Gemma sich um und ging den Strand hinauf zu dem niedrigen Schuppen und den schattigen Tischen, wo Franco Kaffee, alkoholfreie Getränke, Bier, kleine Snacks und Eis verkaufte. Ob sie wohl nähen kann?, dachte Zen. Seit seine Mutter tot war, fiel seine Kleidung fast auseinander. Er könnte die Sachen natürlich zu einer Schneiderin bringen, doch für eine solche Arbeit zu bezahlen kam ihm vor, als würde er für Sex bezahlen. Es hatte dann so gar nichts Liebevolles mehr.

Er hielt erschrocken inne. Das war mal wieder typisch dafür, wie sich seine Gedanken in letzter Zeit plötzlich selbstständig machten. Was auch immer zwischen ihm und Gemma passieren mochte, es würde niemals über eine klassische Strandromanze hinausgehen, rief er sich nachdrücklich ins Gedächtnis, irgendwo zwischen Flirt und Bett. Nicht mehr. Er musste wieder anfangen, klar zu denken. Er musste ins wirkliche Leben zurückkehren, wieder arbeiten. Aber das lag nicht in seiner Hand. Er befand sich in einem Schwebezustand, saß mitten auf der Brücke fest, war weder hüben noch drüben. Er schloss die Augen wieder.

Das Nächste, das er wahrnahm, war der Schrei einer Frau. Gemma stand ungefähr auf halbem Weg zwischen ihrem Platz und dem Komplex aus Umkleidekabinen, Duschen und Bar. Sie hielt in jeder Hand eine Kaffeetasse und starrte an sich herunter. Hinter ihr raste ein junger Mann in Jeans und T-Shirt Richtung Straße. Zen stand auf, doch Gemma war bereits von Leuten umringt, die näher bei ihr gesessen hatten. Er hörte laute, aufgeregte Stimmen, die Abscheu und Empörung ausdrückten. Wenige Sekunden später machte sich Gemma von der teilnahmsvollen Schar los, murmelte irgendwas von wegen, sie müsse sich umziehen, und kehrte zur Bar zurück. Zen folgte ihr.

Unter dem Strohmattendach der Bar war es angenehm kühl und schattig. Gemma war nirgends zu sehen. Zen schlenderte zur Theke, wo Franco seine Gegenwart mit einem kaum sichtbaren Nicken zur Kenntnis nahm. Er hatte zwar die Regelung akzeptiert, die sein langjähriger Gast Girolamo Rutelli verfügt hatte, und gestattete diesem Fremden Zugang zu den Einrichtungen, die seit ewigen Zeiten Jahr für Jahr von der Familie gemietet wurden, doch er ließ es sich nicht nehmen, Zen immer wieder daran zu erinnern, dass er lediglich Ehrenmitglied des Clubs war, der Gast eines Mitglieds, den man korrekt, aber ohne übermäßige Herzlichkeit behandelte.

Wäre Zen ein wenig mitteilsamer gewesen, hätte sich das möglicherweise geändert, doch das war absolut nicht in seinem Sinne. Seine »offizielle« Geschichte war äußerst dürftig und konnte nur so lange funktionieren, wie sich niemand die Mühe machte, etwas gründlicher nachzuhaken. Eines war Zen bereits klar geworden, abgesehen davon, dass Franco versuchte, die dreimonatige Sommersaison zu seiner privaten Goldgrube zu machen, bestand seine Lebensaufgabe darin, als Auffangbecken, Filter und Kanal für jeden lokalen Klatsch zu dienen. Radio Franco war immer auf Sendung, und wenn Zen sich über die vage und durch nichts gestützte Geschichte hätte ausfragen lassen, mit der er seinen Aufenthalt in Versilia erklärt hatte, hätte man ihn im Handumdrehen als den Betrüger entlarvt, der er ja auch war. Andererseits wäre es ebenso wenig ratsam gewesen, auf Francos scheinbar beiläufige Fragen nicht zu antworten. Zen hatte die Strategie gewählt, sich auf Distanz zu halten und Franco nicht als den lieben Onkel für jedermann zu behandeln, der er gerne sein wollte, sondern einfach als den Besitzer des Bagno, den man für seine Dienstleistungen bezahlte, an dem man aber keinerlei persönliches Interesse hatte.

Er setzte sich an einen der Metalltische im Barbereich, bestellte aber nichts. Nach wenigen Minuten kam Gemma komplett angezogen aus ihrer Umkleidekabine. Ihre Blicke begegneten sich, und Zen winkte sie zu sich herüber. »Was ist passiert?«, fragte er.

Gemma warf den Kopf zurück. »Ach, bloß ein kleines Missgeschick. Ich ging gerade mit dem Kaffee zu unseren

Plätzen zurück, da rannte mich dieser Idiot fast über den Haufen. Ich wurde von oben bis unten mit Kaffee begossen. Es hat ziemlich wehgetan, und natürlich war mein Badeanzug voller Flecken. Ich hab ihn ausgewaschen, aber ich hasse es, nasse Sachen anzuhaben, deshalb fahr ich jetzt nach Hause.«

»War das der junge Mann, der weggerannt ist?«

»Wer? Ja, genau. Das Komische war, dass er vorher dagestanden und Sie angestarrt hat.«

»Mich?«

»Ja. Sie saßen mit geschlossenen Augen da, und dieser junge Mann stand auf dem Steg und starrte Sie an, als ob Sie irgendein Star oder so was wären. Dann fuhr er plötzlich herum und rannte mitten in mich und meinen Kaffee hinein.«

Die letzten Worte schienen Zen in die Gegenwart zurückzuholen. Er blickte zur Bar und bestellte bei Franco zwei Kaffee. Der Bagno-Besitzer machte ein finsteres Gesicht und brüllte etwas nach hinten zu seiner Frau.

»Wie sah er aus, dieser Mann?«, fragte Zen Gemma.

Sie zuckte die Schultern. »Wie alle in diesem Alter.«

»Wie alt?«

»Um die dreißig, würd ich schätzen.«

»Ist Ihnen irgendwas an ihm aufgefallen?«

»Ich hab ihn nur ganz kurz gesehen, dann war ich voller kochend heißem Kaffee und hatte andere Sorgen.«

Sie dachte einen Augenblick nach. »Auf seinem T-Shirt stand irgendwas«, sagte sie schließlich.

»Was?«

»Hab ich mir nicht gemerkt. Irgendein Slogan auf Englisch. Was spielt das überhaupt für eine Rolle?«

Francos Frau brachte ihnen den Kaffee. Zen lächelte.

»Eigentlich keine, solange Ihnen nichts weiter passiert ist.

Es ist bloß merkwürdig. Normalerweise geschieht hier nie etwas Ungewöhnliches, und das ist heute schon das zweite Mal.«

»Was war denn das erste?«

»Der Mann, der mir meinen Platz weggenommen hat.«

Gemma nickte. »Sie hätten Franco rufen sollen, damit er ihn woanders hinsetzt.«

»Ich wollte keine Szene machen. Wozu auch? Die Brunellis kommen eh nie während der Woche, also hab ich mich einfach auf deren Platz gesetzt.«

Gemma trank ihren Kaffee aus. »Ich mach mich jetzt auf den Weg«, sagte sie.

Zen stand ebenfalls auf.

»Sie haben nicht zufällig Lust, heute Abend mit mir essen zu gehen?«, hörte er sich sagen.

Sie musterte ihn forschend. »Essen gehen? Aber warum?«

Er machte eine verlegene Geste. »Warum nicht?«

Darüber musste sie anscheinend erst nachdenken. »Warum nicht?«, wiederholte sie schließlich.

»Prima. Gegen acht bei Augustos. Kennen Sie das?«

»Natürlich, das kennt doch jeder. Haben Sie denn einen Tisch reserviert?«

Zen schüttelte den Kopf.

»Dann kommen wir niemals rein«, sagte Gemma entschieden. »Die sind Wochen im Voraus ausgebucht.«

»Ich besorg uns einen Tisch. Vertrauen Sie mir.«

Gemma sah ihn wieder auf diese merkwürdig forschende Art an. »Na schön«, sagte sie. »Ich vertraue Ihnen.«

Sie schenkte ihm ein vages Lächeln und ging dann über den Steg an der Seite des Gebäudes Richtung Parkplatz. Zen kehrt zum Strand zurück.

Er bemerkte die Polizisten sofort. Sie waren zu dritt,

zwei Männer und eine Frau. Alle drei waren jung und wirkten sehr sportlich in den gestärkten himmelblauen Shorts und Sommerhemden der städtischen Polizei. Sie hatten sich gleichmäßig über den Strand verteilt, vom Wasser bis zu den Umkleidekabinen, bewegten sich langsam voran und überprüften alles und jeden in ihrem jeweiligen Abschnitt.

Als Zen wieder an seinen Platz kam, hatte die Beamtin gerade Francos Steg erreicht. Zen ging zu ihr hinüber. »Entschuldigen Sie«, sagte er freundlich lächelnd, aber mit einem unverkennbaren Unterton von Autorität. »Ich bin selbst bei der Polizei. Unten in Rom. Criminalpol. Ist irgendwas nicht in Ordnung?«

Die Frau sah ihn kaum an und schüttelte den Kopf. »Reine Routinekontrolle«, sagte sie. »Wir hatten allerdings mehrere Meldungen über einen Mann, der sich als fliegender Händler ausgab, als Vucumprà. Haben Sie so jemanden gesehen?«

»Was soll das heißen, sich dafür ›ausgab‹?«

»Wenn sich sein Ärmel hochschob, konnte man sehen, dass die Haut vom Ellbogen an weiß war. Er sah auch überhaupt nicht afrikanisch aus. Das wurde uns zumindest gesagt.«

»Ich kann mir nicht vorstellen, dass irgendein Außenseiter in dieses Geschäft einsteigen will«, bemerkte Zen.

»Nein, aber vielleicht hatte er es auf andere Dinge abgesehen. Die Leute trauen den Marokkanern. Nun ja, eigentlich sind die meisten Sudanesen, aber das Entscheidende ist, dass die sich untereinander sehr wirkungsvoll überwachen. Entweder sie verkaufen was, oder sie verkaufen nichts, aber sie stehlen nicht. Das Gleiche gilt für die chinesischen Masseure und Wahrsager. Doch in letzter Zeit sind mehrere Diebstähle am Strand gemeldet worden, Handtaschen und Kameras verschwanden, während die Leute gerade nicht an ihrem Platz waren. Und wenn irgendein Weißer sich als Immigrant zurechtgemacht hat, könnte er ungeschoren davonkommen. Hier gibt es viele Albaner und Zigeuner, und die können ganz schön erfinderisch sein. Normalerweise brechen sie in Häuser ein, manchmal sogar während die Bewohner schlafen, aber das hier könnte eine neue Masche sein.«

Sie sah nach ihren beiden Kollegen, die mittlerweile einen Vorsprung hatten, und verabschiedete sich mit einem Nicken von Zen. Der packte seine Habseligkeiten zusammen und machte sich nachdenklich auf den Heimweg. Das war nun schon die dritte Anomalie an diesem Nachmittag, dachte er. Erst der Fremde, der ihm seinen Platz weggenommen hatte, dann der junge Mann, der ihn angestarrt und anschließend Gemma fast umgerannt hatte, und nun jemand, der sich als afrikanischer Händler ausgab. Überall sonst hätte so etwas zu den kleinen Mysterien eines ganz gewöhnlichen Tages gezählt, in dieser ruhigen, vorhersagbaren Strandwelt war das möglicherweise eine Geschichte für die erste Seite der Tageszeitung. Vielleicht gibt es ja ein Muster, dachte Zen und lächelte verdrießlich über so viel Wunschdenken.

Dieser Zwangsurlaub machte ihn langsam fast wahnsinnig, stellte er fest. Was er brauchte, war seine Arbeit, doch eine Rückkehr dorthin war ausgeschlossen. Die da oben hatten andere Pläne mit ihm, und dazu gehörte, wie man ihm vorsichtig klargemacht hatte, eine frühe und wohlverdiente Pensionierung. »Wir werden die Regeln ein wenig beugen müssen«, hatte ihm einer der offiziellen Besucher an seinem Krankenbett erklärt. »Aber nach allem, was Sie durchgemacht haben, ist das ja wohl das Mindeste, was Sie verdient haben.«

Er ging wieder an der Bar vorbei, nickte Franco zu und wurde dafür mit einem unwirschen Heben des Kinns bedacht. Dann trat er hinaus in das gleißende Sonnenlicht. Wie immer überraschte ihn der Anblick der zerklüfteten Berge, die im Osten den Horizont beherrschten und deren glänzend weiße Oberfläche sie in der Julihitze höher erscheinen ließ, als sie eigentlich waren. Was da schimmerte, war natürlich kein Schnee, sondern Marmor.

Mit knirschenden Schritten ging er über den Kiesparkplatz und überquerte die Lungomare, die von Carrara nach Viareggio verlief. Eine Strecke von fast dreißig Kilometern, die die diversen Dörfer und Fischerhäfen miteinander verband, die mittlerweile einen einzigen Badestrand bildeten und lediglich ihren Namen sowie Rudimente ihres ursprünglichen Zentrums behalten hatten. Nur wenige Gebäude waren älter als hundert Jahre, die weitaus meisten noch nicht mal halb so alt. Bevor der Strandboom nach dem Krieg einsetzte, hatten in dem flachen Sumpfgebiet nur einige hochherrschaftliche Villen gestanden, die zwischen der Pineta, dem Band wilder Pinien, hervorlugten, das einst die Küste bis nach Rom gesäumt hatte.

Die Hauptstraße war erstaunlich breit, doch da praktisch kein Verkehr herrschte, hatte sie wie die ganze Gegend etwas leicht Unwirkliches an sich. Dieser Eindruck verstärkte sich noch in den Seitensträßchen dahinter, da hier motorisierte Fahrzeuge gerade eben geduldet wurden und sich im Kriechtempo fortbewegten. Fußgänger und Radfahrer tummelten sich völlig sorglos in den schmalen Gassen, ohne je auch nur einen vorsichtigen Blick nach hinten zu werfen, um zu sehen, ob da etwas kam. Alles war sauber, gepflegt und sicher, eine privilegierte Enklave, in der die Chaostheorie, die normalerweise das städtische Leben in Italien beherrschte, auf den Kopf gestellt wurde. Zen hatte das zunächst als sehr angenehm empfunden, genau das Richtige nach seiner langen Rekonvaleszenz, doch nun ging es ihm allmählich auf die Nerven. Es gab keine Ecken und Kanten, nichts, woran man sich reiben konnte. Mitunter musste er gegen den Drang ankämpfen, sich schlecht zu benehmen, bloß um ein bisschen Unruhe zu stiften.

Aber das kam nicht infrage, genauso wie es ausgeschlossen war, nicht jeden Tag an den Strand zu gehen. In Wirklichkeit hätte Zen die Sonne lieber so weit wie möglich gemieden, und außerdem hasste er es, stundenlang herumzusitzen und nichts zu tun. Doch er hatte die Anweisung, sich anzupassen, und nach Versilia zu kommen und nicht an den Strand zu gehen wäre ein Verstoß gegen die allgemeinen Regeln gewesen und hätte neugieriges Interesse und Kommentare hervorgerufen. Also verbrachte er täglich seine vier bis fünf Stunden am Strand, so als würde er ins Büro gehen, und spazierte dann friedlich nach Hause, unterdrückte das Verlangen, Leute anzurempeln, beleidigende Andeutungen fallen zu lassen und sarkastische Bemerkungen zu machen. Es war anstrengend, aber er hatte klare Anweisungen.

Abreisen konnte er ebenfalls nicht. Seine Richtlinien waren auch in dieser Hinsicht ganz eindeutig. Er sollte bleiben, wo er war, bis man Kontakt mit ihm aufnahm. Außerdem hätte er gar nicht gewusst, wo er hinsollte. Seit dem Tod seiner Mutter war er nicht mehr in Rom gewesen und hatte auch kein Bedürfnis danach. Eine weitere enttäuschende Rückkehr nach Venedig zu riskieren kam erst recht nicht infrage. Der bloße Gedanke an jede der beiden Alternativen machte ihm klar, wie sehr er mit der Vergangenheit verhaftet war und wie düster seine Zukunftsaussichten aussahen. Letzteres war noch deprimierender und anscheinend unlösbar, also versuchte er an andere Dinge zu denken oder – noch besser – überhaupt nicht nachzudenken. Weiter brauchte er doch gar nichts zu tun, sagte er sich zum zigsten Mal, einfach aufhören nachzudenken und dieses angenehme, geruhsame und geistlose Dasein zu genießen, von dem die meisten Menschen nur träumen konnten. Was war bloß los mit ihm? Warum war ihm nie etwas gut genug?

Er ging bei dem kleinen Alimentari vorbei, wo er seine täglichen Einkäufe erledigte. Seine Einladung an Gemma war nur teilweise von dem Wunsch motiviert gewesen, sie besser kennenzulernen. Seit seiner Ankunft hier hatte er von dem gelebt, was der Laden gerade als Tagesgericht anbot oder was er sonst wo ergattern oder sich selbst zubereiten konnte, ein sehr eingeschränkter Speisezettel, der größtenteils aus Tütensuppen, Fertiggerichten aus der Tiefkühltruhe, Sandwiches und Takeaway-Pizzas bestand. Allein essen zu gehen wäre eine weitere Anomalie gewesen, die die Bedingungen seines Vertrags nicht zuließen. Dass ein Mann mittleren Alters allein einkaufen ging, war schon ungewöhnlich genug, aber schließlich musste er ja etwas essen.

Er deckte sich mit Kaffee, Milch, Brot und ein paar Eiern ein. Die Kassiererin sah ihn auf die gleiche Weise an wie Franco, als würde sie ihn irgendwie kennen, könnte ihn aber nicht einordnen. Ein solcher Blick von einem anderen Augenpaar könnte immer noch seinen Tod bedeuten, spekulierte er müßig. Im Grunde kümmerte ihn das nicht sonderlich. Die Mafia mochte es zwar nicht geschafft haben, ihn körperlich umzubringen, aber irgendetwas in ihm war gestorben, etwas, ohne das das Leben nicht mehr so richtig lebenswert schien. Ihm war einfach alles gleichgültig, das war die eigentliche und anhaltende Folge des »Incidente«, und es sah auch nicht so aus, als könnte sich während seines langen und öden Zwangsruhestands daran etwas ändern. Es war ein dumpfer Schmerz, den keine Therapie, keine körperliche Bewegung, keine Hobbys je in der Lage wären zu vertreiben.

Gegenüber dem Lebensmittelladen parkte ein weißer Lieferwagen am Straßenrand, aus dem ein Händler frisches Gemüse, Obst und Eier an eine Schar von Hausfrauen verkaufte. Diese nörgelten vehement an Qualität, Auswahl und Preisen der Ware herum, ein tagtägliches Ritual, das alle brauchten, um ihre Würde und Selbstachtung zu wahren. Die Frauen wussten, wenn sie nicht zu einem der Supermärkte an der Autobahn im Landesinneren fahren wollten, waren sie auf das angewiesen, was Mario zu bieten hatte. Fast so, wie sie darauf angewiesen waren, sich mit ihren Ehemännern, Kindern, Verwandten, Häusern und ihrem Schicksal insgesamt abzufinden. Ihr einziger Ausgleich war das Recht, lautstark und ausgiebig über die unbefriedigende Situation meckern zu dürfen, und das nutzten sie genüsslich aus. Mario, der begriffen hatte, dass dies zum Geschäft gehörte, stimmte lebhaft und begeistert in die diversen Minidramen mit ein und spielte seine Rolle perfekt.

Zen war inzwischen zurück auf die schattige Straßenseite geschlendert und registrierte die Szene am Wagen des Gemüsehändlers, bemerkte eine Gruppe junger Leute auf Motorrollern, mehrere Frauen, die sich voller Entzücken über das Baby einer Nachbarin beugten, und einen Mann, der gegen einen Telefonmast aus Beton lehnte, ein Eis aß und die Passanten beobachtete. Er trug ein T-Shirt mit einem Slogan auf Englisch. Zen ging zwei

Blocks weiter bis zum Ende des Ladenviertels und bog dann nach links in eine Straße, die noch aus der Zeit stammte, bevor man angefangen hatte, nach Planquadrat zu bauen. Sie führte in sanftem Bogen an schmiedeeisernen Toren vorbei und an verwitterten Mauern, die von Grünpflanzen überwuchert waren. Die Villa, in der man ihn untergebracht hatte, lag ungefähr auf halber Strecke der gewundenen Straße, die an einem verfallenen Torbogen endete, durch den man in einen der letzten verbliebenen Abschnitte der ursprünglichen Pineta gelangte. Es herrschte praktisch kein Verkehr, und kein Laut störte die Stille bis auf das ständige Geräusch der Fernseher und das gelegentliche Kläffen eines kleinen neurotischen Hundes von einem der Nachbarn.

Als er an sein Tor gelangte, schloss er es aus irgendeinem Grund nicht sofort auf, sondern warf erst einen Blick nach hinten. Es war niemand zu sehen. *Sie wissen also bereits, wo du wohnst,* sagte eine Stimme in seinem Kopf. »Halt die Klappe!«, murmelte Zen deutlich vernehmbar. Diese berufsbedingte Paranoia war ja genauso schlimm wie die Eitelkeit mancher Frau am Strand, die sich nicht damit abfinden konnte, dass das sexuelle Kapital, von dem sie die letzten dreißig Jahre gelebt hatte, deutlich im Kurs gesunken war. »Wir sind beide Männer von gestern«, hatte er Don Gaspare Limina in Sizilien erklärt, und er hatte recht gehabt. Warum konnte er nicht akzeptieren, dass er nicht mehr im Rennen war und es auch nie wieder sein würde? In diesem konkreten Fall war es der Mafia zwar nicht gelungen, ihn zu töten, dank eines glücklichen Zufalls und ihrer eigenen Unfähigkeit, doch trotzdem war er so gut wie tot.

Die Kieseinfahrt hinter dem Tor führte zu einer Treppe an der Seite des Hauses. Diese mündete im ersten Stock in einen Balkon, der die westliche Fassade entlanglief. Zen ging an den mit Läden verschlossenen Fenstern vorbei und öffnete die Tür, die in sein Reich führte. Er trug seine Einkäufe in die Küche gleich links neben der Wohnungstür und räumte alles ordentlich weg. Dann ging er in den großen Salotto, der den größten Teil der Wohnung einnahm, und ließ sich in einen Sessel sinken, wobei er leicht das Gesicht verzog. Die Schmerzen, mit denen er so lange gelebt hatte, hatten zwar deutlich nachgelassen, doch immer mal wieder wurde er mit einem unangenehmen Reißen oder Stechen bestraft, wenn er sich zu sehr in die falsche Richtung gestreckt hatte, in einer falschen Position geschlafen oder sich auf beinah jede nur denkbare Art überanstrengt hatte. Die Ärzte, die er einmal pro Woche im Krankenhaus in Pietrasanta konsultierte, hatten ihm versichert, dass es keine bleibenden Schäden geben würde und dass alle »subjektiven Beschwerden« rein oberflächlich und vorübergehender Natur seien, nichts, worüber man sich Sorgen machen müsste. Er glaubte ihnen. Allerdings waren seine jetzigen Schmerzen auch anders als die furchtbaren, auf eine offenkundige Ursache zurückzuführenden Qualen, die er in den Monaten unmittelbar nach der Explosion gelitten hatte. Es handelte sich eher um die üblichen altersbedingten Beschwerden und Wehwehchen, um verräterische Zeichen, dass der Körper allmählich das Ende seines nützlichen Daseins erreichte. Das machte diese Schmerzen irgendwie noch unerträglicher.

Er schloss die Augen und spürte, wie sich in der angenehmen Kühle des hohen Raumes seine Anspannung allmählich löste. Wie viele solcher Räume hatte er auf dem langen Weg bis zu seinem gegenwärtigen Genesungszustand passiert? Er würde es nie erfahren. Von den

ersten Wochen waren ihm nur kleine abgehackte Erinne-
rungssplitter geblieben, präzise, aber absolut punktuell
und ohne jeden Kontext. Für alles Übrige musste er sich
auf das verlassen, was man ihm erzählt hatte. Der Fahrer
hatte ihn aus dem brennenden Wagen gezerrt und per
Funk Hilfe geholt, und sie waren beide schnellstens nach
Catania ins Krankenhaus gebracht worden. Nachdem in
einer Notoperation sein kollabierter Lungenflügel ge-
flickt worden war, hatte man Zen in ein Militärkranken-
haus auf der Insel Santo Stefano an der Nordküste
Sardiniens geflogen, wo er wochenlang im Streckverband
gelegen hatte. Später hatte man ihn erneut verlegt, zuerst
in ein Sanatorium im Etschtal, dann in eine Privatklinik
in den Bergen oberhalb von Genua.

In all dieser Zeit hatte er niemanden gesehen, den er
kannte oder dem er trauen konnte, außer in dem unper-
sönlichen Sinn, in dem man einem Automechaniker zu-
traut, dass er einem das Auto repariert. Medizinisch war
er bestens betreut worden, doch er hatte erst allmählich
begriffen, warum die Behörden ihn so fürsorglich behan-
delten. Man brauchte ihn nämlich lebendig und vorzeig-
bar, damit er bei einem bevorstehenden Prozess in den
Vereinigten Staaten aussagen konnte. Der mitteilsamste
und entgegenkommendste seiner Besucher war ein junger
Mann aus dem Außenministerium gewesen. Dieser hatte
ihm, selbstverständlich ohne irgendwelche Namen zu
nennen, zu verstehen gegeben, dass es den Amerikanern
gelungen war, eine Reihe prominenter Mafiosi festzuneh-
men, die seit Jahren auf den italienischen Fahndungslis-
ten ganz oben gestanden hatten. Darunter befanden sich
auch zwei Mitglieder aus dem Ragusa-Clan, die Zen
während einer ersten Befragung auf dem Militärstützpunkt auf Santo Stefano auf Fotos erkannt hatte. Der Er-

folg der Amerikaner warf ein eher schlechtes Licht auf die italienischen Behörden, hatte der junge Diplomat weiter erklärt, und man sei sich auf höchster Ebene einig, dass es dazu beitragen würde, die Balance wiederherzustellen und der eigenen Seite zu helfen, international eine bessere *figura* abzugeben, wenn man einen Helden des unablässigen Kampfes gegen »die Krake« in die USA schicken würde, um persönlich auszusagen, dass er Nello und Giulio Rizzo gesehen hatte, wie sie illegale Drogen aus dem Flugzeug luden, mit dem er selbst gerade aus Malta zurückgekommen war.

In der Zwischenzeit hatte Zen nichts weiter zu tun, als abzuwarten und die Unterkunft, die man ihm zur Verfügung gestellt hatte, mit all ihren Annehmlichkeiten zu genießen. Und die waren, das musste er zugeben, beachtlich. Das Haus gehörte offenbar zwei Brüdern namens Rutelli, von denen einer in Turin und der andere in Rom wohnte und die es abwechselnd als Ferienhaus benutzten. Zen hatte man das obere Stockwerk zugeteilt. Das untere hatte leer gestanden, doch gestern hatte er Geräusche gehört, die anzeigten, dass jemand eingezogen war. Dieser Jemand war vermutlich der andere Bruder, allerdings hatte Zen keinerlei Anweisung, mit ihm in Kontakt zu treten, und hatte es deshalb auch unterlassen.

Das Stockwerk, über das er verfügte, war für seine Bedürfnisse reichlich bemessen. Es gab zwei Schlafzimmer, ein angenehmes Badezimmer, die kleine, aber absolut ausreichende Küche und dieses große Wohnzimmer, das die Atmosphäre ruhigerer und großzügigerer Zeiten verströmte. Zen hatte schon immer geglaubt, dass jedes Gebäude eine eigene Aura habe, eine Art immateriellen Geruch, den man aufnahm, sobald man die Schwelle überquerte. Doch im Gegensatz zu einem Parfüm konnte dieser Geruch nicht versprüht werden. Er war einzigartig und nicht übertragbar und verriet dem sensiblen Besucher eine Menge über die Menschen, die in dem Haus gewohnt hatten, und über Dinge, die dort passiert waren. Zen war schon in wunderschönen Häusern gewesen, in denen er es kaum hatte erwarten können, wieder nach draußen zu gelangen, so erdrückend war das Gefühl von Chaos und Verzweiflung gewesen, das sie ausstrahlten, dann wiederum in übel riechenden Mietskasernen, die ihm so rein erschienen waren wie eine Mönchszelle. Der Raum, in dem sich Zen nun befand, wirkte auf eine dezente und handwerklich gelungene Weise ansprechend, doch der größte Segen für ihn war das überwältigende Gefühl von Frieden und Wohlbehagen, das er ausstrahlte. Er wusste nicht, wer hier gewohnt hatte, doch er hätte unter Eid geschworen, dass es Menschen mit Grundsätzen und integrem Charakter waren.

Das war sein letzter Gedanke, bevor er aufwachte und feststellen musste, dass es im Zimmer erheblich dunkler geworden war und die Uhr zwanzig nach sieben zeigte. Er brauchte einen weiteren Moment, um sich an seine Verabredung mit Gemma zum Abendessen zu erinnern, für das er immer noch keinen Tisch reserviert hatte. Er hatte großspurig behauptet, er könne ihnen einen Platz bei Augustos besorgen, weil er darauf baute, dass ihm das mithilfe von Girolamo Rutellis Namen gelingen würde. Allerdings hatte er es nicht so lange aufschieben wollen.

Doch letztlich erwies es sich als überhaupt kein Problem. Kaum hatte er die Nummer des Restaurants gewählt, meldete sich eine dienstbeflissene Stimme. »Augustos. Guten Abend, Dottor Rutelli.«

Zen war einen Augenblick sprachlos. Dann sagte er: »Woher wussten Sie denn, dass ich das bin?«

»Wir haben ein Telefon mit Anruferkennung, Dottore. Das habe ich Ihnen doch letztes Mal erklärt, erinnern Sie sich nicht mehr? Auf diese Weise können wir von vornherein aussortieren und nur die wichtigen Anrufe entgegennehmen. Was können wir für Sie tun?«

»Ich würde gerne einen Tisch für zwei Personen für heute Abend reservieren. Gegen acht, wenn das möglich ist.«

»Ma certo, dottore. Come no? Alle otto. Benissimo. Al piacere di rivederla.«

»Ich werde mit einem Freund namens Pier Giorgio Butani speisen«, fuhr Zen fort. »Falls ich mich ein wenig verspäte, kümmern Sie sich bitte um ihn.«

Er duschte, dann wählte er sorgfältig die angemessene Kleidung aus in dem lässig-eleganten Stil, der in Versilia abends die Norm war. Nachdem er bereits kurz nach seiner Ankunft erkannt hatte, dass dieser Stil äußerst schwer zu treffen war, war Zen mit dem Bus nach Viareggio gefahren und hatte sich in die Hände eines der dortigen Herrenausstatter begeben. Wie immer war es sein Ziel, unsichtbar zu bleiben. »Verlieren Sie sich in der Menge«, hatte ihm der junge Mann aus der Farnesina erklärt. »Halten Sie den Kopf gesenkt, passen Sie sich an Ihre Umgebung an und lenken Sie keine Aufmerksamkeit auf sich. Aus genau diesem Grund haben wir uns dagegen entschieden, Ihnen einen eigenen Bodyguard zur Verfügung zu stellen. Es werden allerdings einige Leute ein Auge auf Sie werfen. Doch Versilia ist um diese Jahreszeit voller Touristen, und solange Sie sich einigermaßen vorsichtig verhalten, gibt es nicht den geringsten Grund, weshalb irgendwer einen Gedanken an Sie verschwenden sollte. Denken Sie einfach immer daran, wer Sie angeblich sind, und versuchen Sie, diese Rolle so gut wie möglich zu spielen.« Letzteres bezog sich auf besagten Pier

Giorgio Butani, einen entfernten Verwandten von Girolamo Rutelli. Butani existierte tatsächlich, falls jemand auf die Idee käme, das zu überprüfen, aber er war Mitte der Fünfzigerjahre mit seinen Eltern nach Argentinien ausgewandert, kam äußerst selten nach Italien und war noch nie in Versilia gewesen.

Um Viertel vor acht verließ Zen das Haus. Er würde es gerade noch rechtzeitig zum Restaurant schaffen, wenn er die Abkürzung durch den Park am Ende der Straße nahm. Die Sonne war bereits hinter den Pinien untergegangen, die Luft war frisch, aber noch angenehm warm. Die Vögel rings herum in den Gärten sangen und zwitscherten laut, doch ansonsten war kein Geräusch zu hören. Zen passierte den Torbogen des ehemaligen Landguts, ging an den Ruinen des Pförtnerhauses vorbei und über die gewölbte Brücke, die über einen der schmalen Kanäle führte, die man vor einem Jahrhundert oder noch früher gebaut hatte, um die Malariasümpfe zu entwässern.

Unter den Bäumen war es viel dunkler. Die Vögel hier waren größer und lauter und zeigten sich nur selten, außer wenn sie in Schwärmen vor einem über den Weg schossen. Das Gestrüpp zu beiden Seiten war dicht und beinah undurchdringlich, außer für einige kleine Tiere, die man davonhuschen hörte, weil sie den Lärm oder Geruch dieses Eindringlings wahrnahmen.

Erst als er nach links auf den Weg bog, der zurück zur Küste führte, bemerkte Zen den Mann. Er war etwa dreißig Meter hinter ihm und schlenderte langsam einher. Mittlerweile war es unter den hohen Pinien fast völlig dunkel. Zen konnte so gerade noch erkennen, dass der Mann offenbar eine Jeans trug und irgendeine kurze Jacke und dass er von einer Seite zur anderen blickte, als würde er die Schönheiten der Natur bewundern.

Zen ignorierte das Warnsignal, das automatisch in seinem Kopf ertönte, und ging weiter auf das Viertel zu, in dem Augustos lag, von dem aber noch nichts zu sehen war. Er musste lernen, wieder ein normaler Mensch zu werden, ermahnte er sich. Die Zeiten der Gefahr und des Ruhms waren vorbei. Niemand würde versuchen, ihn umzubringen, im Grunde hatte niemand ein Interesse an ihm außer als Pro-forma-Zeuge bei einem Prozess im Ausland, wo man ihn einfliegen würde wie eine Sendung Trüffel oder erlesenen Weins, ein luxuriöser Import, um die Leute dort zu beeindrucken und die alte Heimat in einem guten Licht erscheinen zu lassen. Trotzdem zählte er noch mal dreißig Meter ab und ließ dann seinen Schlüsselbund fallen. Als er ihn aufhob, stellte er fest, dass der andere Spaziergänger ebenfalls an der Abzweigung nach links gegangen war.

Einen Augenblick war er fast geneigt, eine Konfrontation zu erzwingen, um herauszufinden, wer der Mann war. Doch dann kam ihm der Gedanke, dass es durchaus einer von denen sein könnte, die, wie man ihm erklärt hatte, »ein Auge auf ihn werfen« würden. Wenn es so war, dann wäre das Ganze unprofessionell und für alle Betroffenen peinlich. Und wenn nicht, würde er damit gegen die Grundregel seiner Existenz hier in Versilia verstoßen, die besagte, dass er keine Aufmerksamkeit auf sich lenken durfte. Letztlich beschloss er, nichts zu unternehmen, beschleunigte seine Schritte jedoch, so gut es ging, um möglichst schnell wieder auf hell erleuchteten Straßen unter Menschen zu sein.

Er freute sich auf das Abendessen mit Gemma, obwohl er kaum etwas über sie wusste. In den langen und beschwerlichen Monaten seit dem »Zwischenfall« und dem Tod seiner Mutter war er fast die ganze Zeit allein gewesen, abgesehen natürlich von dem rein professionellen und meist schmerzlichen Umgang mit Ärzten, Krankenschwestern, Polizisten und Bürokraten. Ganz gleich, wie der Abend verlaufen würde, es wäre eine willkommene Abwechslung. Und wenn er schon nichts über Gemma wusste, so wusste sie sogar noch weniger über ihn. Fast alles, was er ihr während ihrer stets kurzen Wortwechsel erzählt hatte, war notwendigerweise eine Lüge gewesen. Er rief sich ins Gedächtnis, dass das auch während ihres gesamten Beisammenseins so bleiben musste. Wo notwendig, würde er neue Details ergänzen, doch die mussten mit dem übereinstimmen, was Gemma bereits wusste. Vielleicht würde es doch kein ganz so entspannter Abend werden.

Endlich tauchte das Tor an der Südwestseite des ehemaligen Landguts in der Dunkelheit vor ihm auf. Diesmal riskierte Zen einen Blick nach hinten. Der Mann, der sich eben noch hinter ihm befand, war nirgends zu sehen. Allerdings waren sie an vielen kleinen Pfaden vorbeigekommen, die zu beiden Seiten durch das Unterholz führten. Vermutlich war er dort irgendwo abgebogen. Kurz darauf hatte Zen einen weiteren Entwässerungskanal überquert und befand sich nun in einer der vielen Straßen, die zum Meer führten.

Da Augusto, wie sein volkstümlicher Name nahelegte, sah aus wie jedes andere gewöhnliche Fischrestaurant in der Nähe des Badestrands von Versilia. Es war ein unauffälliges zweistöckiges Gebäude in einer Gasse drei Blocks landeinwärts von der Lungomare mit einem Vorbau aus Glas zur Straßenseite hin und einem Garten mit ausziehbarer Markise hinterm Haus. Nichts deutete darauf hin, dass dies mehr war als ein ganz annehmbares Lokal, das halbwegs frischen Fisch einigermaßen gut zu mehr oder weniger vernünftigen Preisen servierte. Erst wenn man versuchte, dort einen Tisch zu bekommen, wurde offenkundig, dass es mehr damit auf sich hatte.

Das Besondere des Restaurants beruhte nicht so sehr auf dem Essen, das nur geringfügig besser war als in anderen Lokalen der Gegend, sondern auf seinem unangefochtenen Ruf als Treffpunkt fast aller wichtigen Persönlichkeiten aus Politik und Showbusiness der letzten fünfzig Jahre in Italien. Von vielen hingen signierte Fotografien an den Wänden. Was nicht von der Kamera festgehalten worden war, war angeblich noch viel interessanter. An dem Tisch in der Ecke, so wussten einige zu erzählen, hatte Anita Ekberg an jenem denkwürdigen Abend mit Marcello Mastroianni gesessen, als sie sich herunterbeugte, um etwas aus ihrer Handtasche zu nehmen, und ihr der rechte Busen aus dem Ausschnitt rutschte. Andere wiederum berichteten, dass an jenem Tisch dort drüben an der Wand Giulio Andreotti mit einigen seiner engsten Verbündeten beschlossen hatte, nicht mit den Roten Brigaden über die Freilassung Aldo Moros zu verhandeln. Und dort drüben, ganz am Ende des Hauptraums, war Gerüchten zufolge ein Groupie unter den Tisch gekrochen und hatte einen gewissen Popstar mit dem Mund zum Orgasmus gebracht, und das aufgrund einer Wette mit einem anderen Musiker aus der Band, der wissen wollte, ob sie den fraglichen Star so weit kriegen würde, dass das Personal und die anderen Gäste mitbekamen, was da los war. Angeblich war es ihr gelungen.

Zen wurde von einem Empfangskellner begrüßt, der es schaffte, die eisige Reserviertheit eines traditionellen englischen Butlers mit der bedrohlichen Direktheit eines Schlägertyps von der Mafia zu vereinen. Bereits sein erster Blick auf Zen machte überdeutlich, wie wenig er von diesem Neuankömmling beeindruckt war.

»Mein Name ist Pier Giorgio Butani«, erklärte Zen ihm in einem Ton, der suggerierte, dass er noch viel weniger beeindruckt war. »Ich speise mit Dottor Rutelli.«

Für einen Moment entglitten dem Kellner die Gesichtszüge. »Dottor Rutelli?«, flüsterte er. »Aber der ist doch …«

Schon da, dachte Zen enttäuscht. Verdammt. Der Empfangschef starrte Zen an, der Verzweiflung nahe. »Massimo Rutelli?«, fragte er schließlich.

Zen schüttelte unwirsch den Kopf. »Was? Nein! Sein Bruder, Girolamo.«

Der Mann lachte beinah hysterisch und schnappte sich eine in Leder gebundene Speisekarte. »Ah, ja natürlich! Gewiss doch! Hier entlang, bitte. Gleich hier drüben. Würden Sie bitte Platz nehmen. Darf ich Ihnen die Jacke abnehmen? Danke, vielen Dank.«

Zen setzte sich, zog sein Handy hervor und tat mit lauter Stimme, als würde er telefonieren.

»Girolamo?«, rief er und blickte gelangweilt auf die Speisekarte. »Wo zum Teufel steckst du? Ich komme um vor Hunger. Ich? Bei Augustos natürlich. Was? Was? Warum? Tatsächlich? Ach, das ist aber schade! Nun ja, da kann man nichts machen. Ich ruf dich morgen an, okay? Alles klar. Bis dann.«

Als er gerade das Telefon wegsteckte, betrat eine hinreißend schöne Frau das Restaurant und schaute sich suchend um. Zen brauchte einen Moment, um sie zu erkennen. Bisher hatte er sie noch nie richtig angezogen gesehen, wurde ihm bewusst, während er seinen Stuhl zurückschob und zu ihr eilte.

»Gemma, meine Liebe! Was für eine Überraschung!

Und welche Freude. Sie haben doch wohl noch nicht gegessen, oder? Haben Sie heute Abend was Besonderes vor?«

Er drehte sie Richtung Wand und tat so, als würde er verständnisvoll nickend zuhören, während sie ihm erklärte, wie ihre Pläne aussahen. In Wirklichkeit starrte Gemma ihn mit einer Mischung aus Besorgnis und Amüsement an.

»O nein, das werden Sie nicht!«, erklärte Zen entschieden, nahm ihren Arm und lotste sie durch den Raum. »Sie wollen Ihre Zeit mit diesen langweiligen Leuten verplempern? Kommt überhaupt nicht infrage! Sie essen mit mir, meine Liebe, keine Widerrede.«

Er blieb stehen und wandte sich in bestimmtem Ton an den Empfangskellner. »Ich habe gerade mit Dottor Rutelli telefoniert. Aufgrund dringender persönlicher Angelegenheiten ist er leider gezwungen, unsere Verabredung zum Essen abzusagen, aber er hat mir freundlicherweise erlaubt, die Reservierung für mich in Anspruch zu nehmen. Die Lasagnette con Pesce cappone hat er besonders empfohlen. Die nehmen wir als Vorspeise.«

Er führte Gemma, die mittlerweile fast kicherte, zum Tisch.

»Was sollte denn das, um Himmels willen?«, fragte sie, während sie ihre cremefarbene Leinenjacke auszog und über die Stuhllehne hängte.

»Beklagen Sie sich nicht. Ich hab gesagt, ich besorge uns eine Reservierung. Und das hab ich getan.«

»Dann kennen Sie also die Brüder Rutelli. Hätte ich mir natürlich denken können, da denen ja eigentlich der *posto* gehört, den Sie jetzt am Strand belegen.«

»Im Grunde kenne ich sie überhaupt nicht. Girolamo ist ein Freund von einem Freund. Aber ich wusste, dass er hier ein Haus hat, das er vor August nicht benutzen würde, also habe ich gefragt, ob ich es für ein paar Wochen haben könnte. Mein Freund schuldete mir einen Gefallen, und Rutelli schuldete ihm einen. Die übliche Geschichte.«

»Ich kenne die beiden selber nur vom Sehen. Wir nicken uns natürlich zu und grüßen uns, aber ich hab sie ehrlich gesagt nie so richtig auseinanderhalten können. Ziemlich gewöhnliche kleine Männer, fand ich immer.«

»Aber ganz nützlich. Das Personal hier weiß offenbar nicht, dass Girolamo zurzeit in Rom ist, deshalb habe ich seinen Namen benutzt, um eine Reservierung zu bekommen. Dann brauchte ich nur noch vorzuspielen, dass unserem angeblichen Gastgeber was dazwischengekommen ist, und der Tisch gehörte uns.«

Gemma schüttelte lachend den Kopf. »Jedenfalls sind Sie nicht langweilig«, sagte sie. »Mir war gar nicht klar, dass Sie so gute Beziehungen hier am Ort haben.«

»Hab ich überhaupt nicht. Im Grunde kenne ich hier keine Menschenseele außer Ihnen.«

Immer so weit wie möglich die Wahrheit sagen, ermahnte er sich. Die meisten Lügner werden ertappt, weil sie ganz triviale Details unnötig verfälscht oder ausgeschmückt haben.

»Und wie ist das mit Ihnen?«, fragte er und musterte sie eingehend.

Sie trug eine apricotfarbene kurzärmelige Bluse aus einem Stoff, der aussah wie Wildseide, am Hals so weit geöffnet, dass man die goldene Kette auf ihrer gebräunten Haut sah. Ihr kastanienbraun getöntes Haar war eindeutig frisch gestylt worden, seit sie den Strand verlassen hatte, und ihre Fingernägel waren in einem leuchtenden Orange lackiert, das zu ihrer Bluse und zu ihrem Lippenstift passte. Sie hat sich chic gemacht, dachte Zen, wobei ihm ein vulgärer venezianischer Dialektausdruck durch den Kopf schoss. Dann wurde ihm klar, dass sie das natürlich getan hatte, weil sie bei Augustos nicht fehl am Platz wirken wollte. Es gab keinen Grund zu der Annahme, dass das irgendetwas mit ihm zu tun hatte.

»Ich komme bloß tagsüber hierher«, antwortete Gemma. »Ich wohne nämlich in Lucca, deshalb ist es kein Problem, hin- und zurückzufahren.«

»Ist das so nah?«

»Eine halbe Stunde auf dem Raccordo. Da kann man ohne Weiteres noch mal zum Abendessen zurückkommen. Waren Sie schon mal dort?«

Erneut war Zen froh, wahrheitsgemäß antworten zu können. »Noch nie.«

Der Kellner kam mit einer Flasche Weißwein des Hauses und einer Platte Insalata di Mare. Das war noch eine der vielen Traditionen von Augustos. Wenn man zu beschäftigt war, um zu bestellen, was auf viele der wichtigen Gäste natürlich zutraf, wurden einfach irgendwelche Gerichte zum Tisch gebracht.

»Es ist eine langweilige kleine Stadt«, fuhr Gemma fort, »aber sehr ruhig.«

»Haben Sie dort Familie?«

»Mein Vater lebt ganz in der Nähe, in einem Pflegeheim. Meine Geschwister sind alle von dort weggezogen. Ich selbst auch einmal, aber ich bin wieder zurückgekommen.«

»Dann leben Sie also allein?«

Gemma zögerte. »Außer wenn mein Sohn zu Besuch kommt«, sagte sie schließlich.

Zen kaute auf einem Stückchen mariniertem Tintenfisch herum. »Wie alt ist er?«

»Zwanzig. Er studiert in Florenz Maschinenbau. Dort wohnt auch mein Mann. Stefano lebt bei ihm. Und Sie?«

Zen hob den Kopf wie ein Tennisspieler, der sieht, dass ein Volley, den er für unerreichbar gehalten hat, auf seine Seite zurückgeflogen kommt. »Ich?«

»Familie«, sagte Gemma. »Kinder.«

»Nein«, sagte Zen.

Gemma lachte. »Ein typischer Fall von Parthenogenese also?«

»Wie bitte?«

»Sie wurden jungfräulich gezeugt?«

»Was? Natürlich nicht. Meine Eltern sind beide tot, und ich habe keine Kinder. Das ist alles.«

Gemma wurde rot und wirkte ein bisschen verlegen. »Tut mir leid, das klang sicher ziemlich taktlos. Ich muss mir abgewöhnen, Witze zu machen. Die gehen immer daneben.«

»Nein, tun Sie das nicht. Es gibt so wenig zu lachen, wenn man älter wird, dass allein die gute Absicht zählt.«

Sie aßen ihre Vorspeise auf und waren eine Weile schweigsam.

»Wo wohnen Sie denn?«, fragte Gemma, als der Kellner mit der Lasagnette kam.

»In Rom«, antwortete Zen. »Ich arbeite für eines der Ministerien, auf einem mittleren Verwaltungsposten.«

»Für welches?«

»Innenministerium.«

»Ich dachte, ihr *statali* hättet alle im August Urlaub.«

»Nun ja, das hier ist eigentlich kein richtiger Urlaub. Meine Mutter ist vor Kurzem gestorben. Das hat mich ziemlich mitgenommen – sie war eigentlich alles, was mir geblieben war –, deshalb hat mir das Ministerium Sonderurlaub gewährt.«

Als er Gemmas ernsten Gesichtsausdruck sah, beschloss er, einen etwas heitereren Ton anzuschlagen. »Im August werd ich dann in meinem Büro eingehen, während alle anderen am Strand oder in den Bergen sind.«

Er trank einen Schluck Wein. »Und was machen Sie?«

»Ich besitze eine Apotheke, die ich von meinem Vater geerbt habe.«

Zen lächelte säuerlich. »Ich hab immer geglaubt, die Genehmigung, eine Apotheke oder einen Tabakladen zu führen, wäre fast so, als dürfte man selber Geld drucken.«

Gemma lächelte reserviert. »Davon hab ich zwar noch nichts gemerkt, aber wir machen ganz gute Umsätze. Die Lage ist ausgezeichnet, auf der Via Fillalungo, einer der Hauptstraßen, und ich beschäftige drei intelligente, sehr kompetente Frauen, die sich um den Laden kümmern. Die Kunden haben Vertrauen zu ihnen, zu Recht, und das schlägt sich auch in den Gehältern nieder. Das Geschäft läuft mehr oder weniger von allein. Abgesehen von Jahresabrechnung und Inventur habe ich mittlerweile nichts mehr damit zu tun.«

Zen nickte lächelnd. Er war überrascht, wie gut der Abend lief. Das lag vermutlich an dem Ort, an dem sie sich befanden. In Versilia waren alle Kontakte per definitionem Ferienbekanntschaften, ohne jede Verpflichtung für die Zukunft. Hätten er und Gemma sich woanders kennengelernt und wären so locker zusammen essen gegangen, wäre der ganze Abend belastet gewesen von angeblichen oder tatsächlichen Andeutungen, doch hier war das alles ganz harmlos. In einem Badeort passierte nichts, was irgendeine Bedeutung hatte, und nichts, was dort passierte, hatte etwas zu bedeuten.

Zen erzählte gerade eine recht amüsante Anekdote über einen Zahnarzt im venezianischen Stadtteil Canareggio, wo er aufgewachsen war, als ihm erstens bewusst wurde, dass Pier Giorgio Butani gar nicht aus Venedig stammte, und zweitens, dass Gemma nicht zuhörte. Beziehungsweise dass sie *ihm* nicht zuhörte. Ihre ganze Aufmerksamkeit galt einer äußerst mitteilsamen Frau Ende vierzig, die an ihrem Tisch aufgetaucht war. Zen erinnerte sich vage, dass er sie schon mal am Strand gesehen hatte.

»Gemma, meine Liebe, hast du schon gehört, was passiert ist?«, fragte sie mit lauter Stimme.

»Was ist denn passiert?« Gemma schien alles andere als begeistert über die Störung.

»Das mit Massimo Rutelli!«

»Was ist mit ihm?«

»Du hast es also noch nicht gehört? Er ist tot!«

Gemma verzog gleichgültig das Gesicht. »Tatsächlich?«

Die Frau schien beleidigt über Gemmas ausbleibende Reaktion. »Du kapierst das offenbar nicht! Er war den ganzen Nachmittag schon tot! Als er direkt neben uns am Strand saß!«

»Was soll das heißen?«

»Er lag auf seiner Liege bei Francos, und offenbar hatte er einen Schlaganfall oder so was! Ich hab ihn dort gesehen mit dem Handtuch über dem Rücken. Ich dachte, oh, das ist Signor Rutelli, obwohl ich nicht wusste welcher, und die ganze Zeit lag da eine Leiche! Das ist furchtbar, einfach furchtbar! Ich komme mir irgendwie schmutzig vor, verstehst du, was ich meine? Dass so etwas hier passieren muss, ausgerechnet hier.«

»Ja, der Tod kann in sehr unpassenden Momenten eintreten. Mein Großvater mütterlicherseits ist auf der Toilette gestorben. Da er immer viel Zeit dort drinnen verbrachte, hat es Stunden gedauert, bevor wir ihn fanden. Da sind wir uns wirklich schmutzig vorgekommen. Doch wie dem auch sei, in ein paar Tagen ist das alles vergessen.«

Sie schenkte der Frau ein kühles Lächeln, das eindeutig verkündete, dass das Gespräch beendet sei, und wandte sich demonstrativ wieder Zen zu. Doch die ließ sich nicht so leicht entmutigen. »Willst du mir nicht deinen Freund vorstellen?«, fragte sie scheinheilig. »Der geheimnisvolle Fremde! Wir haben uns alle schon die ganze Zeit gewundert, wer sich da den Platz der Rutellis unter den Nagel gerissen hat.«

Zen stand auf und streckte seine Hand aus. »Pier Giorgio Butani, Signora. Ich bin ein Cousin von Girolamo Rutelli. Seinen Bruder kenne ich nur flüchtig, doch ich bin natürlich entsetzt über diese furchtbare Nachricht.«

Auch das entsprach der Wahrheit. Denn alles, was Aufmerksamkeit auf die Familie Rutelli lenkte, konnte auch Aufmerksamkeit auf Zen lenken und dadurch sein Inkognito auffliegen lassen.

»Teresa Pananelli«, erwiderte die Frau mit einem eindeutig koketten Lächeln. »Ich bin sehr froh, dass wenigstens Sie diese Tragödie mit dem nötigen Ernst behandeln, Signor Butani. Nun ist Gemma allerdings schon immer ziemlich leichtfertig und spöttisch gewesen, nicht wahr, meine Liebe? Wir sind zusammen zur Schule gegangen, und ich kann mich gut an so manchen Streich erinnern, den sie unseren armen Lehrern gespielt hat …«

Zen lächelte höflich. Gemma schwieg. Signora Pananelli stieß einen Laut aus, der wie ein Zischen klang. Sie beugte sich zu Zen herüber und berührte ihn am Ärmel. »Und damit war es noch längst nicht zu Ende«, vertraute sie ihm in deutlich hörbarem Flüstern an. »Ich könnte

Ihnen Geschichten erzählen! Besonders seit Tommaso und sie sich getrennt haben.«

Sie lachte laut und unaufrichtig. »Seien Sie jedenfalls gewarnt. Gemma verschluckt Männer mit Haut und Haaren und spuckt sie wieder aus. Es gab mal einen Tennisprofi im Club Nettuno, die Sache hat fast die ganze Saison gehalten, aber normalerweise ist die Fluktuation sehr viel größer. So, jetzt muss ich aber zurück zu meinen Bekannten. Es war mir ein Vergnügen, Sie kennenzulernen, Signor Butani. Ciao, Gemma!«

Zen setzte sich wieder. »Tja, die war aber …«, begann er.

»Sagen Sie nichts«, fuhr Gemma ihn an. »Sagen Sie einfach nichts.«

Sie starrte so wütend auf die Tischdecke, dass es beinah schien, als wolle sie ein Loch hineinbrennen. Zen signalisierte dem Kellner, er möchte ihre Teller abräumen.

»Secondi?«, fragte der Kellner.

»Fisch«, sagte Zen.

»Was für welchen?«

»Den frischesten.«

»Unsere Fische sind alle frisch«, erwiderte der Kellner indigniert.

»Dann ist ja egal, was für welchen. Gegrillt mit Patate fritte und einer Schüssel Insalata di Fagiolini verdi. Und mehr und besseren Wein.«

Der Kellner zog beleidigt ab.

»Ich hoffe, es stört Sie nicht, wenn ich bestelle«, sagte Zen zu Gemma.

»Warum sollte es?«

»Manche Frauen würde es stören.«

»Symbolische Gesten interessieren mich nicht. Wenn

ich mich durchsetzen wollte, würden Sie das schon merken. Außerdem haben Sie genau das Richtige ausgewählt.«

»Danke«, sagte Zen mit einem leicht ironischen Unterton.

»Dieses Miststück.«

»La Pananelli?«

»Was für eine Unverschämtheit. Also wirklich! Es stimmt schon, dass wir zusammen in der Schule waren. Allerdings hat sie nicht erwähnt, dass sie, ein Jahr nachdem ich kam, gegangen ist.«

»Ist sie von der Schule geflogen?«

»Nur eine kleine Frage des Alters, Caro. Und seitdem hat sie mir keine Ruhe gelassen, mir ständig nachspioniert, getratscht und anzügliche Anspielungen gemacht. Ich weiß nicht, was ihr Problem ist. Das heißt, ich weiß es natürlich schon, was die Sache nur noch schlimmer macht. Gott sei Dank sehe ich sie nur hier am Strand.«

»Was ist denn ihr Problem?«

»Tun Sie doch nicht so, als würde Sie das interessieren!«

Zen sah sie mit neutraler Miene an und schwieg.

»Tut mir leid«, fuhr Gemma fort. »Ich hab mich wirklich über sie geärgert, und das lasse ich jetzt an Ihnen aus. Entschuldigung.«

»Schon gut.«

»Ihr Problem ist, dass sie sich ständig mit mir vergleicht. Natürlich ist sie zu blöd, um das zu merken, aber es ist so. Teresa hat ihre Jugendliebe geheiratet, einen Ingenieur, der alles über Stahlbeton weiß, was man darüber nur wissen kann. Ich war mal auf einer Geburtstagsparty, die sie für ihn gegeben hat. Da hat er eine Reihe von Dias gezeigt, die er auf der ganzen Welt aufgenommen hat, auf denen verschiedene Typen von Stahlarmierung zu sehen waren.«

»Was ist denn das?«

Gemma lachte. »Seien Sie froh, dass Sie diese Frage nicht Sandro gestellt haben. Das sind diese Stahlkonstruktionen, die Beton zusammenhalten. Die gibts in verschiedenen Formen und Mustern. Jedes Land hat seine eigene Variante. Die Unterschiede sind geringfügig, aber äußerst bedeutsam.«

»Ich verstehe.«

Ihr Hauptgang wurde aufgetragen, eine saftige Meeräsche, perfekt gegrillt.

»Doch Sandros eigenes Gerüst scheint mittlerweile eingerostet zu sein, wie ich aus diversen Bemerkungen schließe, die Teresa fallen gelassen hat, um sich bei mir mit ihren Affären interessant zu machen. Die braucht mir doch gar nichts zu erzählen! Sehen Sie sich doch nur an, wie sie dasitzt. Na los, starren Sie sie an! Sie und ihre Freundinnen starren weiß Gott schon die ganze Zeit zu uns rüber. Sehen Sie diese bebende, schmollende Unterlippe? Sicheres Zeichen, dass jemand länger nicht sexuell auf seine Kosten kam. Traurig, aber wahr.«

Sie trank den Wein, als wolle sie damit ihren Durst löschen.

»Verzeihen Sie meine Direktheit. Ich hätte den Abend lieber so zivilisiert weitergeführt, wie wir ihn begonnen haben, aber nachdem Teresa diese Bemerkungen über mich gemacht hat, dachte ich, ich sollte das Ganze lieber mal zurechtrücken.«

Zen fiel auf, dass Gemma zwar erklärt hatte, warum ihre Nemesis diese Anschuldigungen gegen sie erhoben hatte, aber nicht versucht hatte, sie zu widerlegen.

»Nun ja, zumindest wissen wir jetzt, wer mir meinen

Platz am Strand weggenommen hat und warum«, antwortete er in heiterem Tonfall. »Er hat einen hohen Preis dafür bezahlt, der arme Kerl.«

Er grinste Gemma an. »Und nun lassen Sie uns das Thema wechseln und wenigstens so tun, als würden wir uns amüsieren. Wenn diese Frau schon versucht, Ihnen den Abend zu versauen, dann wollen wir ihr doch nicht auch die Befriedigung geben, dass es ihr gelungen ist.«

Gemma grinste zurück. »Mir gefällt Ihre Einstellung. Mein Gott, ist dieser Fisch gut! Die haben fast nichts damit gemacht, nur ein Hauch Koriander und Fenchel. Haben Sie schon die Kartoffeln probiert? Einfach köstlich.«

»Schon gut, schon gut, nicht gleich übertreiben.«

»Also, wo kommen Sie her?«

»Aus Venedig«, antwortete er, ohne nachzudenken.

»Aber kein Mensch kommt doch mehr aus Venedig.«

»Dann bin ich halt die große Ausnahme.«

»Das erklärt, warum wir beide so stur sind. Lucca ist die einzige Stadt in der Toskana, die nicht von Florenz erobert wurde, und Venedig ist überhaupt nie von irgendwem erobert worden.«

»Zumindest bis ganz zum Schluss.«

»Ja, und als es dann passierte, haben wir uns einen so mächtigen Eroberer wie Napoleon ausgesucht, der beide Städte seinen fantasielosen, aber wohlmeinenden Habsburger Verwandten überließ. Kein schlechter Abschluss, wenn man die Alternativen betrachtet.«

Sie schob ihren Teller beiseite. »Und jetzt nichts wie raus hier.«

»Keinen Nachtisch, Kaffee oder sonst was?«

»Ein Stück weiter die Straße rauf gibts eine gute Gelateria, ganz in der Nähe parke ich. Lassen Sie uns dort ein

Eis essen und einen Kaffee trinken, und dann fahr ich Sie nach Hause.«

»Ich kann zu Fuß gehen.«

»Ich hätte nichts dagegen, mir mal die Villa der Rutellis anzusehen. Von außen, meine ich. Ist sie schön?«

»Sehr angenehm. Sie können natürlich auch mit reinkommen, wenn Sie möchten. Die Einrichtung ist wirklich geschmackvoll. Alles wie aus einem Guss.«

»Mal sehen, machen wirs von unserer Stimmung abhängig.«

Selbstverständlich konnte Zen seine eigenen Kreditkarten nicht benutzen, und seine Beschützer hatten sich nicht die Mühe gemacht, ihm eine auf seinen Decknamen zu besorgen. Dafür hatten sie ihn mit einem reichlichen Vorrat an großen Banknoten für seinen persönlichen Bedarf ausgestattet, von denen er einige auf die Rechnung warf, bevor er Gemma nach draußen folgte.

Mittlerweile war es dunkel, die Luft mild und weich wie Seide. Die Straßen waren voller Leute, die entweder herumstanden oder in lebhaften Grüppchen umherschlenderten. Gemma und Zen mischten sich darunter. Gemmas hochhackige beige Sandaletten mit den zarten Riemchen um ihre Füße und schmalen Fesseln klapperten über den Asphalt. In der Gelateria entbrannte zunächst eine angeregte Diskussion über die Wahl der richtigen Eissorte. Ohne Erfolg versuchte Zen beim Inhaber Unterstützung für seine Theorie zu finden, dass um diese Jahreszeit nur Fruchteis angemessen und gesund sei und dass Gemma einen schweren Fehler mache, wenn sie sich für Haselnuss, Pistazie und Schokolade entschied, einen Fehler, den sie, wenn sie das Glück hatte, lange genug zu überleben, sehr bedauern würde.

Sie gingen mit ihren viel zu vollen Waffeln nach draußen, setzten sich und fingen an zu schlecken wie die Kinder. Kichernd machten sie alle möglichen Verrenkungen, um zu verhindern, dass das schmelzende Eis auf ihre Kleidung tropfte. Doch hinter seiner zur Schau getragenen Fröhlichkeit fühlte sich Zen ein wenig bedrückt. Die Situation war jetzt ziemlich klar. Wenn das, was Teresa Pananelli gesagt hatte, auch nur halbwegs der Wahrheit entsprach, dann hatte Gemma einen großen Verschleiß an Urlaubsbekanntschaften, ja kam vielleicht sogar – zumindest teilweise – mit dieser Absicht zum Strand. Sie schien Zen zu mögen, und er war zweifellos recht angetan von ihr. Wenn er es darauf anlegte, würden sie vermutlich noch heute zusammen im Bett landen.

Dagegen war natürlich nichts einzuwenden, besonders nicht für jemanden, der seit über einem Jahr mit keiner Frau zusammen gewesen war. Selbst die Nonnen, die in einem der Sanatorien, in denen er gewesen war, als Krankenschwestern arbeiteten, waren ihm gegen Ende seines Aufenthalts ganz attraktiv erschienen. Die Melancholie, die er unter seiner äußeren Fröhlichkeit verspürte, gründete auf dem klaren und unumstößlichen Wissen, dass die Affäre nicht darüber hinausgehen würde. Sie würde eine angenehme Abwechslung sein, mehr nicht. Danach würde jeder seiner Wege gehen, und mit großer Wahrscheinlichkeit würden sie sich nie wiedersehen. Und selbst wenn, würde das zu nichts führen. Gemma hatte ihr Leben, Zen seins. Und in ihrem Alter war keine Kraft stark genug, ihre getrennten Existenzen zusammenzuführen und sie beide miteinander zu verbinden.

Nachdem sie das Eis aufgegessen hatten, lotste Gemma ihn zurück zur Straße und steuerte auf einen blauen Freizeitjeep zu. Sie schloss den Wagen auf. Dann manövrierte sie ihn aus einer Parklücke, die vom Wageninneren aus kleiner wirkte als das Auto selbst. In rücksichtsvollem Kriechtempo schlängelten sie sich durch die Scharen von Fußgängern, die ihr ungeschriebenes »Vorfahrtsrecht« voll ausnutzten. Schließlich bogen sie in eine Seitenstraße und näherten sich der Villa, in der Zen wohnte. Gemma parkte und schaltete den Motor aus. »Ich glaube, ich komm doch noch schnell auf einen Kaffee mit zu Ihnen rein, wenn das okay ist.«

»Das wäre wunderbar«, antwortete Zen. »Und vergiss das schreckliche Sie!«

Vielleicht habe ich ja Glück, dachte er. Seine düsteren Bedenken von vorhin schienen ihm jetzt absurd. Warum musste er sich immer alles so schwer machen? Andere Leute nahmen einfach, was sie kriegen konnten, amüsierten sich und dachten nicht weiter darüber nach. Wollte er unbedingt beweisen, dass er anders war?

Während er zum Tor ging und in der Tasche nach seinem Schlüssel wühlte, öffnete sich auf der anderen Straßenseite eine Autotür. Ein Mann in Uniform stieg aus.

»Buonasera, Signora, Signore«, sagte er in einem Ton, den Zen instinktiv erkannte. Als der Mann näher kam und das Licht der Außenbeleuchtung der Villa auf seine Uniform fiel, stellte sich tatsächlich heraus, dass es sich um einen rangniederen Beamten der Carabinieri handelte. Zen erwiderte den Gruß reserviert.

»Signor Pier Giorgio Butani?«, fuhr der Mann fort.

»Ja.«

»Tut mir leid, dass ich Sie um diese Zeit störe, doch mein Vorgesetzter muss Ihnen unbedingt ein paar Fragen in einer laufenden Ermittlung stellen. Ich muss Sie deshalb bitten, mich zur Wache zu begleiten.«

Zens erster Gedanke war, dass sie ihn nun doch aufgespürt hatten und diese Farce nur aufführten, weil Gemma dabei war.

»Na schön«, sagte er. »In diesem Fall haben Sie doch wohl sicher nichts dagegen, dass Signora Santini nach Hause fährt.«

Der Carabiniere sah Gemma zum ersten Mal an. »Gemma Santini?«, fragte er.

Gemma nickte.

»So ein Glücksfall. Sie stehen nämlich auch auf meiner Liste, Signora. Möchten Sie mir vielleicht mit Ihrem Wagen folgen? Dann können Sie anschließend gleich weiter nach Hause fahren.«

»Was soll das alles?«, fragte Gemma gereizt.

»Das wird man uns vermutlich sagen, wenn wir dort sind«, erklärte Zen ihr mit beruhigender Stimme.

Er wandte sich an den Carabinieri-Beamten. »Wir fahren hinter Ihnen her.«

»Sehr gut. Es ist nicht weit. Behalten Sie einfach meine Rücklichter im Auge.«

Gemma ging zurück zu ihrem Auto und schloss es auf, dann drehte sie sich zu Zen um, der immer noch an derselben Stelle stand und in die Luft starrte.

»Was ist?«, fragte sie, während der Carabiniere seinen Motor aufheulen ließ.

Zen schüttelte den Kopf und ging zu ihr hinüber. »Ich weiß nicht. Ich hatte bloß gerade ein so unglaublich starkes Déjà-vu-Gefühl.«

»Steig ein«, sagte Gemma abfällig. »Vergiss deine übersinnlichen Erfahrungen und lass uns diesen Mist hinter uns bringen, was immer es auch sein mag.«

»Es kann nichts Ernstes sein, sonst würden die uns nicht selber fahren lassen.«

»Hast du nicht gesagt, du würdest beim Innenministerium arbeiten? Warum zeigst du ihnen nicht einfach deinen Ausweis und sagst, sie sollen uns in Ruhe lassen?«

»Das sind Carabinieri, Cara. Andere Truppe, anderes Ministerium, von Liebe keine Spur. Wenn ich bei denen auf meine Stellung poche, dann behalten die uns die ganze Nacht da. Siehst du seinen Blinker? Er biegt nach links.«

»Ja, das sehe ich. Ich mag, wenn du mich Cara nennst, aber ich mag nicht, wenn du mir sagst, wie ich fahren soll.«

»Ich werde es nie wieder tun.«

»Doch, das wirst du.«

Sie folgten dem Wagen einige Kilometer auf der Lungomare Richtung Süden und bogen schließlich ein in eine der hässlicheren Siedlungen, die sich auf einem Gelände befand, das offensichtlich vor nicht allzu langer Zeit noch Marschland gewesen war. Der Ehemann von Signora Pananelli wäre hier in seinem Element gewesen. Alles war mit Hochhäusern und Hotels sowie riesigen Parkplätzen und Supermärkten zubetoniert. Sie hielten vor einem relativ bescheidenen und im Vergleich zu den übrigen Gebäuden alten zweistöckigen Betonblock, über dessen Eingang das Wappen der Carabinieri prangte.

Ihr Begleiter führte sie die Treppe hinauf in einen Raum, wo ein Mann in der Uniform eines Majors kurz von den Papieren aufblickte, in denen er las.

»Signor Giorgio Butani und Signora Gemma Santini«, verkündete der Mann, der sie hierhergebracht hatte.

Der Beamte am Schreibtisch nickte. »Sehr gut, Aldo. Du kannst gehen.«

Die Tür schloss sich hinter Aldo, doch der Carabinieri-Major rührte sich erst mal nicht. Zen betrachtete ihn mit routiniertem Blick. Kompetent, aber nicht ehrgeizig genug, und voller Ressentiments, weil man ihn zugunsten stärker motivierter Rivalen übergangen hatte und als Ferienpolizist an einem Ort versauern ließ, der wie das mysteriöse schottische Brigadoon immer nur in großen Abständen für kurze Zeit zum Leben erwachte und die übrige Zeit wieder von der Landkarte verschwand. Sicher war er ein aufgeblasener und umständlicher Typ, der sich pedantisch an die Regeln hielt. Bei so jemandem musste man die Initiative ergreifen, ohne ihn jedoch zu sehr zu drängen.

»Dürfen wir uns setzen?«, fragte Zen und holte von den an der Wand aufgestapelten Stühlen einen für Gemma.

»Aber natürlich«, antwortete der Beamte, ohne aufzublicken. »Entschuldigen Sie mich bitte, ich bin gleich bei Ihnen. Ich muss nur noch diesen Bericht zu Ende lesen.«

Einen Teufel musst du, dachte Zen, holte auch für sich einen Stuhl und setzte sich neben Gemma. Er lächelte ihr aufmunternd zu. Sie starrte so finster vor sich hin, als würde sie jeden Augenblick die Geduld verlieren, was bei einem Mann wie diesem fatal wäre.

Der Carabiniere schob endlich die Papiere ordentlich zusammen und sah sie beide an. »Es tut mir leid, dass ich Sie zu so später Stunde hierherbringen lassen musste ...«, begann er.

»Ihr Kollege hat sich bereits entschuldigt«, unterbrach Gemma ihn schnippisch. »Was wollen Sie von uns?«

Der Major warf ihr einen Blick zu, der offensichtlich als Warnung gemeint war. »Es geht um einen gewissen Massimo Rutelli, der heute gestorben ist«, sagte er nach einer bedeutsamen Pause.

»Das ist uns bekannt«, entgegnete Gemma. »Ich hab gehört, es war ein Schlaganfall. Was haben wir damit zu tun?«

»Es gibt diverse offene Fragen bezüglich der genauen Umstände des Vorfalls, die wir zu klären versuchen. Deshalb haben wir eine Liste all der Gäste des Strandbads zusammengestellt, in dem die Leiche gefunden wurde, die heute am Strand waren. Nun möchten wir von Ihnen wissen, ob Sie möglicherweise etwas gesehen oder gehört haben. Ihre Namen stehen beide auf besagter Liste.«

Er zog einen Notizblock zu sich heran. »Ich schlage vor, dass wir mit Ihnen beginnen, Signora Santini. Sie sind wohnhaft in Lucca, ist das richtig?«

»Ja.«

»In der Via del Fosso Nummer 73.«

»Korrekt.«

»Beabsichtigen Sie, heute Abend zurückzufahren?«

Das wurde mit einem leicht anzüglichen Unterton gesagt.

»Selbstverständlich«, erwiderte Gemma.

»Dann wollen wir sehen, dass Sie so schnell wie möglich von hier wegkommen, danach kümmere ich mich um Ihren Begleiter.«

»Woher wissen Sie denn, dass der nicht mitkommt?«, fragte Gemma frech.

Der Carabinieri-Major sah sie mit einem Blick an, den Zen nicht so richtig zu deuten wusste. Er schien nach einer passenden Antwort auf Gemmas Frage zu suchen. Doch da ihm keine einfiel, ließ er es und stellte selber eine Frage.

»Um wie viel Uhr waren Sie heute am Strand, Signora?«

»Ich kam heute Morgen gegen zehn an und bin kurz vor eins gegangen. Nach dem Mittagessen bin ich zurückgekommen.«

»Laut dem Plan, den der Besitzer des Bagno für uns

gezeichnet hat, saß Signor Rutelli offenbar auf dem Platz direkt neben Ihnen auf der anderen Seite des Stegs.«

»Nun ja, heute tat er das. Aber eigentlich ist das Pier Giorgios Platz.«

Sie blickte zu Zen, der sich räuspernd vorbeugte.

»Es ist schon richtig, dass die Familie Rutelli den Platz gemietet hat«, sagte er, »aber Girolamo, der ältere Bruder, ist ein Bekannter von mir und hat mir erlaubt, ihn zu benutzen. Offenbar wusste Massimo Rutelli nichts von dieser Vereinbarung, und als er plötzlich unerwartet auftauchte, hat er sich natürlich an seinen gewohnten Platz gesetzt.«

Der Major nickte geistesabwesend, als sei das lediglich eine Bestätigung dessen, was bereits bekannt war. »Haben Sie Signor Rutelli ankommen sehen?«, fragte er Gemma.

»Nein. Ich muss mich wohl gerade gesonnt haben. Doch als ich meine Sachen zusammenpackte, bevor ich ging, fiel mir auf, dass jemand anders auf Pier Giorgios Platz saß.«

»Haben Sie ihn erkannt?«

»Wie sollte ich? Er lag auf dem Bauch, das Gesicht von mir weggedreht. Es hätte Gott weiß wer sein können.«

»Woher wussten Sie dann, dass es nicht Signor Butani war?«

Gemma machte eine wegwerfende Handbewegung, als wäre das eine reichlich überflüssige Frage.

»Wegen seiner Finger.«

»Was war mit seinen Fingern?«

»Sie waren kurz und dick. Frauen achten natürlich auch auf Männerkörper, nur halt anders als Männer auf Frauenkörper. Pier Giorgio hat lange, sehr schlanke Finger. Die Hände von jenem Mann waren ganz anders. Man könnte sich vorstellen, wie sie eine Mauer bauen oder ein Pferd kastrieren. Doch man könnte sich niemals vorstellen, wie sie einem über die Haut streichen.«

Zen blickte zur Seite. Zum ersten Mal, seit er sich erinnern konnte, wurde er rot. Der Major räusperte sich missbilligend. »Das Opfer war also anwesend, als Sie kurz vor eins den Strand verließen?«

»Ja.«

»Und als Sie am Nachmittag zurückkkehrten?«

»Da lag er immer noch da.«

»Um wie viel Uhr war das?«

Gemma zuckte die Schultern. »Ich war in der Bar Centrale und hab ein Panino und einen Salat gegessen. Gegen zwei vermutlich.«

Sie wandte sich an Zen. »Um wie viel Uhr bist du gekommen?«

»Ich hab gegen eins das Haus verlassen«, antwortete Zen. »Es sind ungefähr fünfzehn Minuten zu Fuß. Ich bin gern um die Mittagszeit am Strand. Da ist es nicht so voll.«

»Er war da, als ich zurückkam«, erklärte Gemma dem Carabiniere. »Er hatte sich auf den Platz daneben gesetzt und sah aus, als schliefe er.«

»Das hab ich auch. Ich hatte zu Hause zu Mittag gegessen und eine ganze Flasche Vermentino getrunken. Sobald ich am Strand saß, hat die Hitze mich einfach umgehauen.«

Der Major stand auf, als wolle er kraft seiner Autorität diesem Zwiegespräch Einhalt gebieten. »Vergessen Sie bitte nicht, wer hier die Fragen stellt«, sagte er gereizt.

»Das war mir nicht so ganz klar«, erwiderte Gemma bissig.

Treibs nicht zu weit, dachte Zen, doch zum Glück klingelte in diesem Moment das Telefon.

»Ja?«, bellte der Carabinieri-Major. »Sehr gut. Sagen Sie ihnen das.«

Er hängte ein und wandte sich an Gemma. »Wir haben also, aufgrund Ihrer Aussage, Signora Santini, festgestellt, dass das Opfer kurz vor eins zum Strand kam und gegen zwei immer noch da war. Ist das korrekt?«

»Ja.«

»Haben Sie ein Handtuch bemerkt, das auf seinem Rücken lag?«

Gemma dachte einen Augenblick nach. »Nein, ich glaube nicht. Moment mal. Doch, da war eins, als ich ihn am Nachmittag gesehen hab. Obs am Morgen schon dalag, bin ich mir nicht sicher.«

»Wann haben Sie den Strand verlassen?«

»Gegen vier, früher als gewöhnlich. Es gab einen ziemlich unerfreulichen Zwischenfall.«

Alles, was der Major aus seiner offenbar intensiven Lehrbuchlektüre über elementare Vernehmungstechniken gelernt hatte, war plötzlich wie weggeblasen. Er beugte sich aufgeregt vor. Vor Neugier traten ihm beinah die Augen aus dem Kopf. »Was ist denn passiert?«

Nachdem sie den gewünschten Effekt erzielt hatte, begann Gemma die Angelegenheit wieder herunterzuspielen. »Ach, eigentlich gar nichts. So gegen halb vier wachte Pier Giorgio auf. Ich wollte mir gerade in Francos Bar einen Kaffee holen und hab ihn gefragt, ob er auch einen wollte. Auf dem Rückweg hat mich jemand fast umgerannt, und der ganze Kaffee kippte über meinen Badeanzug. Da ich keinen Ersatz dabeihatte, blieb mir nichts anderes übrig, als nach Hause zu fahren.«

»Der Mann rannte? Warum?«

»Weiß ich nicht. Das heißt, zuerst rannte er gar nicht. Er stand bloß auf dem Steg herum, der mitten durch

Francos Gelände verläuft. Ehrlich gesagt, dachte ich, er würde Pier Giorgio anstarren.«

Ein Funkeln trat in die Augen des Majors. »Sind Sie sicher, dass er Signor Butani anstarrte? Hätte es nicht auch Signor Rutelli sein können, der auf dem nächsten Stuhl lag?«

Gemma verzog gleichgültig den Mund. »Könnte schon sein. Ich hatte aber keine Zeit, darüber nachzudenken, denn im nächsten Augenblick wirbelte er herum und stieß so heftig gegen mich, dass mir der kochend heiße Kaffee über Bauch und Beine schwappte.«

Der Major dachte kurz nach. »Warum ist er denn gelaufen?«

»Ich habe keinen blassen Schimmer.«

»Vielleicht weil er Sie kommen hörte?«

»Das glaube ich nicht. Er sah in die andere Richtung, und ich war barfuß, also konnte er mich nicht gehört haben. Außerdem, warum sollte er denn vor mir Angst haben?«

Der Major nickte und lächelte das ironische, wissende Lächeln des Meisterdetektivs, der als Einziger den versteckten Anhaltspunkt in der scheinbar wahrheitsgemäßen Aussage der Zeugin erkannt hat. »Ganz genau. Warum sollte er vor Ihnen Angst haben?«

Er wandte sich an Zen. »Haben Sie diesen Mann bemerkt, Signore?«

»Ich hab ihn weglaufen sehen, nachdem er mit Gemma zusammengestoßen war, mehr nicht.«

»Kann einer von Ihnen den Mann beschreiben?«

»Nein«, sagte Gemma mit entschiedener Stimme.

»Sie müssen sich doch an irgendwas erinnern!«, wandte der Major ein.

»Warum? Was meinen Sie, wie viele Leute ich jeden

Tag hier sehe? Hunderte, vielleicht tausend, von denen mich nun wirklich keiner interessiert. Wenn ich mir jeden genau genug ansehen würde, um ihn beschreiben zu können, würde ich wahnsinnig. Der Mann, der mich fast umgerannt hat, war jung, mehr kann ich Ihnen nicht sagen. Und wenn man das gesagt hat, hat man alles gesagt. Er sah jung aus, bewegte und verhielt sich jugendlich und war auch entsprechend angezogen.«

»Wie jung?«

Gemma zuckte die Schultern und sah Zen an. »Dreißig?«

Zen nickte. »Anfang dreißig, würde ich sagen.«

»Ich auch«, sagte Gemma. »Er trug Jeans und ein T-Shirt mit irgendeiner Aufschrift. In Englisch.«

»Er war Engländer?«, fragte der Carabinieri-Beamte.

»Nein, nein. Das glaub ich jedenfalls nicht. Er sah typisch italienisch aus, wie diese jungen Teppisti aus Florenz, die am Wochenende in Viareggio rumhängen.«

»Können Sie sich erinnern, was auf dem T-Shirt stand?«

»Nur ein Wort.«

»Nämlich?«

»›Beach‹. La spiaggia. Ich kenne das von diesen Schildern in allen europäischen Sprachen, die die Stadtverwaltung überall aufgestellt hat, um die Leute vor gefährlichen Strömungen und allem Möglichen zu warnen. Aber da stand noch ein Wort, das ich nicht erkannt hab.«

»Life‹«, sagte Zen unerwartet.

Der Major betrachtete Zen triumphierend, als hätte er ihn ertappt. »Signor Butani, Sie haben doch ausgesagt, dass Sie den Mann erst gesehen haben, als er nach dem Zusammenstoß mit Signora Santini wegrannte. Wie können Sie denn da irgendetwas gesehen haben, was vorne auf seinem Hemd stand?«

»Nein, das war nicht dieser Mann. Nun ja, er hätte es wohl gewesen sein können, aber das war später, nachdem ich den Strand verlassen hatte. Ich kam gerade aus einem Laden auf der Via Puccini, da bemerkte ich einen jungen Mann in genau so einem Hemd. Ich wusste nicht, was ›beach‹ heißt, aber das erste Wort war ›life's‹. Das ist die angelsächsische Genitivform, also muss da gestanden haben ›A life's beach‹. La vita della spiaggia.«

Sein Triumph darüber, dass er sich von einer langen Erklärung, die ihm mal seine amerikanische Freundin Ellen geliefert hatte, an dieses Detail der englischen Grammatik erinnerte, war nur von kurzer Dauer.

»La spiaggia di una vita«, korrigierte Gemma.

»Das ergibt immer noch keinen Sinn!«, polterte der Major.

»Ist vermutlich der Name irgendeiner Popgruppe«, sagte Gemma im Aufstehen. »War das alles? Wenn ja, würd ich nämlich jetzt gern nach Hause fahren.«

»Nur noch eine Frage. An Sie beide. Hat einer von Ihnen irgendwann während Ihres Aufenthalts am Strand etwas Ungewöhnliches in der unmittelbaren Nähe Ihres Platzes gehört oder gesehen?«

»Außer dem erwähnten Zwischenfall nichts«, sagte Gemma.

Der Major sah Zen an, der den Kopf schüttelte. »Nein, sonst nichts.«

»Na schön. Signora Santini, Sie können gehen. Danke für Ihre Hilfe und gute Nacht.«

Er schien es jetzt eilig zu haben, sie loszuwerden. Gemma beugte sich zu Zen hinab, der sofort aufstand.

»Danke für den schönen Abend«, sagte sie.

»Freut mich, dass es dir gefallen hat.«

»Das hat es, trotz diesem ganzen Unsinn.«

»Mir auch.«

Sie küsste ihn flüchtig auf beide Wangen. »Wir sehen uns morgen«, sagte sie und huschte aus dem Zimmer.

Als Zen sich umdrehte, stellte er fest, dass der Major ihn mit einem wissenden Lächeln betrachtete. »Ich fürchte, Sie werden diese Verabredung verschieben müssen, Dottore«, sagte er.

Zen fiel auf, dass der Carabinieri-Beamte ihn zum ersten Mal mit seinem Titel anredete. Er spürte, dass etwas vor sich ging, das er nicht verstand und auf das er keinen Einfluss hatte, jedenfalls jetzt nicht. »Was wollen Sie denn noch von mir wissen?«, fragte er und setzte sich wieder hin.

»Nur noch ein paar kurze Fragen.«

»Aber dann hätte ich doch zusammen mit Signora Santini gehen können!«, ereiferte sich Zen, jetzt wirklich verärgert. »Sie hätte mich nach Hause gefahren. Nun muss ich mir ein Taxi bestellen und …«

»Nein, das brauchen Sie nicht«, antwortete der Major und ließ sich schwerfällig hinter seinem Schreibtisch nieder.

Er zog eine Schachtel Zigaretten aus einer Schublade und bot Zen eine an. Zen nahm sie, hauptsächlich um zu sehen, was das denn nun wieder zu bedeuten hatte.

»Heute Abend erhielt ich kurz nach sieben einen Anruf«, fuhr der Major fort, nachdem er ihnen beiden Feuer gegeben hatte, »von meinem unmittelbaren Vorgesetzten in der Provinzzentrale in Lucca. Er gab eine Nachricht an mich weiter, die wiederum von deren Vorgesetzten im Ministerium in Rom kam, ließ aber gleichzeitig durchblicken, dass die Nachricht ursprünglich aus noch einer anderen Quelle stammte.«

Zen rauchte gemütlich und schwieg.

»Die Nachricht hatte zum Inhalt, dass ein gewisser Pier Giorgio Butani, vorübergehend wohnhaft in diesem Bezirk, in den Mordfall involviert sein könnte, in dem ich gerade ermittele.«

»Was für ein Mordfall?«

»Der, über den wir gerade sprachen, Dottore.«

»Aber Rutelli ist doch an einem Schlaganfall gestorben!«

»Das ist die Geschichte, die der Besitzer des fraglichen Bagno verbreitet, aus offenkundigen Gründen. Wir haben keine offizielle Erklärung abgegeben.«

»Rutelli wurde ermordet?«

Der Major nickte. »Aus geringer Entfernung einmal ins Herz geschossen mit einer Neunmillimeter-Pistole, die mit größter Wahrscheinlichkeit mit einem Schalldämpfer versehen war. Bei der Kugel handelte es sich um ein Geschoss, das im Körper zersplittert, sodass keine Austrittswunde entsteht und nur sehr wenig Blut fließt. Das wenige, was dennoch austrat, wurde von dem Handtuch verdeckt, das möglicherweise eigens zu diesem Zweck dorthin gelegt worden war. Niemand, mit dem ich gesprochen habe, hat irgendetwas Ungewöhnliches gehört, obwohl etliche Leute nur wenige Meter von dem Opfer entfernt saßen oder lagen. Auch erinnert sich niemand, einen Fremden in der Nähe des Platzes gesehen zu haben, an dem Rutelli saß, abgesehen von den üblichen Wassermelonenverkäufern, afrikanischen Händlern und Ähnlichem. Kurz gesagt, das Ganze sieht nach einem äußerst professionellen Job aus.«

Zen drückte seine Zigarette aus. »Aus Gründen, auf die wir jetzt nicht eingehen wollen, wohne ich seit einiger Zeit im Obergeschoss der Villa der Rutellis. Die untere

Etage war bis gestern unbenutzt, doch dann hörte ich von dort Geräusche. Das war vermutlich Massimo Rutelli, der gerade einzog. Aus einem weiteren Grund, der uns nicht zu kümmern braucht, habe ich mich ihm nicht vorgestellt, und er wusste eindeutig nichts davon, dass ich schon seit Längerem den *posto* der Familie am Strand benutzte. Deshalb ging er am nächsten Morgen dorthin und ließ sich wie gewohnt nieder. Als ich kam, sah ich, dass jemand auf meinem Platz saß. Ich hatte keine Ahnung, wer es war, aber da der Platz daneben während der Woche immer frei ist, hab ich mich einfach dorthin gesetzt. Das Handtuch lag bereits da, als ich kam. Also war Rutelli zu diesem Zeitpunkt vielleicht schon tot. Während der ganzen Zeit habe ich nichts auch nur annähernd Verdächtiges oder Ungewöhnliches gehört oder gesehen. Haben Sie noch Fragen?«

Der Major seufzte theatralisch. »Es gibt eine Menge Fragen, die ich Ihnen sehr gerne stellen würde, Dottore, aber man hat mir unmissverständlich klargemacht, dass das nicht unter meine Zuständigkeit fällt. Stattdessen habe ich die Anweisung erhalten, Sie zwei Agenten einer Parallelbehörde zu übergeben, die von Rom hierhergefahren sind. In dem Anruf eben teilte man mir mit, dass sie da sind.«

»Von welcher Parallelbehörde?«

Der Major bedachte ihn mit einem ungewöhnlich durchdringenden Blick, was Zen die Sinnlosigkeit seiner Frage klarmachte.

»Die betreffenden Personen erwarten Sie unten«, sagte er in abweisendem Ton.

Und dort waren sie tatsächlich. Ein Mann und eine Frau Mitte zwanzig gingen in der Eingangshalle der Carabinieri-Wache auf und ab, beide ganz in Zivil gekleidet.

Das Einzige, was ihre Professionalität verriet, war der rasche Blick, mit dem beide Zen musterten, als dieser auf der Treppe erschien, von Kopf bis Fuß und wieder nach oben, wie Henker, die Maß nehmen, um die Fallhöhe zu berechnen.

Der Mann wandte sich ab und begann, in ein Funkgerät zu sprechen. Die Frau ging auf Zen zu. »Unser Wagen steht draußen«, sagte sie und deutete auf die Tür.

Zen rührte sich nicht. »Woher weiß ich denn, wer Sie sind?«, fragte er.

Die Frau lächelte grimmig. »Was meinen Sie denn, woher wir wissen, wer Sie sind, Dottor Zen?«

»Haben Sie Ausweise?«

»Wenn wir welche hätten, würden die aus derselben Quelle stammen wie die Papiere, die Sie als Pier Giorgio Butani ausweisen. Und wären genauso verlässlich.«

Der Mann hatte sein Gespräch beendet. »Kommen Sie!«, sagte er. »Wir haben schon genug Zeit verplempert.«

Eine blaue Limousine parkte direkt vor der Tür. Ein zweites Fahrzeug, das ein Stück weiter mitten auf der Straße stand, ließ die Scheinwerfer aufblinken, als sie hinaustraten. Erneut blieb Zen abrupt stehen, von dem überwältigenden Gefühl ergriffen, dass er das alles schon einmal erlebt hatte. Rücklichter, Scheinwerfer … Wie war das noch mal gewesen?

Er hatte keine Zeit, darüber nachzudenken, da seine Begleiter ihn in das wartende Auto drängten, das sofort losfuhr und quer durch die schlafende Stadt brauste, ohne Verkehrszeichen und Ampeln zu beachten. Fünf Minuten später rasten sie auf der Autostrada A12 Richtung Süden.

»Wo fahren wir hin?«, fragte er die Agentin, die neben ihm auf der Rückbank saß.

»Nach Pisa«, antwortete sie. »Von dort werden Sie an einen weiteren Bestimmungsort geflogen.«

»Wohin?«

»Das sind wir nicht befugt zu wissen.«

Der Wagen fegte über die fast leere Autobahn, deren Mittelstreifen mit hohen, blühenden Sträuchern bewachsen war.

»Aber was ist denn mit meinen Sachen?«, protestierte Zen. »Kleidung und persönliche Dinge. Das befindet sich alles in der Villa in Versilia.«

»Es wird jemand hingeschickt, um die Sachen einzupacken, abzuholen und Ihnen so bald wie möglich nachzusenden. In der Zwischenzeit wird man Ihnen an Ihrem Bestimmungsort ausreichend Kleidung und Toilettenartikel zur Verfügung stellen.«

Zen seufzte entnervt. »Sie hätten mir ja vielleicht Bescheid geben können«, sagte er.

Die Frau sah ihn an. »Sie scheinen nicht zu verstehen, Dottore. Wir haben von alldem erst erfahren, als Girolamo Rutelli Verbindung mit uns aufnahm, um uns mitzuteilen, dass sein Bruder getötet wurde. Er war von der zuständigen Behörde in Versilia angerufen worden, unter anderem weil man jemanden brauchte, der das Opfer eindeutig identifizieren konnte. Nachdem wir von ihm erfahren hatten, was passiert war, haben wir natürlich sofort Schritte unternommen, um Sie so schnell wie möglich aus dieser Gegend zu entfernen.«

»Was habe ich denn damit zu tun?«

»Alles deutet darauf hin, dass es sich bei der Ermordung von Massimo Rutelli um eine Verwechslung handelte und Sie das eigentliche Opfer sein sollten. Der Modus Operandi entsprach dem eines klassischen professionellen Mords. Das lässt darauf schließen, dass die

Mafia entdeckt hat, wo Sie sich aufhalten, und versucht hat, Sie zum Schweigen zu bringen, bevor Sie in den Vereinigten Staaten gegen die Rizzo-Brüder aussagen können. Nachdem der Anschlag gescheitert ist, hätten sie es natürlich erneut versucht, möglicherweise noch diese Nacht.«

Der Wagen fuhr durch den automatischen Kassenschalter an der Ausfahrt Pisa Centro und raste dann über die Schnellstraße Richtung Flughafen. Als die Agentin erneut sprach, klang es beinah versöhnlich.

»Machen Sie sich keine Sorgen, Dottore. Die Gefahr ist vorüber. Wo auch immer Sie als Nächstes hingeschickt werden, man wird gut auf Sie aufpassen.«

Islanda

Als das Licht ihn nicht mehr blendete, wurde Aurelio Zen klar, dass irgendetwas Merkwürdiges vor sich gegangen war. Unglücklicherweise hatte er einen Platz auf der Backbordseite des Flugzeugs gewählt, sodass die tief stehende Sonne ihn blendete. Die fast waagerechten Strahlen verbreiteten den harten Glanz des Februars und die lähmende Hitze des Augusts.

Was die Sache noch schlimmer machte – es war allein seine Schuld. Der Platz, den man ihm ursprünglich zugewiesen hatte, lag auf der kühlen, schattigen, nach Norden weisenden Seite des Flugzeugs. Doch das war unmittelbar nach dem Start nicht zu erkennen gewesen, während der dicke Geschäftsmann auf dem Sitz neben ihm, der eifrig in sein Notebook hämmerte, dagegen nur allzu präsent gewesen war. Deshalb hatte sich Zen, als er auf der anderen Seite eine leere Reihe entdeckte, dorthin gesetzt, worauf der Geschäftsmann prompt Zens ursprünglichen Platz einnahm und seinen ganzen Kram auf den Platz legte, auf dem er selbst gesessen hatte. Rein theoretisch hätte Zen wohl einen der Flugbegleiter kommen lassen und darauf bestehen können, dass er seinen rechtmäßigen Platz zurückbekam, doch das schien ihm nicht der Mühe wert. Wie alle anderen hatte er sein Rouleau heruntergelassen, als nach dem Mittagessen die Kabinenbeleuchtung ausgeschaltet wurde, doch das durchscheinende Licht war immer noch so stark gewesen, dass es den geisterhaften Gestalten, die sich auf dem Bildschirm vor ihm bewegten, jegliche Substanz nahm.

Doch nun war diese penetrante Helligkeit verschwunden. Er schob das Rouleau ein kleines Stück hoch. Nein, es war keine Sonne mehr da. Einen Moment lang fragte er sich, ob sie vielleicht schon untergegangen war, doch der weite Ozean tief unter ihnen glitzerte immer noch in ihrem Licht. Also musste die Sonne noch am Himmel stehen, nur dass sie sich jetzt offenbar hinter dem Flugzeug befand. Was bedeutete, dass sie nach Norden flogen. Und trotz seiner dürftigen Geografiekenntnisse wusste Zen, dass Amerika nicht nördlich von Europa lag.

Er hatte die zwei Wochen seit seiner überstürzten Abreise aus Versilia auf der kleinen Insel Gorgona verbracht. Sie lag fünfunddreißig Kilometer von der toskanischen Küste entfernt und diente hauptsächlich als Gefängnisinsel für nichtgewalttätige jugendliche Straftäter. Nachdem man ihn mit einem Militärhubschrauber von Pisa dorthin geflogen hatte, brachte man Zen in einem leer stehenden Flügel des riesigen Hauses unter, das der Gefängnisdirektor ganz allein bewohnte. Letzterer entpuppte sich als großer, permanent gebeugt gehender Mann mit leiser Stimme, der so schüchtern war, dass er sich beinah ständig für alles entschuldigte. Einem Gefängnisgerücht zufolge, das Zen später von einem der Wärter erfuhr, war er früher Direktor an einem Gymnasium in Bari gewesen, bis gewisse Gerüchte über sexuelle Aktivitäten zwischen Personal und Schülern den Behörden zu Ohren kamen. »Also hat er einen Job bei der Grazia e Giustizia bekommen, und die haben ihn hierhergeschickt«, bemerkte der Mann mit einem süffisanten Grinsen. »Da lungert er wenigstens nicht an irgendwelchen Ecken auf dem Festland herum, und diese Halunken hier kann er ganz gewiss nicht verderben. Wenn überhaupt, verderben die eher ihn. Einer von denen wollte mir mal für eine Zigarettenkippe, die ich gerade ins Klo schmeißen wollte, einen blasen. ›Was würdest du denn für eine ganze Packung tun?‹, hab ich ihn gefragt. ›Bei allem Respekt, Capo, aber ich weiß nicht, ob Sie so eine Intensivbehandlung aushalten würden. Da sollten Sie lieber noch ein paar von Ihren Kollegen einladen.‹«

Zen nahm seine Mahlzeiten in der Kantine ein, die ein ausgezeichnetes Essen zubereitete aus den Produkten der Ländereien, auf denen die Gefangenen tagsüber arbeiteten. Er hatte dem Personal erzählt, er sei Ornithologe und erforsche das Verhalten diverser seltener einheimischer Möwenarten. Wie erhofft, führte die Aussicht auf ein langweiliges Gespräch über sein angebliches Forschungsgebiet dazu, dass man ihn in Ruhe ließ. Die übrige Zeit verbrachte er damit, das Labyrinth von Pfaden zu erkunden, das die Insel überzog, deren Vegetation aufgrund der 130-jährigen Geschichte als Strafkolonie noch völlig intakt war. Die östlichen Hänge der felsigen Insel waren mit Pinienwäldern bewachsen, so wie sie früher einmal die italienische Küste gesäumt hatten, die durch den Dunst verschwommen im Osten zu erkennen war. Ansonsten erstreckte sich, so weit das Auge reichte, stachliges, immergrünes Macchia-Gestrüpp. Nur gelegentlich spendeten Haine aus importierten Oliven, Steineichen und Edelkastanien, die überdauert hatten, etwas Schatten. Die Luft war absolut klar und duftete leicht nach Honig.

Seine Idylle wurde nur von dem Gedanken an Gemma getrübt, vor allem durch die Tatsache, dass er gezwungen gewesen war, so überstürzt abzureisen, und nun keine Möglichkeit hatte, ihr zu erklären warum. Briefe und

Telefongespräche waren ihm strengstens untersagt. Also musste es für Gemma so aussehen, als sei Zen – beziehungsweise Pier Giorgio Butani – einfach über Nacht aus Versilia verschwunden, ohne ein einziges Abschiedswort. Und obwohl er sich immer wieder sagte, dass ihre Beziehung nie über eine oberflächliche Affäre hinausgegangen wäre, war das doch ein brutaler, hässlicher und unbefriedigender Abschluss, der einen bitteren Nachgeschmack hinterließ.

Zu Beginn seiner dritten Woche in der Abgeschiedenheit überbrachte der Direktor ihm die Nachricht, er möge am nächsten Morgen um neun Uhr seine Sachen gepackt haben und reisefertig sein. Pünktlich um fünf Minuten vor der angegebenen Zeit landete ein großer Militärhubschrauber mit zwei Rotoren – er war vom gleichen Typ wie der, der Zen auf die Insel gebracht hatte – auf dem Exerzierplatz, auf dem die Häftlinge jeden Morgen zum Appell und zur Verteilung der Aufgaben antreten mussten. Mit dem Gepäck in der Hand, das ihm kurz nach seiner Ankunft mit der Fähre von Livorno gebracht worden war, trottete er über den Asphalt auf den Hubschrauber zu. Die Sonne stand hell und klar am wolkenlosen Himmel, die Luft war lieblich und frisch, und bevor der Hubschrauber auftauchte, hatte absolute Ruhe geherrscht. Zen kam sich vor, als würde er aus einem Paradies vertrieben, in das er nie mehr zurückkehren könnte.

Wenige Minuten später waren sie wieder in Pisa, auf dem militärischen Teil des Flughafens, weit weg vom kommerziellen Terminal. Hier brachte man Zen zu einem kleinen Düsenflugzeug ohne Beschriftung. Sein Gepäck wurde im Laderaum verstaut, während er über eine heruntergeklappte Treppe ins Innere stieg. Das bestand aus einer einzigen Kabine mit bequemen Sitzen vor einem flachen Tisch in der Mitte. Auf einem der Sitze saß der junge Diplomat, der ihn in der Klinik besucht hatte.

Er stand sofort auf, schüttelte Zen die Hand und bat ihn, Platz zu nehmen. Dann holte er eine Thermosflasche mit hervorragendem Kaffee und zwei Becher hervor. Einen Augenblick später wurde die Treppe hochgeklappt, die Tür geschlossen und die Triebwerke gestartet.

»Verzeihen Sie den primitiven Kabinenservice«, sagte Zens Begleiter, als das Flugzeug sich in Bewegung setzte. »Andererseits haben Sie hier vermutlich mehr Komfort, als Sie für den Rest Ihrer Reise haben werden. Zumindest brauchen Sie sich nicht den üblichen Sermon anzuhören, was Sie in dem unwahrscheinlichen Fall einer Landung auf dem Wasser tun sollen. Ob wohl jemals ein Leben durch eine dieser billigen Schwimmwesten gerettet wurde, die sie unter die Sitze stopfen? Mir kommt es so vor, als würden diese ganzen Sicherheitsinformationen nichts weiter bewirken, als eine irrationale Angst vorm Fliegen zu verbreiten. Dabei sind Flugzeuge eines der sichersten Verkehrsmittel. Stellen Sie sich mal vor, Sie müssten sich jedes Mal, wenn Sie in einen Bus, einen Zug oder ein Taxi steigen, einen Haufen euphemistisches Geschwafel anhören, was man tun soll, wenn das Ding irgendwo gegendonnert! Da würde doch kein Mensch mehr das Haus verlassen.«

Das Flugzeug bog ruckelnd nach rechts, die Triebwerke heulten, und bevor Zen wusste, wie ihm geschah, hatten sie bereits abgehoben. Mehrere Minuten beobachtete er, wie sich die Küste in eine Landkarte verwandelte, dann wandte er sich wieder seinem Begleiter zu, der ihnen beiden gerade Kaffee einschenkte. Als er zu Zen aufblickte, war seine Miene wieder ganz professionell. »Ich hoffe, Ihr Aufenthalt auf Gorgona war erträglich«, sagte er.

»Sehr angenehm, vielen Dank.«

»Es schien kurzfristig die beste Lösung, angesichts der Ereignisse in Versilia.«

Er sah Zen mit ernstem Gesicht an. »Sie scheinen einen guten Schutzengel zu haben. Die Mafia hat nun schon zweimal versucht, Sie umzubringen, und beide Male ist es ihr nicht gelungen. Das können nur wenige Leute von sich behaupten.«

»Ist denn sicher, dass ich das anvisierte Opfer war?«

»Dottore, in dieser Gegend ist nach allem, was wir wissen, noch nie jemand am Strand ermordet worden. Ein paar Messerstechereien spät in der Nacht unten in Viareggio, und gelegentlich begleichen Drogenbanden ihre Rechnungen untereinander, aber weiter nichts. Nun wird ein Firmenanwalt, der anscheinend keine Feinde hat, auf dem Platz, auf dem Sie seit mehreren Wochen sitzen, am helllichten Tag mit einer schallgedämpften Pistole aus kürzester Entfernung mit einem Schuss ins Herz getötet, und das von einem Killer, der niemandem auffällt, obwohl das Bagno zu der Zeit erstaunlich gut besucht war.«

Zen nickte. »Sie haben vermutlich recht.«

»Natürlich haben wir das. Deshalb haben wir auch beschlossen, Sie erneut an einen anderen Ort zu bringen, diesmal in die Vereinigten Staaten.«

Als er Zens entsetzten Gesichtsausdruck bemerkte, hob er beruhigend die Hand. »Es dauert noch eine Weile, bis der Prozess beginnt, doch bis dahin erschien es die sicherste Möglichkeit, Sie außer Landes zu schaffen und in die Obhut der Bundesbehörden zu geben. Die haben viel

Erfahrung damit, wie man Zeugen schützt, außerdem ist Amerika ein sehr großes Land. Und um ganz sicher zu gehen, fliegen wir Sie nicht nach New York, wo der Prozess stattfinden wird, sondern an die Westküste. Dort werden Sie gleich nach Ihrer Ankunft am Flughafen von italienisch sprechenden Agenten des FBI in Empfang genommen, die Sie an Pass- und Zollkontrolle vorbeischleusen und zu einem sicheren Haus begleiten an einem Ort, der selbst uns nicht mitgeteilt wurde. Es ist völlig ausgeschlossen, dass die Mafia Sie dort findet.«

Zen schaute wieder aus dem Fenster. Das Flugzeug überflog gerade die Apenninen. Sie schickten ihn also fort. Plötzlich fühlte er sich sehr klein, hilflos und verzweifelt.

»Unser unmittelbares Ziel ist Malpensa«, fuhr der Diplomat fort. »Dort werden Sie in einen regulären Flug der Alitalia nach Los Angeles umsteigen. Sie werden getrennt von den übrigen Passagieren an Bord gebracht, müssen nicht durch die Passkontrolle und diesen ganzen Unsinn und erhalten einen Platz in der Businessclass. Ich gehe davon aus, dass Sie Ihren Koffer selbst gepackt haben und die ganze Zeit bei sich hatten und dass er keine explosiven oder leicht entzündbaren Substanzen enthält.«

Erst nachdem Zen mit ernster Miene den Kopf geschüttelt hatte, wurde ihm klar, dass das ein Scherz gewesen war.

»Haben Sie noch irgendwelche Fragen?«, erkundigte sich sein Begleiter höflich.

Zen dachte einen Augenblick nach. »Ja«, sagte er schließlich. »Wenn ich einen Brief schreibe, würden Sie ihn für mich aufgeben?«

Der Diplomat wirkte verlegen. »Das käme darauf an«, antwortete er.

»Worauf?«

»An wen Sie schreiben wollen und was Sie schreiben wollen.«

»Mit anderen Worten, Sie müssten ihn erst lesen.«

Der junge Mann nickte gequält. »Irgendwer müsste es tun«, sagte er. »Es hat keinen Sinn, Ihnen in der Hinsicht etwas vorzumachen. Bei dieser Operation steht die Ehre und das Prestige unseres Landes auf dem Spiel. Ich fürchte, es wäre naiv, so zu tun, als könnte man aus Gründen des Takts über irgendwelche notwendigen Sicherheitsmaßnahmen hinwegsehen.«

Zen nickte. »Danke für Ihre Aufrichtigkeit. Sie hätten mich belügen können. Allerdings spielt es eh keine Rolle. Es war eine törichte Idee.«

Sobald sie in Malpensa gelandet waren, wurde Zen von einem Wagen der Flughafenverwaltung abgeholt und zu einem fensterlosen Aufenthaltsraum in einem abgelegenen Teil des Terminals gebracht. Hier ließ man ihn über eine Stunde warten, bevor man ihn zurück zum Auto führte und über diverse breite Rollbahnen zu einer 747 der Alitalia fuhr, in die gerade die Wagen mit Essen und Getränken eingeladen wurden. Zen wurde ebenfalls eingeladen, über eine Gangway, die man zur hinteren Tür des Flugzeugs gerollt hatte. Das alles erinnerte ihn auf seltsame Weise an seine Rückkehr von Malta nach Sizilien, wo er »am Flughafen« – einem nicht fertiggestellten Stück Autobahn – von Angehörigen der Mafia von Ragusa abgeholt worden war, die ihn zu Don Gaspare Limina bringen sollten. Wieder einmal war er bloß ein Stück Fracht, das herumgeschoben und verstaut werden musste, wie die Pakete mit Drogen, die aus dem Mafiaflugzeug ausgeladen worden waren. Nun haben Pakete keine Gefühle oder irgendeine Meinung über die Art,

wie sie verschickt werden, oder ihren endgültigen Bestimmungsort. Zen hatte das schon, doch das war ebenso
irrelevant.

Etwa drei Stunden später, als er nervös auf seinem Sitz
hin und her rutschte und besorgt das Verschwinden der
Sonne zur Kenntnis nahm, war seine Gemütslage unverändert. Die Vorstellung, plötzlich in Amerika zu sein,
erfüllte ihn mit Schrecken. Wie viele Italiener seiner Ge-
neration war er nie im Ausland gewesen, abgesehen von
Tagesausflügen nach Österreich und in die Schweiz und
erst kürzlich nach Malta. Er hatte noch nicht einmal
einen Pass besessen, und daher schien es ihm durchaus
angemessen, dass der Pass, den er nun bei sich trug, auf
einen falschen Namen ausgestellt war. »Il bel paese« hatte
dem Reisenden doch alles nur Vorstellbare an Landschaft, Klima, Naturschönheiten und kulturellen Schätzen zu bieten. Warum also viel Zeit dafür verplempern,
in irgendein fremdes Land zu fahren, wo die Leute komi-
sches Geld benutzten, einen barbarischen Dialekt sprachen und man sich noch nicht mal darauf verlassen
konnte, dass sie einen anständigen Kaffee machten oder
gar wussten, wie man Pasta richtig kocht? Es war eine
dämliche Idee, wie man es auch betrachtete. Und wenn
das fragliche fremde Land auf der anderen Seite des At-
lantischen Ozeans lag, dann wurde die Sache regelrecht
schwachsinnig.

Zens Faustregel in diesen Dingen war ganz einfach.
Rein theoretisch war er bereit, zumindest zu erwägen, in
ein Land zu reisen, das einst zum Römischen Reich gehört hatte. Wenn es außerdem noch Teil des politischen
oder des Handelsimperiums der Republik Venedig gewesen war, umso besser. Ägypten, Türkei, Bulgarien, Grie-
chenland, der Balkan, Österreich, Bayern, Frankreich,

die Iberische Halbinsel, Nordafrika – zur Not sogar England – konnte er sich als hypothetisches Reiseziel vorstellen. Jenseits dieser Grenzen sah er einfach nicht, was es für einen Sinn haben sollte. Die Römer waren zwar brutale Schweinehunde gewesen, aber sie waren nicht dumm. Wenn sie sich nicht die Mühe gemacht hatten, Schweden oder Polen zu erobern, gab es dafür sicher gute Gründe. Und ganz gewiss waren sie nicht in Amerika gewesen. Vielleicht hatten sie ja nicht gewusst, dass es existierte. Oder sie hatten irgendwelche Gerüchte darüber gehört, es aber nicht für wichtig genug befunden, dem weiter nachzugehen. Wie dem auch sei, Zen war geneigt, sich auf ihr Urteil zu verlassen.

Und als ob das alles nicht schon beängstigend genug für ihn wäre, war da noch die kleine Sache mit seiner Zeugenaussage beim Prozess. Den Schlägertypen aus Ragusa, die Zen zu Don Gaspare Limina gebracht hatten, hatte man zu verstehen gegeben, dass er eh umgebracht wurde. Also hatten sie sich nicht die Mühe gemacht, ihre Gesichter zu verbergen. Doch dank der Gnade des Catania-Clans oder aufgrund der Rivalität mit den Ragusern hatte er überlebt und befand sich nun in der fast noch nie da gewesenen Situation eines Nichtmafioso, der in der Lage war, zwei prominente Mitglieder »dieser miesen, unbedeutenden Bastarde aus Ragusa« zu identifizieren, wie Limina seine aufstrebenden Nachbarn verächtlich bezeichnet hatte.

Nun ist das Leben von Wechselfällen bestimmt, besonders für Mafia-Capi. Don Gaspare war im Rahmen einer umfangreichen Operation verhaftet worden, die nach dem Attentat auf Zen stattgefunden hatte, und saß nun eine mehrfach lebenslängliche Haftstrafe in einem besonders kalten und primitiven Gefängnis hoch in den

Bergen in der Nähe von Matera ab. In der Zwischenzeit war es Bernardo Provenzano, genannt »der Traktor«, dem letzten verbliebenen Oberhaupt der Corleonesi, der nach fast vierzig Jahren auf der Flucht immer noch nicht gefasst war, gelungen, den relativ freien Markt an sich zu reißen, der nach dem Zusammenbruch der alten Hierarchien entstanden war, und die Konkurrenten in der Region auszuschalten. Nach einer Serie brutaler Morde und mithilfe einer geschickten Vergabe jener klassischen Angebote, die man nicht ablehnen kann, stand nun auch der Ragusa-Clan unter seiner Kontrolle – aber damit auch unter seinem Schutz. Wer immer gegen Nello und Giulio Rizzo aussagte, würde gegen die Cosa Nostra selbst aussagen und für den Rest seiner Tage ein gezeichneter Mann sein.

Eine Weile spielte Zen mit dem Gedanken, dass sie vielleicht gar nicht nach Amerika unterwegs waren, da sie ja offenkundig nach Norden flogen, doch ein Blick auf die Streckenkarte im Alitalia-Magazin zerstörte diese Illusion. Dort sah es so aus, als würden Flugzeuge, wenn sie von einem Ort zum anderen flogen, dies nie auf direktem Weg tun, sondern in einem langen weiten Bogen über so absonderliche Lokalitäten wie Baffin Island und Labrador. Vielleicht hatte das was mit den vorherrschenden Winden zu tun, wie im Zeitalter der Segelschiffe. Oder vielleicht war es auch ein bewusster Umweg, um allen die Chance zu geben, etwas Schlaf zu bekommen. Nachtzüge fuhren ja auch oft absichtlich langsam, um nicht zu einer unchristlichen Zeit anzukommen und die Passagiere total verschlafen auf einem verlassenen Bahnhof in einer schlafenden Stadt auszusetzen.

Er blätterte in dem Magazin herum und überflog einen Artikel über die Stadt, zu der er unterwegs war.

Offenbar war sie ursprünglich von den Spaniern besie-
delt gewesen, die sie »El Pueblo de Nuestra Señora la
Reina de Los Angeles« genannt hatten. Auf Italienisch
hieß das »Das Dorf unserer lieben Frau, der Königin der
Engel«. Außerdem gab es Fotos von einem alten Kloster
aus Stein, das strahlend weiß in der Sonne lag. Vielleicht
war ja Los Angeles doch gar nicht so schlecht. Es hörte
sich nach einer angenehm altmodischen Stadt an, und
zumindest würden die Leute alle katholisch sein. Obwohl er keineswegs gläubig war, zog es Zen doch vor,
von seinesgleichen umgeben zu sein. Protestanten waren
ihm ein Rätsel, einen Moment voller hehrer Ideale und
im nächsten absolut berechnend. In einer katholischen
Kultur wusste man, woran man war: allenthalben nur
Lügen, Ausflüchte, undurchdringliche Geheimnisse, Be-
trügereien, Heimtücke und hinterhältige Intrigen aller
Art. Mit diesem tröstlichen Gedanken zog er das Rouleau wieder herunter und döste ein.

Das Nächste, woran er sich erinnerte, war, dass er von
der Stewardess geweckt wurde, die ihn aufforderte, seinen Sicherheitsgurt zur Landung zu schließen. Waren sie
etwa schon da? Zehn Stunden, hatte der Kapitän vor
dem Start gesagt. So lange hatte er doch bestimmt nicht
geschlafen. Die Kabinenbeleuchtung war wieder einge-
schaltet worden, und die übrigen Passagiere wirkten unruhig, bis auf den Geschäftsmann, der sich auf Zens
Platz gesetzt hatte, nachdem er umgezogen war. Der
Mann lag ausgestreckt da, den Sitz ganz nach hinten gestellt, eine schwarze Schlafmaske über den Augen und
den Mund weit geöffnet, als würde er schnarchen. Die
Flugbegleiterin im anderen Gang beugte sich über ihn,
sagte etwas, und als der Mann nicht reagierte, schloss sie
einfach seinen Sicherheitsgurt.

Die Szenerie draußen vor dem Fenster hatte kaum etwas Irdisches an sich; sie sah aus wie ein erster grober Entwurf der Schöpfung auf dem Reißbrett. Wie seit Urzeiten rollten hohe Wellen rastlos heran und brachen sich auf spektakuläre Weise an der zerklüfteten Küste; dahinter nichts als hügeliges Ödland, aus dem völlig willkürlich unzählige bizarr geformte Felsspitzen herausragten. Es gab keine Häuser, keine Felder, keine Farmen, keine Straßen, keine Menschen. Nichts.

So hatte sich Zen Amerika nicht vorgestellt, doch als die Räder aufsetzten und das Flugzeug dröhnend abbremste, sah er eine Reihe großer, in Tarnfarben angestrichener Militärjets, auf deren Schwanz jeweils die Flagge der Vereinigten Staaten gemalt war. Sie rollten noch eine Zeit lang weiter und hielten schließlich an. Das Motorengeräusch erstarb, und alle standen auf.

Zen schob sich höflich durch das Gedränge zu der Sitzreihe auf der anderen Seite, wo sein Handgepäck oben im Gepäckfach lag. Der Mann, der seinen Platz eingenommen hatte, lag immer noch mit offenem Mund da. Er hatte vor und nach dem Essen etliche Cocktails und Liköre getrunken, die Zen nach einer kurzen Musterung abgelehnt hatte, und schlief jetzt zweifellos seinen Rausch aus.

Allmählich begann sich die Reihe stehender Passagiere langsam zu bewegen und schob Zen Richtung Ausgang. Die Besatzungsmitglieder an der Tür nickten, lächelten, entschuldigten sich und versicherten jedem, dass man in Kürze weiterfliegen würde. Zen hatte den Eindruck, dass einer der Stewards, ein schlanker junger Mann mit durchdringendem Blick, ihn besonders bedeutungsvoll ansah, aber das hatte wohl nichts zu sagen. Schließlich war allgemein bekannt, dass i steward alle schwul waren.

Das Licht draußen wirkte gedämpft, als sei es sich seiner selbst nicht sicher. Die Luft war schwerer, als er es gewöhnt war, von einer beinah faserigen Konsistenz, und roch stark nach Seetang. Zen wickelte seinen Mantel fest um sich und ging die Gangway hinunter zum wartenden Bus.

Nach kurzer Fahrt gelangten sie zu einer Reihe flacher Betonbauten, wo man sie in einen Raum verfrachtete, der für Zen aussah wie der Tanzsaal eines »Jugendklubs«, in den die Kirche die rebellischen Teenager irgendeines trostlosen Orts in Kalabrien zu locken versuchte. Die ernst dreinblickenden blonden Männer und Frauen, die sie im Bus begleitet hatten, führten sie nun nach drinnen, dann machten sie die Türen zu, schlossen sie ab und fuhren mit dem Bus davon.

Einer der Nebeneffekte von Zens Begegnung mit dem Tod bestand darin, dass seine lebenslange Angst vorm Fliegen verschwunden war. Das mochte auf die viel größeren Ängste zurückzuführen sein, die er auszustehen gehabt hatte, oder einfach auf die Tatsache, dass Vertrautheit Geringschätzung erzeugt. Flugzeuge waren das bevorzugte Transportmittel der Behörden, in deren Händen er sich seit dem »Zwischenfall« befand. Daher war er zu der Erkenntnis gelangt, dass Fliegen überhaupt nicht beängstigend war, sondern einfach nur furchtbar langweilig. Und das Langweiligste dabei war nicht der Flug selbst, sondern alles, was vor dem Start und nach der Landung ablief. Bei seiner Einreise in die Vereinigten Staaten würde das offensichtlich nicht anders sein. Von den Beamten der Passkontrolle war noch nichts zu sehen, ebenso wenig vom Gepäck, ja es fand überhaupt keinerlei sinnvolle Aktivität statt. Alle standen einfach nur herum.

Fünf Minuten später wurde eine zweite Busladung von

Passagieren aus dem Flugzeug in den Raum gepfercht, und kurz darauf kam der Bus ein drittes Mal und brachte noch einige Nachzügler. In der Zwischenzeit war ein Tankwagen an das Flugzeug herangefahren, und Männer in orangefarbenen Overalls entrollten einen dicken Plastikschlauch und befestigten ihn an der Unterseite des Rumpfs. Zen wandte sich an einen jungen Mann, der neben ihm stand und gerade ein langes Telefongespräch in Italienisch auf seinem Handy beendet hatte.

»Sieht aus, als würden sie das Flugzeug auftanken«, bemerkte er, um irgendwie ein Gespräch anzufangen.

Der Mann sah ihn verständnislos an. »Sie meinen wohl leer pumpen. Weiß der liebe Himmel, wann wir in LA ankommen, wenn das so weitergeht. Meine Leute sind schon stinksauer.«

Er drückte wieder irgendwelche Tasten und wandte sich ab.

»Ich hab das zuerst für einen Witz gehalten«, sagte jemand links von Zen. »So was kann doch nur bei der Alitalia passieren!«

Die Stimme gehörte einer Frau über fünfzig, deren eng geschnittener Mantel ihre Körperfülle noch betonte. »Das muss man sich mal vorstellen, in der heutigen Zeit einen internationalen Flug wegen so etwas umzuleiten!«, fuhr sie fort und rieb sich ihre Wurstfinger. »Das ist doch wohl ein Witz, ein schlechter Witz!«

Da sich offenbar niemand meldete, klappte der Mann, mit dem Zen zuerst gesprochen hatte, sein Telefon zu. »Der Flug hätte noch über sieben Stunden gedauert, es sind um die dreihundertsiebzig Passagiere und Besatzungsmitglieder an Bord, und alle Toiletten bis auf eine waren defekt. Überlegen Sie sich das einmal, Signora. Die Alternative wäre überhaupt nicht lustig gewesen.«

Die Frau rümpfte angewidert die Nase. »Über so etwas möchte ich gar nicht reden«, erklärte sie herablassend. »Es ist widerlich, einfach widerlich. So was gibts doch nur bei der Alitalia!«

Nun hielt ein Krankenwagen vor der Treppe, die in den vorderen Teil des Flugzeugs führte. Zwei Sanitäter stiegen aus, luden eine Bahre hinten aus dem Wagen und trugen sie ins Flugzeug. Zen hatte das dringende Bedürfnis nach einer Zigarette, und das Gerede über Toiletten, was auch immer es zu bedeuten hatte, brachte ihn auf den Gedanken, dass er vielleicht dort eine rauchen könnte. Er schaute sich um und entdeckte zwei Türen mit den international gültigen Symbolen für Männer und Frauen.

Als er zehn Minuten später, den Nikotingehalt von zwei Nazionali im Blut, aus der Toilette kam, war er ein anderer Mensch. Er war vollkommen zuversichtlich, was auch immer die Beamten der US-Einwanderungsbehörde ihn fragen mochten, er würde diese Fragen beantworten können, trotz der Tatsache, dass der versprochene Geleitschutz vom FBI, der ihn an diesen Formalitäten vorbeischleusen sollte, offensichtlich nicht aufgetaucht war. Das einzige Problem war nur, dass die Leute von der Einwanderungsbehörde offenbar ebenfalls nicht da waren. Tatsächlich passierte eigentlich überhaupt nichts. Sämtliche Passagiere standen bloß niedergeschlagen herum und starrten zu den Männern von dem Tankwagen hinüber, die sich an dem Flugzeug zu schaffen machten. Zen versuchte, von einem der uniformierten blonden Menschen zu erfahren, was los sei, doch er oder sie wollte nur auf Englisch antworten, was Zen nicht verstand.

Sie waren bereits seit über einer Stunde dort, und Zen hatte noch drei weitere Ausflüge zur Toilette unternommen, da hörte er, wie jemand etwas rief, das sich wie

»Pier Giorgio Butani« anhörte. Die Stimme gehörte einem dieser uniformierten Klone, und Zens erster Gedanke war, man wolle ihn verhaften, weil er in einem nicht als Raucherzone gekennzeichneten Bereich geraucht hatte. Dann wurde ihm klar, dass die FBI-Agenten wohl endlich gekommen sein mussten. Er zeigte dem Mann seinen Pass, worauf dieser nickte und Zen bedeutete, ihm zu folgen.

Er wurde durch die Menge der Passagiere geführt, die ihn alle mit einer Mischung aus Neugier und Neid betrachteten, weil er als Einziger aus diesem gemeinschaftlichen Fegefeuer befreit wurde. Zen schenkte ihnen ein höflich-arrogantes Lächeln. Sie gingen durch eine Tür, dann einen Flur entlang und betraten schließlich ein Büro, in dem zwei Personen saßen. Die eine war eine auffallend schöne junge Frau mit jenem natürlich hellblonden Haar, das hier so verbreitet zu sein schien, wie es in Italien selten war. Sein Begleiter gab ihr Zens Pass und ging hinaus. Die andere Person war ein dünner Mann mit schütteren Haaren Ende dreißig. Sein Gesichtsausdruck war so erschrocken, als wäre er gerade aus tiefstem Schlaf gerissen worden. Er trug einen scheußlichen Anzug aus braunem Acryl, stark lädierte, knöchelhohe Stiefel, ein rosa Button-down-Hemd und eine gemusterte gelbe Krawatte. Die Frau trug eine dunkelblaue Uniform mit einer weißen Bluse, die bis zum Hals zugeknöpft war. Sie stand auf und reichte Zen eine Karte. Auf dieser stand: »þórunn Sigurðardòttir«, darunter eine Zeile in unverständlicher Schrift sowie mehrere Telefonnummern.

Der Mann erhob sich ebenfalls und wühlte in seinen Taschen. »Ich sollte eigentlich auch irgendwo eine Karte haben«, sagte er in einem Italienisch mit starkem Akzent.

»Vielleicht in meiner Brieftasche. Nein, ich muss sie in der anderen Jacke gelassen haben. Einen Augenblick bitte!«

Schließlich zog er eine verknitterte Visitenkarte mit einer Telefonnummer und einem Namen hervor. »Entschuldigung, andere Seite«, sagte der Mann zu Zen, der daraufhin die Karte umdrehte. Dort waren in Blau und Gold die folgenden Worte aufgeprägt: »Gruppo Campari: Campari, Cinzano, Cynar, Asti Cinzano, Riccadonna. Snæbjörn Guðmundsson.«

»Was hat denn Campari damit zu tun?«, fragte Zen.

»Das ist bloß meine private Visitenkarte«, erklärte der Mann. »Ich bin hier außerdem der italienische Konsul.«

Er deutete auf die uniformierte Frau. »Signora Sigurðardòttir ist Polizeibeamtin. Sie möchte Ihnen ein paar Fragen stellen. Ich werde übersetzen. Setzen Sie sich bitte.«

Zen setzte sich auf einen Stuhl gegenüber dem Schreibtisch, und die Befragung begann. Der Ablauf blieb die ganze Zeit unverändert. Die Frau sagte etwas in einer Sprache, die Zen vollkommen fremd war, darauf stellte der Mann eine Frage auf Italienisch, Zen antwortete, der Mann sprach mit der Frau in der Sprache, die sie benutzt hatte, und sie machte sich Notizen auf einem Block, der aufgeschlagen vor ihr lag.

»Signor Butani, ich habe bereits mit Mitgliedern der Flugzeugbesatzung gesprochen. Man hat mir zu verstehen gegeben, dass Sie vor den übrigen Passagieren und durch einen separaten Ausgang an Bord gebracht wurden, ohne die üblichen Kontrollen zu passieren.«

»Ja.«

»Warum?«

»Ich habe gerade etliche Monate im Krankenhaus verbracht, wo ich mich von einem schweren Unfall erholte. Das Bodenpersonal war darüber informiert und hat freundlicherweise dafür gesorgt, dass ich bevorzugt behandelt wurde.«

»Was war das für ein Unfall?«

»Ein Autounfall.«

»Was für Verletzungen haben Sie erlitten?«

»Schwere Gehirnerschütterung, Kopfverletzungen, Kompressionen im Bereich des Brustkorbs, unter anderem zwei gebrochene Rippen und ein kollabierter Lungenflügel, Brüche an Armen und Beinen, die genagelt werden mussten, sowie ein hübsches Sortiment von relativ harmlosen Brüchen, Fleischwunden und Quetschungen.«

»Sie scheinen aber wieder voll bewegungsfähig zu sein.«

»Der Unfall ist fast ein Jahr her. Ich leide immer noch an einer gewissen Steifheit der Gliedmaßen und einigen psychischen Folgen, besonders wenn ich gezwungen bin, viele Stunden in einem engen, dicht besetzten Raum zu verbringen wie in einem Flugzeug. Zum Glück kenne ich jemanden bei der Alitalia, der dafür gesorgt hat, dass ich so weit wie möglich von allen Unannehmlichkeiten verschont wurde.«

Die Polizeibeamtin machte sich ausführlich Notizen. Sie war atemberaubend schön, dachte Zen ganz neutral, und hätte zweifellos auf jeder Straße in Italien für einigen Aufruhr unter den Scharen von Ragazzi gesorgt. Doch irgendwie hatte ihre Schönheit etwas Abstraktes an sich. Er war nicht im Entferntesten an ihr interessiert. Sie machte ihn kein bisschen an.

»Haben Sie Ihre Bordkarte dabei?«, fragte þórunn Sigurðardòttir.

Zen nahm sie aus seiner Brieftasche und reichte sie ihr.

»Daraus geht hervor, dass Sie Platz Nummer 24A haben«, sagte die Frau.

»Ja.«

»Aber von den Besatzungsmitgliedern, mit denen ich gesprochen habe, habe ich erfahren, dass Sie auf 25F saßen.«

»Das stimmt. Auf dem Platz neben mir saß jemand, neben dem ich nicht unbedingt zehn Stunden sitzen wollte, wenn es sich vermeiden ließ. Das Flugzeug war zum Glück nicht ganz voll. Als ich sah, dass auf der anderen Seite der Kabine noch ein Platz frei war, hab ich mich, sobald wir in der Luft waren, dorthin gesetzt.«

»Und der Passagier, der neben Ihnen gesessen hatte, hat dann Ihren ursprünglichen Platz eingenommen, ist das richtig?«

»Ja. Darf ich fragen, weshalb um alles in der Welt das von Bedeutung sein sollte?«

Die uniformierte Frau sprach rasch in ihrer unverständlichen Sprache. Für Zens Ohren klang das nicht sehr nach Englisch – vermutlich irgendein regionaler amerikanischer Akzent, nahm er an –, aber er hatte keinerlei Probleme, den Tonfall zu interpretieren. Das bestätigte sich, als der Konsul übersetzte.

»Signora Sigurðardòttir hat angedeutet, dass Sie sich bitte darauf beschränken mögen, ihre Fragen zu beantworten.«

Zen lächelte freundlich. »Bitte versichern Sie la Signora Ispettore meine Bereitschaft, ihre Ermittlungen voll zu unterstützen, worum immer es auch gehen mag.«

Snæbjörn Guðmundsson übersetzte geflissentlich, oder zumindest sagte er etwas zu der Frau, die Zen streng betrachtet hatte. Sie nickte, dann stellte sie eine weitere Frage.

»Was ist der Zweck Ihrer Reise in die Vereinigten Staaten?«

»Rein geschäftlich.«

»Was für Geschäfte?«

Hier zögerte Zen zum ersten Mal, da er nicht wusste, was er antworten sollte. Einerseits saß diese Frau hier als offizielle Vertreterin einer amerikanischen Polizeibehörde und hatte somit ein Recht darauf, die Wahrheit zu erfahren. Andererseits hatte sie Zens Pass, der auf seinen Decknamen ausgestellt war, ohne Weiteres akzeptiert, also war sie offenbar nicht hochrangig genug, als dass man sie über den wahren Zweck seiner Reise informiert hätte. Wie üblich schien ihm die sicherste Alternative, zu lügen.

Er überspielte sein Zögern mit einem Lachen. »Ich hab mich bloß gerade gefragt, wie ich es am besten beschreiben soll, aber im Grunde mache ich etwas ganz Ähnliches wie der Konsul hier, bloß dass ich mit viel weniger bekannten Marken handele. Hochwertige Olivenöle, Käse, getrocknete Pilze, Honig und Eingemachtes von kleinen Bio-Erzeugern. Kleine Mengen, aber hoch im Preis. Wenn Restaurants und Feinkostläden das Beste wollen, müssen sie zu mir kommen, aber gleichzeitig muss auch ich immer mal wieder hierherkommen, um …«

Þórunn Sigurðardóttir hob eine Hand, und Zen unterbrach seinen Redefluss.

»Haben Sie irgendwelche Konkurrenten?«

»Praktisch keine. Wie ich bereits sagte, das ist nur eine kleine Nische im Lebensmittelmarkt, und für die besitze ich mehr oder weniger das Monopol.«

»Wie steht es mit persönlichen Feinden?«

»Nicht dass ich wüsste.«

Die Frau machte sich weitere Notizen, deren Umfang

in keinem Verhältnis zu Zens Antworten zu stehen schien. Dann hob sie den Blick ihrer erstaunlich blauen Augen zu Snæbjörn Guðmundsson und sprach längere Zeit.

Schließlich stand der Konsul auf und sah Zen an.

»Kommen Sie, wir gehen.«

»Was ist mit meinem Pass?«

»Den muss sie vorläufig behalten. Ich erkläre Ihnen das draußen.«

Zen nahm an, dass er draußen auf dem Flur meinte oder bestenfalls in dem überfüllten Aufenthaltsraum, wo die übrigen Passagiere warteten. Doch zu seiner Verblüffung führte Guðmundsson ihn durch mehrere Doppeltüren hindurch an die frische Luft.

Und frisch war es in der Tat! Nach Salz und Tang riechende Windböen fegten mit einer solchen Wucht über den Parkplatz vor ihnen, dass es die beiden Männer fast umwarf. Der Konsul zeigte nach links, dann ging er auf einen kleinen roten Fiat zu und schloss ihn auf. Zen legte sein Handgepäck in den Kofferraum und stieg in das Auto.

»Es wird wohl Zeit, dass ich Ihnen erkläre, was los ist«, sagte Snæbjörn Guðmundsson, nachdem sie dem Wind entkommen waren.

»Es wird Zeit, dass irgendwer das tut«, antwortete Zen spitz.

»Sie können ruhig rauchen«, bemerkte Guðmundsson. »Ich rieche es an Ihren Sachen. Ein sehr angenehmer Geruch, der glückliche Erinnerungen an meine wilde Jugend wachruft. Nein, danke, ich habe es aufgegeben, trotzdem bin ich immer noch ein Kind der Sechziger. È proibito proibire und so. Tun Sie sich also keinen Zwang an.«

Zen zündete sich eine Zigarette an und kurbelte das Fenster ein wenig herunter, worauf sofort ein Sturm im

Wagen losbrach. Der Konsul bat ihn, das Fenster zu schließen, und öffnete seins, das auf der dem Wind abgekehrten Seite lag.

»Wie Sie wissen«, sagte er, »wurde Ihr Flug wegen eines ganz banalen technischen Problems hierher umgeleitet. Normalerweise hätte das schlimmstenfalls einen Aufenthalt von ein paar Stunden bedeutet, um die notwendigen Reparaturarbeiten durchzuführen. Doch als die Passagiere von Bord gelassen wurden, um diese Arbeit zu erleichtern – das Beseitigen von Verstopfungen in Toiletten kann eine sehr übel riechende Angelegenheit sein –, folgte einer nicht den Anweisungen des Kabinenpersonals. Es wurde ein Arzt gerufen, und der stellte fest, dass der Mann tot war.«

»Der Mann, der auf meinem Platz saß«, sagte Zen.

»Genau. Ein gewisser Angelo Porri. Das hat die hiesigen Behörden in eine sehr schwierige Lage gebracht. Natürlich will man niemanden länger als notwendig an der Weiterreise hindern, aber für den unwahrscheinlichen Fall, dass sich herausstellt, dass der Mann nicht eines natürlichen Todes gestorben ist, wird natürlich jeder, der an Bord des Flugzeugs war, zu einem wichtigen Zeugen, wenn nicht sogar zu einem potenziellen Verdächtigen.«

»Ich verstehe.«

»Die Leiche ist in ein Krankenhaus in der Stadt gebracht worden, wo sie in Kürze obduziert wird. Wenn das erledigt ist, können Sie und Ihre Mitreisenden höchstwahrscheinlich den Flug fortsetzen.«

»Und bis dahin?«

»Die übrigen Passagiere bleiben vorläufig im Warteraum. Man wird ihnen sagen, dass die Reparaturarbeiten länger dauern, als man angenommen hat.«

Zen trotzte dem Wind gerade lange genug, um seine

Zigarettenkippe aus dem Fenster zu werfen. »Das heißt, ich erhalte eine Sonderbehandlung. Warum?«

Snæbjörn Guðmundsson ließ den Motor an. »Heute Nachmittag erhielt ich zwei Anrufe, die mit meinem Amt als italienischer Konsul zu tun hatten. Das an sich ist schon höchst ungewöhnlich. Ich muss dazu sagen, dass es sich um ein Ehrenamt handelt, das ich zum Teil deshalb ausübe, weil es mir ein gewisses Ansehen in Geschäfts- und Regierungskreisen verschafft, was ganz nützlich für meinen Job bei der Gruppo Campari ist. Und selbst der ist eigentlich nur eine Teilzeitbeschäftigung. Meine wirkliche Arbeit ist etwas ganz anderes.«

»Und was?«

»Ich bin Künstler.«

Sie fuhren vom Parkplatz herunter auf eine Schnellstraße.

»Der erste Anruf kam von der Polizei hier am Flughafen«, fuhr Snæbjörn Guðmundsson fort. »Man erklärte mir, dass ein Alitalia-Flug umgeleitet werden musste ...«

»Das ist nun schon das zweite Mal, dass Sie dieses Wort benutzen«, unterbrach Zen ihn. »Umgeleitet von wo?«

»Von ihrem Flug über den Atlantik natürlich.«

Zen lachte. »Wo sind wir denn dann hier, in Atlantis?«

»In Island.«

»Ich sehe aber gar kein Eis.«

»Nein, das mit dem ewigen Eis ist Grönland. Einige Leute sagen, die ursprünglichen Siedler hätten die beiden Inseln absichtlich so genannt, um potenzielle Eindringlinge an die falsche Adresse zu schicken. Jedenfalls, wie ich bereits sagte, kam der erste Anruf von der Flughafenpolizei. Die baten mich einfach, mich darauf einzustellen, eventuell raus nach Keflavik zu fahren, für den Fall, dass einer der italienischen Passagiere Hilfe braucht oder sich weigert, wieder an Bord zu gehen. Die Leute reagieren manchmal merkwürdig auf eine Notlandung, selbst wenn der Grund dafür ganz banal ist.«

»Irgendwer hat gesagt, die Toiletten wären verstopft. Wie ist das denn passiert?«

»Man kann es kaum glauben. Aber offenbar war dem tatsächlich so, und Sie können sich ja vorstellen, wozu das geführt hätte. Doch der eigentlich interessante Anruf, den ich erhielt, war der zweite. Der kam vom Außenministerium in Rom. Das hätte mich fast umgehauen. Ab und zu kommt jemand von der Botschaft bei mir vorbei, um zu prüfen, ob ich meine Spesenabrechnungen nicht frisiere, aber das ist auch so ziemlich der einzige direkte Kontakt, den ich habe. Und plötzlich ist da ein hoher Beamter vom Ministerium am Telefon – ich hab seinen Namen nicht verstanden, aber an seinem Verhalten merkte man, dass das nicht irgendwer war –, ruft mich persönlich an, um mir Anweisungen hinsichtlich eines gewissen Dottor Pier Giorgio Butani zu erteilen, der in der umgeleiteten Maschine auf dem Weg nach Los Angeles sei.«

Zen blickte gelassen aus dem Fenster auf die Landschaft, durch die sie fuhren, ein absolutes Durcheinander von zerklüfteten Felsen in allen Formen und Größen, dazwischen immer wieder kleinere Flecken sumpfigen Bodens. »Was haben die Ihnen über mich erzählt?«, fragte er schließlich.

»Bloß dass Sie ein VIP wären und dass ich Ihnen während Ihres erzwungenen Zwischenstopps hier jede mögliche Hilfe leisten und für Ihre Sicherheit sorgen sollte. Mir ist nicht ganz klar, was die mit ›Sicherheit‹ meinten, doch da es nun so aussieht, als könnte sich Ihr Weiterflug länger verzögern als zunächst erwartet, habe ich von der Polizei die Erlaubnis erhalten, Ihnen die Rückkehr in diesen schäbigen Warteraum zu ersparen und Sie an einen angenehmeren Ort zu bringen. Þórunn Sigurðardòttir wird mich auf meinem Handy anrufen, sobald die Maschine die Starterlaubnis erhalten hat, dann kann ich Sie innerhalb von zwanzig Minuten wieder zum Flughafen bringen.«

Sie kamen nun in die Außenbezirke eines Stadtgebiets, dessen geplanter Wildwuchs zwar ordentlicher, aber keineswegs attraktiver war als die erodierten Lavafelder, durch die sie bisher gefahren waren. Alles wirkte ruhig, sauber, funktional und langweilig. Hinter den Vororten lag ein älterer Bezirk, der ebenso steril und monoton aussah, dessen Häuser aber aus Steinen und Ziegeln statt aus Beton waren.

Sie gingen in ein Lokal in einer Fußgängerstraße, die offenbar im Zentrum lag. Am Nebentisch aßen einige Leute blassen Fisch oder Fleisch, von einer undefinierbaren Sauce ertränkt, dazu gab es Salzkartoffeln und ein Häufchen verkochtes Gemüse. Zen dachte sehnsüchtig an die Lasagne und das Rindfleisch, über die er im Flugzeug die Nase gerümpft hatte, dann bestellte er ein Käsebrot und ein Bier und versuchte, seine Gedanken zu ordnen. Obwohl er bisher so redselig gewesen war, schien es Snæbjörn Guðmundsson nun nichts auszumachen, einfach seinen Kaffee zu trinken und Zen sich selbst zu überlassen. Tatsächlich saßen auch die meisten anderen Leute in dem Lokal in tiefes, aber anscheinend stressfreies Schweigen gehüllt da, was in Italien als äußerst unhöflich gegolten hätte.

Er hatte eine Menge Informationen zu verarbeiten. Erstens befand er sich in einem abgelegenen Land hoch oben im Norden, über das er absolut nichts wusste. Zweitens war der Mann, der seinen Platz im Flugzeug übernommen hatte, nun aus noch nicht bekannter Ursache tot. Die Parallelen zum Schicksal von Massimo Rutelli waren erschreckend offenkundig, wenn auch zum Glück noch nicht für die isländische Polizei. Drittens war völlig unklar, wann er seine Reise fortsetzen dürfte, oder ob überhaupt, und welche Maßnahmen seine Schirmherren im Außenministerium in dieser Hinsicht ergreifen würden. Doch am beunruhigendsten von allem war, dass er selber absolut nichts tun konnte, um das Ergebnis zu beeinflussen. Diese Machtlosigkeit erzeugte sowohl Frust als auch Furcht. Zen hatte immer die Erfahrung gemacht, dass er nur dann zufrieden war, wenn er sich völlig in irgendeine Aktivität stürzen konnte, selbst wenn diese sich am Ende als sinnlos erwies. Arbeit war entspannend, während diese erzwungene und äußerst problematische Muße ihm in kürzester Zeit die Nerven zu ruinieren drohte.

Er war gerade zu dieser entmutigenden Schlussfolgerung gekommen, da ertönte eine durchdringende elektronische Melodie, die den Anfang der italienischen Nationalhymne darstellen sollte. Die anderen Gäste im Lokal drehten sich mit eisigen Mienen, die unverhohlene Missbilligung zeigten, zu Snæbjörn Guðmundsson um, der sich sein Handy schnappte und zur Tür stürzte. Ein älterer Mann am Nebentisch mit einem Kopf wie ein Holzklotz, den man mit der Axt eckig gehauen hat, dichtem, von Silber durchzogenem schwarzem Haar, den standardmäßigen laserblauen Augen, Monsterzähnen und überhaupt keinem Hals sah Zen an und sagte etwas Unverständliches, aber offensichtlich Unschmeichelhaftes. Zen präsentierte instinktiv seine weit geöffneten Handflächen, warf den Kopf zurück, zuckte die Schultern und antwortete: »Eh, eh, eh, eh, eh, eh, eh, eh!« Damit wollte er dem Mann zu verstehen geben, dass er zwar ebenfalls den unsinnigen Gebrauch von Handys an öffentlichen Orten missbillige, andererseits aber nicht der Hüter seines Bruders sei, und schon gar nicht der von Snæbjörn Guðmundsson, und deshalb nicht für dessen Gedankenlosigkeit verantwortlich gemacht werden könne. Der Isländer betrachtete die Darbietung mit wachsender Besorgnis, dann wandte er sich demonstrativ ab.

Zen drehte sich ebenfalls um und blickte durch das große Fenster auf die Straße, wo Guðmundsson angeregt in sein Telefon sprach. Nur knapp einen Meter von ihm entfernt stand ein dunkelhäutiger Penner, der ihn durchdringend anstarrte. Schließlich beendete der Konsul sein Gespräch und kam zurück in das Lokal. »Schlechte Nachrichten, fürchte ich«, sagte er, während er sich wieder an ihren Tisch setzte. »Die Ergebnisse der Obduktion sind nicht eindeutig. Man will den Chefpathologen der Universität zurate ziehen, aber der ist zurzeit auf einer Konferenz und kommt erst morgen zurück.«

»Soll das heißen, dass wir alle so lange bleiben müssen?«

»Nicht alle. Die Polizei hat entschieden, dass man, selbst wenn ein Verbrechen stattgefunden haben sollte, die Passagiere ausschließen kann, die nicht mit dem Opfer in derselben Kabine saßen. Diese Leute und die Besatzung dürfen noch heute Abend Island verlassen. Die Übrigen, und dazu gehören Sie, müssen bleiben, bis die Todesursache definitiv feststeht.«

Zen seufzte entnervt. »Aber Sie haben doch Ihre Anweisungen aus der Farnesina!«, protestierte er. »Dass Sie meine Abreise mit allen Mitteln beschleunigen sollen.«

»Leider überschreitet das meine Möglichkeiten. Das Einzige, was ich tun kann, ist, Ihnen ein bequemes Bett und meine Gastfreundschaft anzubieten, bis die Sache geklärt ist. Ich würde vorschlagen, wir gehen jetzt zu mir, es sei denn, Sie möchten mit mir zurück zum Flughafen fahren, um Ihren Koffer abzuholen. Das Gepäck ist ausgeladen worden und befindet sich nun in der Aufbewahrung.«

Zen dachte einen Augenblick nach. »Haben Sie der Polizei gesagt, dass ich bei Ihnen wohnen werde?«, fragte er.

»Ja. Die wollten natürlich genau wissen, wo Sie sich aufhalten.«

»Wer war dieser Obdachlose, der bei Ihrem Gespräch mitgehört hat?«

»Wen meinen Sie?«

»Irgendein Penner, der neben Ihnen stand und jedes Wort gehört hat, das Sie gesagt haben. Sie müssen ihn doch gesehen haben.«

»Hab ich nicht. Ich war vermutlich zu sehr mit dem beschäftigt, was die Polizei mir erzählt hat. Aber was ist denn mit ihm?«

Zen zuckte die Achseln. »Vermutlich nichts. Er hat mich nur irgendwie irritiert. Ich will nicht, dass irgendwer in der Stadt weiß, wo ich diese Nacht schlafe.«

Snæbjörn Guðmundsson starrte ihn an. »Haben Sie einen Grund zu der Annahme, dass Sie in Gefahr sind?«, fragte er.

Zen merkte, dass er sich verplappert hatte. »Ein Mann in meiner Position muss stets vorsichtig sein«, sagte er kühl. »Aber machen Sie sich keine Gedanken, vermutlich bilde ich mir das alles nur ein. Ich fürchte, dieser unerwartete Aufenthalt hier hat mich ziemlich durcheinandergebracht.«

»Aber natürlich! Also dann, möchten Sie mit mir zum Flughafen fahren oder gleich zu mir nach Hause gehen?«

»Weder noch. Ich würde gern etwas spazieren gehen und dann später zu Ihnen kommen. Ich brauche ein bisschen Bewegung und etwas Zeit zum Nachdenken.«

Guðmundsson wirkte einen Augenblick skeptisch, dann nickte er resigniert. »Ganz wie Sie möchten.«

Er zog seine Brieftasche hervor. »Ich sollte Ihnen wohl besser etwas Geld geben.«

»Ich kann mir welches tauschen.«

»Nicht um diese Uhrzeit.«

Zen sah erneut aus dem Fenster. »Wie spät ist es denn?«, fragte er.

»Viertel vor neun.«

»Und wann wird es hier dunkel?«

»Überhaupt nicht. Die Sonne verschwindet um Mitternacht kurz am Horizont und taucht gegen zwei Uhr morgens wieder auf. In dieser Zeit herrscht Dämmerung, aber keine richtige Dunkelheit. Im Winter ist es natürlich genau umgekehrt.«

Er schrieb etwas auf die Rückseite der Quittung, die die Kellnerin gebracht hatte, und reichte sie Zen zusammen mit ein paar Banknoten. »Hier sind meine Adresse und Telefonnummer«, sagte er. »Geben Sie sie einfach einem Taxifahrer, wenn Sie keine Lust mehr haben, oder rufen Sie mich an, wenn Sie Gesellschaft möchten.«

Draußen auf der Straße trennten sie sich. Zen wanderte ziellos umher und staunte über das gleichbleibende graue Licht. Hier im Norden hatten Sommertage offensichtlich nicht die klassische Drei-Akt-Struktur, mit der er aufgewachsen war. Sie dümpelten einfach so dahin wie irgendein experimenteller Film, dessen einziger Sinn darin besteht, dass überhaupt nichts passiert. In dem Moment beschloss Aurelio Zen, etwas zu tun, was er schon sehr lange nicht mehr getan hatte, so lange, dass ihm die Person, die es getan hatte, fast so fremd erschien wie diese völlig Fremden, die hier durch die Straßen strömten. Er beschloss, sich ganz fürchterlich zu betrinken.

Er zog die Geldscheine hervor, die der Konsul ihm gegeben hatte. Sie beliefen sich auf fünfzigtausend Kronen, wie viel auch immer das sein mochte. Er ging in die erste Kneipe, an der er vorbeikam, und bestellte einen Wodka. Nicht gerade etwas, das er üblicherweise trank, aber eine dieser nützlichen internationalen Errungenschaften, wie Taxis, die es überall gab und die in allen Sprachen gleich hießen. Der Wodka wurde eiskalt in einem kleinen Schnapsglas serviert. Zen leerte kurz hintereinander drei Stück, dann ging er zurück auf die Straße und machte sich auf die Suche nach weiteren Bars.

Er fand sie völlig mühelos. Nach einer Weile begannen sie geradezu ihn zu finden. Sie waren alle mehr oder weniger gleich: winzige, schmuddelige, stinkige Löcher mit schlechter Beleuchtung und ohrenbetäubender Musik. Doch nach einer Weile begann er sich dort ganz wohl zu fühlen, trotz der Tatsache, dass die anderen Gäste alle einen halben Meter größer und mindestens zwanzig Jahre jünger waren als er und den einstudiert gelangweilten Gesichtsausdruck zur Schau trugen, der so typisch für die moderne Jugend ist. Auf der Straße waren ihm allerdings noch mehr von diesen kleinen, dunklen, ungepflegten Menschen aufgefallen wie der Mann, der Snæbjörn Guðmundssons Telefongespräch belauscht hatte, sie schienen jedoch nicht in die Kneipen zu gehen. Vermutlich konnten sie die Preise dort nicht bezahlen. Sie sahen ein bisschen aus wie die osteuropäischen Flüchtlinge und Gastarbeiter, die in Scharen aus Albanien und Rumänien nach Italien strömten, eine vollkommen andere Rasse mit Klamotten aus einem anderen Zeitalter.

Doch das war draußen, und dahin zurückzukehren verspürte Zen im Augenblick überhaupt kein Bedürfnis. Er hatte ein gemütliches Eckchen hinten in einem Kellergewölbe gefunden, wo einige Jugendliche halbherzig tanzten und eine flinke Blondine sein Schnapsglas neu füllte, sobald er es ausgetrunken hatte.

Je später es wurde, umso heißer ging es auf der Tanzfläche her, bis Zen schließlich der Einzige in der Kneipe zu sein schien, der sich nicht nach den dröhnenden Rhythmen der Musikanlage verrenkte. Mehrere von den Mädchen tanzten jetzt oben ohne. Ihre Brüste hüpften auf eine rührend natürliche, aber auch leicht komische Weise herum. Ihre Partner hatten sich ebenfalls bis auf das absolut Notwendige ausgezogen. Die Luft roch stark nach Schweiß und Testosteron.

Noch später, als das Lokal schon halb leer war, ignorierte die flinke Blondine ihn plötzlich, und dann ging brutal das Licht an. Zen sah auf seine Uhr, doch sie war noch auf italienische Zeit eingestellt. Wie dem auch sei, offenbar wurde die Kneipe geschlossen. Er raffte sich auf und schlurfte zur Tür. Auf den Straßen herrschte jetzt noch mehr Gedränge als zuvor in der Bar. Zwar tanzte niemand, doch es gab ein paar Raufereien unter Betrunkenen, die allerdings rasch unterbunden wurden. Von den kleinen, dunklen, schäbig gekleideten Menschen waren auch eine Menge unterwegs. Sie beobachteten das Geschehen mit ihrem typisch verschlagenen, leicht spöttischen Gesichtsausdruck.

Zens vorrangiges Ziel war es, ein Taxi zu finden, das ihn zum Haus des Konsuls brachte, doch das war nicht so einfach. Er befand sich in einer reinen Fußgängerzone, und seine Fragen wurden entweder ignoriert oder riefen eine derbe Geste und einen Wortschwall hervor, den er nicht verstehen konnte. Schließlich beschloss er, die Hauptstraße entlangzugehen in der Zuversicht, dass er früher oder später einen Taxistand finden würde.

Plötzlich sah er aus den Augenwinkeln in einer Seitenstraße einen Wagen mit einem beleuchteten Schild auf dem Dach. Es stieg gerade jemand aus. Zen fing an zu laufen, doch er war immer noch ein ganzes Stück entfernt, als das Taxi den Motor aufheulen ließ und rasch davonfuhr. Die Person, die ausgestiegen war, betrat einen nahe gelegenen Wohnblock und schloss die Tür. Entmutigt machte Zen sich auf den Weg zurück zur Hauptstraße. Er war noch etwa zwanzig Meter davon entfernt, da kam rechts aus einer Gasse eine Gestalt auf ihn zugerast, ein Messer in der Hand.

Zunächst rettete Zen seine Trunkenheit. Er erschrak so sehr, dass er nach hinten fiel und heftig auf dem Hintern landete, wodurch der Angreifer an ihm vorbeischoss. Es war einer dieser kleinen dunklen Männer, die er den ganzen Abend gesehen hatte. Er drehte sich jetzt um, das Messer in der ausgestreckten Hand, und kam zurück zu der Stelle, an der Zen rücklings auf den Pflastersteinen lag. Die Messerklinge schimmerte im Licht der nächsten Straßenlaterne, doch das Gesicht des Mannes war im Dunkeln.

Einen liegenden Mann anzugreifen ist eine knifflige Angelegenheit. Um überhaupt etwas auszurichten, muss man sich zu ihm herunterbeugen, und wenn man das tut, verliert man seinen einzigen Vorteil. Aurelio Zen wusste das, weil er schon häufiger in dieser Situation gewesen war, allerdings auf der anderen Seite. Seinem Angreifer schien das merkwürdigerweise auch klar zu sein. Er tat nichts Überstürztes, warf sich nicht auf sein am

Boden liegendes Opfer, sondern stand einfach da und versuchte, die Situation abzuschätzen.

Zen war immer noch betrunken, doch Betrunkene können sich oft sehr gut auf eine Sache konzentrieren, und das war alles, was er im Augenblick tun musste. Als die dunkle Gestalt schließlich zum Angriff ausholte und auf Zens Rippen zielte, war er bereit. Er rollte herum, um dem Schlag auszuweichen, und war auf Händen und Knien, bevor sein Gegner das Gleichgewicht wiedergefunden hatte. Auch den nächsten Angriff, ein gerader Stoß, der auf seinen Brustkorb zielte, konnte Zen abwehren. Dabei zog er sich allerdings einen Schnitt quer über die Fingerknöchel zu. Dann war er endlich auf den Füßen und benutzte den Schwung seines Angreifers, um ihn heftig zur Seite zu stoßen.

Sie standen jetzt beide. Zen ergriff die Initiative, ging ein Stück an seinen Gegner heran und trat nach der Hand, die das Messer hielt. Beinah gleichzeitig rammte er dem Mann den rechten Handballen unters Kinn. Er empfand überhaupt keine Angst, selbst als die Messerklinge zurückschwang und ihn an der Schulter erwischte. Schwankend, aber völlig Herr der Dinge, trat er dem Mann voll mit dem linken Fuß gegen das Schienbein, was einen äußerst befriedigenden Schmerzensschrei hervorrief. Dann machte er einen Schritt zurück, um die nächste Attacke zu planen.

Erst in dem Moment hörte er die Sirene und bemerkte das blinkende Blaulicht am anderen Ende der Straße. Kurz darauf stoppte ein weißer Volvo mit roten und blauen Streifen und einem gelben Emblem auf der Tür neben ihm. Zen blickte sich verwirrt nach seinem Angreifer um. Er war nirgends zu sehen. Zwei uniformierte Streifenbeamte stiegen aus dem Wagen. Einer von ihnen sprach Zen an, der mit den Achseln zuckte und auf Italienisch antwortete. »Tut mir leid, ich verstehe nichts.« Ein Polizist betrachtete Zens Hand, die voller Blut war. Der andere beugte sich hinunter und hob ein Messer vom Bürgersteig auf. Dann nahm er sein Funkgerät und sprach etwas hinein. Schließlich führten die beiden Männer Zen zu ihrem Wagen.

Die nächsten anderthalb Stunden verbrachte Zen in der Notaufnahme eines Krankenhauses, wo die Verletzungen an Hand und Schulter gereinigt und Erstere genäht wurden. Irgendwann erinnerte er sich an die Visitenkarte des Konsuls und die Quittung mit seiner Adresse und gab beides dem Krankenhauspersonal. Als Snæbjörn Guðmundsson dann höchstpersönlich auftauchte, schien er sich zunächst mehr darüber aufzuregen, dass Zen so unglaublich gelassen reagierte, als über das, was passiert war. Zen ignorierte ihn einfach. So gut hatte er sich seit Monaten nicht mehr gefühlt. Er hatte keine Ahnung, was passiert war, noch weniger warum. Aber das machte nichts. Irgendetwas war geschehen, und er war damit fertiggeworden. Er hatte die Dinge wieder in der Hand, spielte eine Rolle in der realen Welt, koste es, was es wolle. Das war ein gutes Gefühl, und das würde er sich von keinem mickrigen, neurotischen Diplomaten nehmen lassen. So hatte Guðmundsson allergrößte Mühe, Zen zu überreden, mit ihm nach Hause zu kommen und ins Bett zu gehen, anstatt erneut durch die Straßen zu streunen und zu gucken, ob noch irgendwelche Bars offen waren. Doch am Ende setzte er sich durch. Sie fuhren irgendwohin, Zen stieg aus, sie gingen hinein, da war ein Bett, und er legte sich hin.

Er wachte in einem grellen, harten Licht auf. Schulter und Hand taten abscheulich weh, doch das war nichts im Vergleich zu seinem Kopf. Er lag vollständig angezogen in einem muffigen Zimmer voller Pappkartons auf einem schmalen Holzbett. Er hatte weder eine Ahnung, wo er war, noch wie er dorthin gekommen war. Die Welt war ein schmerzvolles Rätsel, dessen Lösung, wenn es eine gab, sich ihm absolut entzog.

Irgendwann erschien Snæbjörn Guðmundsson mit einer Tasse Tee in der Hand. »Gehts Ihnen besser?«, fragte er laut und in einem penetrant fröhlichen Tonfall. »Das Bad ist auf der linken Seite. Ich bin nebenan, wenn Sie mit mir reden wollen.«

Zwanzig Minuten später schlurfte Zen ins Wohnzimmer. Es war ein extrem karger Raum, der sich von einer Seite des kleinen einstöckigen Hauses zur anderen erstreckte. Die Wände waren weiß, der Fußboden bestand aus nackten Holzdielen, und die Einrichtung war minimalistisch und streng. Da sich auf einer Seite die Haustür befand, musste er das Zimmer durchquert haben, um zu dem Bett zu gelangen, in dem er aufgewacht war. Doch er hatte keinerlei Erinnerung daran.

»Nun, wie fühlen Sie sich?«, wollte Snæbjörn Guðmundsson wissen und legte das Buch weg, in dem er gelesen hatte.

»Beschissen«, antwortete Zen kurz angebunden.

»Nun ja, Sie schienen letzte Nacht etwas hinüber zu sein, muss ich sagen. Abgesehen von Ihren übrigen Verletzungen, meine ich.«

»Ich habe ziemlich viel getrunken.«

»Eine teure Angelegenheit hier in Island.«

»Ich werde es Ihnen zurückzahlen.«

»Ach, machen Sie sich deswegen keine Sorgen. Sie sind ganz offensichtlich ein VIP. Ich werde es der Botschaft in Rechnung stellen.«

Zen ließ sich auf einen Stuhl sinken, der aus einem

Edelstahlrahmen und Holzlamellen bestand. Er war so unbequem, wie er aussah. »Hat man die Person gefunden, die mich überfallen hat?«, fragte er.

Guðmundsson sah ihn merkwürdig an. »Nein, hat man nicht. Sie haben gesagt, der Mann war dunkelhäutig, klein und sah ungepflegt aus?«

»Kleiner als ich, und ich bin schon kleiner als die meisten Leute hier.«

»Das ist sehr ungewöhnlich. Unser genetischer Pool hier in Island ist bemerkenswert homogen. Mit anderen Worten, jeder ist mit jedem verwandt. Wir haben keine deutlich unterscheidbare Klasse von kleineren, dunkelhäutigen Menschen, so wie die Lappen in Finnland.«

»Dann müssen es Immigranten sein.«

»Damit haben wir hier eigentlich keine Probleme. Dabei hilft natürlich die Tatsache, dass wir eine Insel sind. Die Häfen werden streng kontrolliert, und wir sind ganz eigen darin, wen wir ins Land lassen. Viel zu eigen, würden manche sagen, besonders wenn es um nichtnordeuropäische Individuen geht. Als die Vereinigten Staaten während des Krieges Keflavik zu einem Militärstützpunkt ausbauen wollten, stimmte unsere Regierung nur unter der Bedingung zu, dass keine schwarzen Soldaten dort stationiert würden.«

Zen machte eine wegwerfende Handbewegung. »Ich kann nur sagen, dass ich letzte Nacht sehr viele von diesen Leuten auf der Straße gesehen hab. Und das, bevor ich mich betrunken habe. Wie dieser Mann, von dem ich Ihnen erzählt hab, der gestern draußen vor dem Lokal neben Ihnen stand, als Sie telefonierten. Diese Leute sahen anders aus, sie waren anders angezogen und verhielten sich anders. Und einer von ihnen hat versucht, mich umzubringen.«

Ein seltsamer Ausdruck trat in Guðmundssons Augen. »Sie sagen, die waren anders angezogen. Wie denn?«

Zen zuckte die Schultern. »Ich weiß nicht. Wie Leute, die gerade aus irgendeinem abgeschiedenen Dorf auf dem Lande kommen. Sie trugen grobe, handgewebte Kleidungsstücke, schlecht geschnitten und schlecht zusammengenäht. Sie wirkten völlig fehl am Platz, wie die Zigeuner in Italien, doch das schien sie nicht zu kümmern. Im Gegenteil, sie starrten die anderen Leute auf wirklich unverschämte Weise an, mit so einem bösartigen, spöttischen Grinsen.«

Snæbjörn Guðmundsson nickte bedächtig und ließ sich alles durch den Kopf gehen. Dann stand er auf und winkte mit der Hand. »Kommen Sie doch mal kurz mit.«

Er ging zur Haustür und öffnete sie. Zwischen Haus und Straße lag ein winziges Stück Garten. Der Konsul blickte nach rechts und links, dann drehte er sich zu Zen um. »Wie viele Leute sind im Augenblick da draußen zu sehen?«

Zen zählte rasch. »Elf«, antwortete er.

»Aha«, sagte Guðmundsson.

»Warum?«

Der Konsul bat ihn zurück ins Haus und schloss die Tür. »Die Polizei war deshalb letzte Nacht so schnell am Tatort, weil die gesamte Innenstadt von Reykjavík von Videokameras überwacht wird, die mit Bildschirmen im Polizeipräsidium verbunden sind. Damit will man Gewalttaten seitens der betrunkenen Horden von Jugendlichen verhindern, die sich um diese Jahreszeit häufig bis fünf, sechs Uhr morgens in Kneipen herumtreiben. Die Streifenwagen sind strategisch günstig um den Stadtkern postiert, sodass sie innerhalb von Sekunden an jeder Stelle sein können, wo es Ärger gibt.«

Zen nahm seine Zigaretten aus der Tasche und sah seinen Gastgeber fragend an. Dieser nickte.

»Die Straße, in der Sie angeblich überfallen wurden …«

»Was heißt hier ›angeblich‹? Sehen Sie sich doch meine Hand an! Was meinen Sie denn, warum ich diese ganzen Stiche nötig hatte?«

»Lassen wir das mal für einen Moment beiseite. Jedenfalls ist diese Straße nicht besonders gut beleuchtet, außerdem ist die nächste Kamera ziemlich weit von der Stelle entfernt, an der es passierte. Trotzdem hat einer der diensthabenden Polizeibeamten gesehen, wie Sie hinfielen und dann mit den Füßen traten und mit den Fäusten um sich schlugen. Er hat umgehend einen Streifenwagen dorthin geschickt. Was er allerdings nicht gesehen hat und was auch bei einer zweiten Ansicht des Videobandes nicht zu erkennen war, ist irgendein Hinweis auf die Anwesenheit einer zweiten Person.«

»Wollen Sie mich einen Lügner nennen?«, fragte Zen, jetzt wirklich wütend.

»Ganz und gar nicht. Ich erzähle Ihnen nur, was im Polizeibericht steht.«

»Glauben Sie, es würde mir Spaß machen, mich so zu betrinken, dass ich Leute sehe, die gar nicht da sind, und mir dann Hand und Schulter mit einem Messer aufzuschlitzen, das ich eigens zu diesem Zweck mitgenommen habe?«

»Sind Sie jetzt noch betrunken?«, fragte der Konsul.

»Nein! Nur furchtbar verkatert.«

»Natürlich. Einen Moment bitte.«

Er ging in die Küche und kam kurz darauf mit einem kleinen Glas mit einer bräunlichen Flüssigkeit zurück. »Trinken Sie das.«

»Was ist das?«, fragte Zen und schnupperte an der Flüssigkeit. Sie stank unbeschreiblich.

»Trinken Sie es einfach. Kippen Sie es in einem Schluck herunter. Danach wird es Ihnen gleich viel besser gehen.«

Zen tat, wie ihm geheißen. Auf ein scharfes Brennen in Mund und Kehle folgte schlagartig der heftigste Anfall von Übelkeit, den er je erlebt hatte. Er war felsenfest davon überzeugt, dass er sich im nächsten Augenblick auf den Hartholzboden des Konsuls übergeben würde. Dann war es vorüber, und ein angenehmes Gefühl der Wärme breitete sich in ihm aus. Der Konsul nickte.

»Das ist eine Infusion aus *hakarl*, verdorbenem Haifischfleisch, in reinem Alkohol angesetzt. In etwa fünf Minuten wird es Ihnen sehr viel besser gehen. Allerdings musste ich zuerst feststellen, ob Sie noch unter der Wirkung des Alkohols stehen, den Sie letzte Nacht getrunken haben, bevor ich meinen kleinen Test richtig auswerten konnte.«

»Was für einen Test?«

»Als ich Sie fragte, wie viele Leute auf der Straße wären.«

»Das hab ich Ihnen doch gesagt, elf Leute.«

Snæbjörn Guðmundsson betrachtete ihn ernst. »Ich habe nur acht gesehen«, sagte er.

Zen lachte schallend, da er das Gefühl hatte, endlich wieder ein bisschen Oberwasser zu bekommen. »Vielleicht brauchen Sie eine Brille!«

»Dafür gibt es keine Brille.«

»Wofür?«

Guðmundsson seufzte. »Wir nennen es *fylgja*. Es ist eine besondere Fähigkeit. Leute, die sie besitzen, heißen *skyggn*. Alle Kinder sind *skyggn* bis etwa zum Alter von fünf Jahren, viele noch länger. Beinah alle verlieren die

Fähigkeit, wenn sie in die Pubertät kommen, doch einige wenige Menschen behalten die Gabe auch als Erwachsene. Es sieht so aus, als könnten Sie einer von denen sein, Dottore. Wenn ja, dann sind Sie erst der zweite Ausländer, von dem ich gehört hab, der diese Gabe besitzt.«

»Ich habe keine Ahnung, wovon Sie reden.«

Der Konsul lachte. »Wenn ich es Ihnen erzähle, werden Sie glauben, *ich* sei betrunken. Aber versuchen Sie einfach zu akzeptieren, dass es sich um ein vielfach bestätigtes Phänomen handelt. Was es zu bedeuten hat, ist natürlich eine andere Frage. Es ist so ähnlich, wie wenn man über Religion redet. Sie können an Gott glauben oder auch nicht, aber es ist ein absolut zulässiger intellektueller Standpunkt zu behaupten, dass Gott nicht existiert und dass Religion lediglich ein trügerisches Gewebe von Unwahrheiten ist mit dem Ziel, den Menschen ein illusionäres Gefühl von Sinn zu geben. Ein nicht zulässiger intellektueller Standpunkt wäre zu behaupten, dass Menschen keine religiösen Erlebnisse haben. Können Sie mir folgen?«

»Was hat das alles denn mit dem zu tun, was ich Ihrer Meinung nach habe oder bin?«

»Das ist vollkommen analog. Manche Leute glauben an die Existenz des *huldufolk*, andere nicht. Seine Existenz ist also strittig. Unstrittig ist, dass es Leute gibt, die behaupten, sie hätten es gesehen.«

»Wen gesehen, um Himmels willen?«

»Das ›geheime Volk‹. Herkömmlicherweise betrachtet man es als eine Rasse übernatürlicher Wesen, die unter uns leben, aber in einer anderen parallelen Dimension, die nur die wahrnehmen können, die *skyggn* sind.«

»Aber Sie glauben doch wohl nicht an diesen Blödsinn?«

Snæbjörn Guðmundsson zuckte die Achseln. »Ich verfüge nicht über *fylgja*, deshalb ist das eine ziemlich theoretische Frage. Ich versuche nur, eine rationale Erklärung für das zu finden, was Ihnen letzte Nacht passiert ist, für die Leute, die Sie auf der Straße gesehen haben, und den Mann, von dem Sie sagen, dass er Sie überfallen hat.«

»Eine rationale Erklärung, die auf einer vollkommen irrationalen Prämisse beruht. Wenn die Polizeikamera ihn nicht erfasst hat, dann deshalb, weil er dunkelhäutig war und dunkle Kleidung trug, weiter nichts.«

Der Konsul lachte. »Island ist ein seltsames Land, Dottore. Geologisch ist es die jüngste Landmasse auf dem Planeten. Stellen Sie es sich wie eine Pizza vor. Es hat ungefähr die gleiche Form und ist gerade heiß aus dem Ofen gekommen. Oben im Norden gibt es Geysire, Vulkane, Ströme von Lava. Dort können Sie unmittelbar den Ehrfurcht einflößenden Prozess im Erdinnern miterleben, ihn mit eigenen Augen beobachten, während nicht weit weg von Ihnen Gletscher riesige Eisberge kalben. Doch genug von diesem abstrusen Gerede. Wie wärs mit einem kleinen Mittagessen?«

Zen schauderte sichtlich. »Ich würde nichts runterkriegen.«

Und das meinte er auch. Er hatte zwar Hunger, aber nicht auf irgendetwas, was man hier bekommen könnte. Er brauchte Nahrung für seine Seele. Er musste unbedingt zurück nach Hause, bevor er auf die andere Seite der Schattenlinie überwechselte, die Snæbjörn Guðmundsson beschrieben hatte, und selbst einer von diesem *huldufolk* wurde, ein unsichtbarer Außerirdischer, der durch die Straßen dieser unwirklichen Stadt geisterte.

»Ich glaub, ich leg mich noch ein bisschen hin«, sagte er. »Ich hab letzte Nacht nicht so gut geschlafen.«

Guðmundsson nickte. »Natürlich. Ich sag Ihnen Bescheid, wenn sich was tut.«

Er wurde von einem leisen Klopfen an der Tür geweckt. Dann ging sie auf, und der Konsul stand im Türrahmen. »Sie haben Besuch«, sagte er.

Zen kroch mühsam aus dem Bett. Er kam sich vor, als wäre er wieder im Krankenhaus. Irgendwelche Leute gingen in seinem Zimmer ein und aus und sagten ihm, was er tun sollte. So lebte er nun schon seit fast einem Jahr. Wann würde er endlich wieder in seinem eigenen Bett schlafen? Aber wo stand dieses Bett? In Rom, nahm er an, obwohl ihn diese Vorstellung nicht so ganz überzeugte.

Sein Besuch war, wie sich herausstellte, Þórunn Sigurðardóttir, die Polizistin, die ihn gestern am Flughafen vernommen hatte. Sie nickte ihm zu und gab eine kurze Erläuterung, die Snæbjörn Guðmundsson übersetzte. »Sie hat gute Nachrichten für Sie. Der Chefpathologe hat mittlerweile die vorläufigen Ergebnisse der gestern durchgeführten Autopsie bestätigt. Er kommt zu dem Schluss, dass Signor Angelo Porri eines natürlichen Todes gestorben ist, genau gesagt an einem Herzinfarkt. Deshalb interessiert sich die Polizei nicht länger für den Fall, und Sie können gehen. Man bittet Sie für die unvermeidliche Verzögerung um Entschuldigung.«

Inspektor Þórunn Sigurðardóttir übergab Zen den Pass auf den Namen Pier Giorgio Butani. Dann schenkte sie ihm ein kurzes Lächeln, wie ein Sonnenstrahl, der von einem Gletscherfeld reflektiert wird, und ging.

»Das ist ja alles gut und schön«, sagte Zen unwirsch zu Snæbjörn Guðmundsson. »Ich kann also gehen, aber wie? Ich habe lediglich ein Ticket von der Alitalia. Fliegt die nach Island?«

»Nein.«

»Und was soll ich jetzt tun? Die bitten, noch ein Flugzeug umzuleiten, das mich hier abholt?«

»Ich nehme an, man hat eine Regelung mit einer anderen Fluggesellschaft getroffen, die Sie nach Amerika fliegen wird. Wir können uns am Flughafen erkundigen. Doch als Erstes muss ich die Botschaft informieren. Das mach ich über Kabel von meinem Büro aus.«

Schon nach wenigen Minuten kam er zurück.

»So, das ist erledigt. Sie werden sich mit Rom in Verbindung setzen. Wir sollen auf deren Anweisungen warten.«

Einen Moment herrschte Schweigen.

»Wo haben Sie Italienisch gelernt?«, fragte Zen schließlich.

»In Florenz, als ich dort vor vielen Jahren studiert habe.«

»Was haben Sie studiert?«

»Kunst.«

»Ach ja, Sie sagten, Sie wären Künstler.«

»Ja.«

Zen ließ seinen Blick über die absolut kahlen Wände schweifen. »Dann verkaufen Sie also Ihre sämtlichen Arbeiten?«

»Kein einziges Stück.«

»Gar nichts?«

»Nein. Die Sachen taugen nichts, müssen Sie wissen.«

Zen lächelte höflich. »Sie sind bestimmt bloß zu bescheiden.«

»Überhaupt nicht. Ich mag zwar kein großer Künstler sein, aber ich bin ein ausgezeichneter Kunstkenner. Manchmal wünsche ich, das wäre nicht so. Dann könnte ich vielleicht glauben, dass mein Kram irgendeinen Wert hat. Doch das hat er nicht. Das weiß ich.«

»Aber Sie arbeiten immer weiter?«

»O ja. Was soll ich sonst tun?«

»Und wo sind Ihre Gemälde?«

Snæbjörn Guðmundsson stand auf. »Möchten Sie sie sehen?«

Zen wurde ganz elend zumute. Das Letzte, wozu er jetzt Lust hatte, war eine Führung durch das Studio irgendeines Amateurklecksers. Zum Glück klingelte nebenan gerade das Telefon.

»Rom ist am Apparat«, sagte der Konsul, als er einen Augenblick später wieder in der Tür erschien. »Für Sie.«

Im Gegensatz zum Wohnzimmer herrschte in Guðmundssons Büro ein einziges Chaos. Überall lagen Papiere und Akten herum. Zen setzte sich an den Schreibtisch und nahm den Hörer in die Hand. »Pronto.«

»Buonasera, Dottore. Das hier ist keine sichere Verbindung, deshalb ist es wichtig, dass wir keine Namen nennen und uns bei dem, was wir zu besprechen haben, möglichst allgemein fassen.«

»Ich verstehe.«

»Wir haben bereits mehrmals miteinander gesprochen, zuletzt auf dem Shuttleflug von Pisa nach Mailand.«

»Ah ja.«

»Ich habe gehört, dass Sie in jüngster Zeit ein paar Unannehmlichkeiten hatten, dass aber jetzt alles geklärt ist.«

»Das stimmt. Es ist aber immer noch unklar, wie ich meine Reise fortsetzen soll.«

»Die Antwort lautet: gar nicht.«

»Ich werde sie nicht fortsetzen?«

»Nein. Es sind gewisse Veränderungen eingetreten. Wir haben sogar Grund zu der Annahme, dass diese bereits vor Ihrer Abreise stattgefunden haben, doch unsere amerikanischen Kollegen haben es erst jetzt für angebracht gehalten, uns darüber zu informieren.«

»Ich hoffe, das deutet nicht auf einen Mangel an Vertrauen hin.«

»Wenn ja, wäre der vollkommen unberechtigt. Es hat auf unserer Seite keinerlei Sicherheitsverstöße gegeben, das kann ich Ihnen versichern.«

»Gut zu wissen. Falls also einer dieser Anschläge auf mein Leben schließlich erfolgreich ist, kann ich in dem sicheren Wissen sterben, dass die undichte Stelle nicht italienischen Ursprungs war.«

»Machen Sie sich bitte nicht darüber lustig. Außerdem ist es äußerst inopportun, derartige Dinge über diese Verbindung zu erwähnen. Und im Übrigen werden derartige Vorfälle nicht mehr vorkommen.«

»Und das ist sicher?«

»Absolut sicher. Wie ich bereits sagte, es sind gewisse Veränderungen eingetreten, aufgrund derer die Veranstaltung, an der Sie in den Vereinigten Staaten teilnehmen sollten, nun verschoben wurde und mit einiger Wahrscheinlichkeit ganz abgesagt wird.«

Zen wagte kaum zu glauben, was er da hörte.

»Kurz gesagt, einer der beiden Hauptprotagonisten hat beschlossen, mit unserer Seite zu kooperieren«, fuhr der Mann vom Außenministerium fort. »Infolgedessen wurde unsere Teilnahme überflüssig. Damit ist auch Ihre Anwesenheit nicht mehr erforderlich, und es besteht kein Risiko, dass weitere Versuche unternommen werden, Sie an der Teilnahme zu hindern.«

Zen lachte leise. »Es war Nello, nicht wahr?«

»Bitte!«

»Ist ja gut, aber er wars doch?«

»Ähm, ja. Woher wissen Sie das?«

»Er hat mit mir geredet, als sie mich mit dem Auto zu Sie-wissen-schon-wem fuhren. Dabei hat er mir erklärt, wie sie die Landebahn für das Flugzeug beleuchten. Der andere Mann hat zu ihm gesagt, er soll die Schnauze halten. Da war mir klar, dass er ein Schwätzer ist. Jeder geschickte Polizist oder Untersuchungsrichter hätte ihn irgendwann zum Reden gekriegt. Er gehört zu den Leuten, die einfach nicht den Mund halten können.«

»Nun ja, genau das ist passiert. Und es wird Sie sicher freuen zu erfahren, dass es Hinweise darauf gibt, dass der Zwischenfall in Versilia möglicherweise ein auslösendes Moment war. Für die beiden war das anscheinend die letzte Hoffnung, Ihre Teilnahme an der Veranstaltung in Amerika zu verhindern, und als der Versuch scheiterte, war das Ergebnis sozusagen vorherbestimmt. Also hat sich einer der Protagonisten, nämlich der, den Sie erwähnt haben, offenbar entschlossen, einen Deal einzugehen. Seine Kooperation im Gegenzug für eine neue Identität und ein neues Leben dort drüben.«

»Irgendeine Chance, dass man auch mir das gewährt?«

»Viel besser, Sie können Ihr altes Leben wieder aufnehmen. Sie werden sofort zu einer umfassenden Unterrichtung an Ihren gewohnten Arbeitsplatz zurückkehren. Unsere Botschaft wird den Konsul in Kürze über sämtliche Details informieren. Ich wünsche Ihnen eine angenehme Reise und eine sichere Heimkehr.«

Als Zen ins Wohnzimmer zurückkam, sah Snæbjörn Guðmundsson ihn neugierig an.

»Die Botschaft wird sich wegen meiner Reiseformalitäten mit Ihnen in Verbindung setzen«, erklärte Zen ihm.

»Ah.«

»Um es kurz zu machen, ich kehre nach Italien zurück.«

»Ich verstehe.«

»Sofort.«

Der Konsul deutete durch ein Nicken an, dass ihm die Spielregeln bekannt seien. Er sah auf seine Uhr. »Das heißt vermutlich, mit der Maschine um zwei Uhr dreißig nach Kopenhagen.«

Zen sah ihn überrascht an. »Wie spät ist es denn jetzt?«

»Halb elf. Noch reichlich Zeit.«

»Es kann doch nicht erst halb elf sein! Wir müssen mindestens schon Mittag haben.«

»Nein, halb elf abends. Der Flug geht am frühen Morgen. Das liegt daran, dass wir so weit abseits liegen. Man braucht drei Stunden bis nach Europa. Außerdem haben wir britische Zeit, das macht eine weitere Stunde aus. Wenn man rechtzeitig bei einem Geschäftstermin sein will, muss man kurz nach Mitternacht los. Aber keine Sorge, ich bring Sie früh genug zum Flughafen.«

Er sah Zen an und lächelte. »Sie wollten doch meine Bilder sehen. Kommen Sie hier entlang.«

Zen, der das schon wieder völlig vergessen hatte, folgte dem Konsul in die Küche, dann auf den Hof hinter dem Haus, zu einem Rechteck aus Beton, auf dem ein großer schwarzer Aschehaufen lag.

»Hier sind sie«, sagte Guðmundsson. »Zumindest die letzten. Mit den anderen dünge ich gerade die Blumen in den Beeten vorm Haus. Was halten Sie davon?«

Zen lächelte nervös. »Sind Sie so was wie ein Performance-Künstler?«

Er hatte von solchen Leuten gehört, die Dinge taten, die er mit Zirkusclowns und Animateuren für Kinder verband.

»Nun ja, vielleicht bin ich so was«, antwortete Guðmundsson. »Obwohl ich es bisher nicht so gesehen hab. Diese Angelegenheit jetzt hat natürlich meinen normalen

Tagesablauf durcheinandergebracht, aber im Großen und Ganzen arbeite ich hart, mindestens sechs Stunden am Tag. Und jedes Mal bin ich davon überzeugt, dass es mir diesmal gelungen ist, etwas zu schaffen, was die Mühe wert war. Aber wenn es dann fertig ist, sehe ich es an und stelle fest, dass ich mich geirrt habe. Es ist bloß wieder eine Stümperei, eine weitere unsinnige Scheußlichkeit. Und es gibt weiß Gott schon genug unsinnige Scheußlichkeiten auf der Welt. Also bringe ich auch dieses Teil hierher und verbrenne es.«

Zen quittierte das mit einem, wie er hoffte, verständnisvollen Lächeln.

»Es ist so etwas wie der hippokratische Eid«, fuhr der Konsul mit einem so aufrichtigen Gesichtsausdruck wie ein Priester fort. »Man sollte alle Möchtegernkünstler dazu bringen, das zu unterzeichnen. Die Regel Nummer eins lautet: ›Richte keinen Schaden an.‹ Wenn ich schon nichts zustande kriege, das auch nur entfernt der Kunst gleicht, die ich jeden Tag gesehen habe, als ich in Italien lebte, ist doch das Mindeste, was ich tun kann, den Planeten nicht mit noch mehr modischem Schnickschnack zuzumüllen. Anscheinend ist das Einzige, was mir gelingt, irgendwelches intellektuelles Zeug, und wer braucht das schon? Heutzutage sind wir doch alle klug. So verdammt klug. Da mache ich lieber ein nettes kleines Freudenfeuer und fühle mich anschließend zumindest sauber.«

Er schloss die Tür und führte Zen durch die Wohnung zurück. »Ich sollte jetzt besser die Botschaft anrufen und mich nach Ihren Flügen erkundigen.«

Zen ging in die Abstellkammer, in der er die Nacht verbracht hatte, und packte seine Sachen. Als er zurück ins Wohnzimmer kam, war Guðmundsson bereits dort.

»Okay. Man hat für Sie einen Platz in der Maschine um halb drei nach Kopenhagen gebucht, wie ich vermutet hatte, mit Anschlussflug nach Rom. Sie sollen sich gleich nach Ihrer Rückkehr mit jemandem namens Brugnoli in Verbindung setzen. Die Tickets liegen am SAS-Schalter in Keflavik. Wenn Sie fertig sind, könnten wir uns eigentlich auf den Weg machen.«

Zen schleppte sein Gepäck zurück zum Wagen. Dann fuhren sie los. Sobald sie die Außenbezirke dieser düsteren, trostlosen Stadt verlassen hatten, spürte Zen, wie seine Lebensgeister erwachten. Er fühlte sich zwar immer noch ziemlich betrunken, war völlig desorientiert und hatte noch keine Zeit gehabt, sich mit dem auseinanderzusetzen, was da passiert war. Doch die Hauptsache war, dass er von hier wegkam. Er hatte noch nie ein so dringendes Bedürfnis verspürt, einen Ort zu verlassen.

Plötzlich fuhr das Auto an den Straßenrand und hielt an. »Sehen Sie den Fels da drüben«, sagte der Konsul und zeigte mit dem Finger in die Landschaft.

Es handelte sich um einen riesigen Felsbrocken aus verwittertem Vulkangestein, das von unzähligen, fantastisch geformten Rillen und Spalten durchsetzt war.

»Hier hausen sie angeblich, in Felsen wie diesem da versteckt, in den Ritzen und Spalten. Es heißt, sie können sehr rachsüchtig werden, wenn man sie stört.«

Zen blickte zu dem Konsul, der den Wagen wieder anließ und weiterfuhr.

»Das *huldufolk* meine ich«, erklärte er. »Auf dem Grundstück, auf dem das Sommerhaus meiner Eltern liegt, befindet sich ein sehr ähnlicher Felsen wie dieser. Mein Vater war mal Parlamentsmitglied für die Alþýðuflokkurinn, eine ganz radikale linke Partei. Er war außerdem ein enger Freund von Halldor Laxness, unserem Nobelpreis-Autor, und rühmte sich gern damit, ein fortschrittlicher, in die Zukunft blickender Mensch zu sein. Doch als wir eine neue Zufahrt zu dem Sommerhaus anlegen ließen, hat er die Arbeiter dazu gebracht, sie um den Felsen herumzubauen, statt ihn zu sprengen, obwohl die Zufahrt dadurch fast einen halben Kilometer länger und natürlich dementsprechend teurer wurde. ›Du glaubst doch wohl nicht an diesen abergläubischen Unsinn?‹, habe ich ihn scherzhaft gefragt. Seine Antwort werd ich nie vergessen. ›Natürlich nicht‹, sagte er. ›Aber man kann nicht vorsichtig genug sein.‹«

Eine Weile fuhren sie schweigend. Schließlich tauchten die Gebäude des Flughafens in der Ferne auf. Zen zündete sich eine Zigarette an und drehte den Kopf zu Guðmundsson. »Sie sagten doch, ich wär erst der zweite Fall, der Ihnen bekannt ist, wo ein Ausländer dieses Dingsbums hat.«

»*Fylgja*. Ja.«

»Wer war der andere?«

Guðmundsson lachte. »Das ist eine seltsame Geschichte. Ich hab Ihnen doch erzählt, dass Keflavik ursprünglich während des Zweiten Weltkriegs als Militärstützpunkt gebaut worden ist. Einer der dort stationierten Soldaten begann irgendwann die typischen Symptome dieses Zustands zu zeigen. Er ließ sich über Leute aus, die niemand außer ihm sehen konnte, und so weiter. Eine Menge solcher Felsen waren damals abgetragen oder gesprengt worden, um Platz für die Start- und Landebahnen und die Gebäude zu schaffen, sodass vermutlich viele von dem ›geheimen Volk‹ ihr Zuhause verloren hatten. Wie dem auch sei, die Ärzte, die den Mann untersuchten, hatten natürlich noch nie vom *huldufolk* gehört. Sie kamen zu dem Schluss, dass der Typ verrückt war, und schickten ihn zurück in die Staaten. Das war kurz vor der Landung in der Normandie.«

Zen lächelte. »So ein Glückspilz!«

»Eigentlich nicht. Das Schiff, auf dem er war, wurde vor der Küste von Neufundland von einem U-Boot torpediert und ist mit der gesamten Besatzung untergegangen.«

Der Parkplatz am Flughafen war fast leer. Snæbjörn Guðmundsson hielt direkt vor dem unglaublich sterilen Terminal an.

»Bevor wir uns trennen«, sagte er, zu Zen gewandt, »möchte ich Sie bitten, immer daran zu denken, was mit diesem GI passiert ist.«

Zen runzelte die Stirn. »Was soll das heißen?«

Guðmundsson seufzte. »Ich bin absolut davon überzeugt, dass alles, was Sie mir über letzte Nacht erzählt haben, sich genau so zugetragen hat. Außerdem gebe ich Ihnen mein Wort, dass ich es niemandem weitererzählen werde. Und ich rate Ihnen dringendst, das Gleiche zu tun. Was hier in Island einigermaßen plausibel erscheinen mag, hört sich in Italien sicher absolut schwachsinnig an. Die Leute werden sich dann an diesen Autounfall erinnern, den Sie hatten, und sich anfangen zu fragen, ob die Verletzungen, die Sie erlitten haben, rein physischer Natur waren. Verstehen Sie, was ich meine?«

Zen nickte. »Ja, ja. Selbstverständlich. Ich hab nur geglaubt, Sie meinten etwas anderes.«

»Was denn?«

»Als Sie sagten, ich sollte immer daran denken, was mit dem Amerikaner passiert ist, da dachte ich, Sie meinten, diese vermeintlich günstige Wendung des Schicksal könnte sich für mich ebenfalls als verkapptes Todesurteil herausstellen.«

Snæbjörn Guðmundsson lachte. »Natürlich nicht! Im Übrigen war er eine absolute Ausnahme. Die meisten Menschen, die *skyggn* sind, erfreuen sich ausgezeichneter Gesundheit und erreichen ein außergewöhnlich hohes Alter.«

Beide stiegen aus dem Auto. Der Konsul holte einen Wagen für Zens Gepäck. Als alles aufgeladen war, standen die beiden Männer etwas verlegen da.

»Danke für Ihre Hilfe«, sagte Zen schließlich. »Und viel Glück mit der Malerei.«

Snæbjörn Guðmundsson zog eine Grimasse. »Nur ein einziges authentisches Stück, bevor ich sterbe, mehr verlange ich nicht. Mir ist egal, wie klein oder unbedeutend es ist, oder gar, ob es sonst wem auffällt oder jemanden interessiert. Nur ein einziges gelungenes Stück, damit ich das Gefühl habe, mein Leben ist nicht völlig sinnlos gewesen.«

Sie schüttelten sich die Hand.

»Es hat mich gefreut, Sie kennenzulernen, wer auch immer Sie sein mögen«, bemerkte Snæbjörn Guðmundsson mit einem schelmischen Lächeln. »Ich wünsche Ihnen eine angenehme und sichere Weiterreise. Und versuchen Sie bitte zu vergessen, worüber wir gesprochen haben. Das ist wirklich ein rein auf Island begrenzter Mythos und hat keinerlei weitere Bewandtnis. Hier bei uns mag er belegt sein oder auch nicht, woanders aber ganz sicherlich nicht. Dort, wo Sie hinreisen, gibt es kein geheimes Volk!«

Roma

Nachdem er mit einer Gruppe von lärmenden, jungen ausländischen Rucksacktouristen und deren parasitischem Anhang aus Schleppern, betrügerischen Taxifahrern, Bettlern und Taschendieben aus dem Seitenausgang der Stazione Termini geschwemmt worden war, besorgte er sich als Erstes etwas zu essen. Nicht dass er irgendeinen Grund gehabt hätte, hungrig zu sein. Auf dem Flug nach Dänemark hatte man ihm ein sogenanntes »Frühstück« serviert, und auf dem Anschlussflug nach Fiumicino etwas namens »Snack«. Aber hier ging es nicht um physische Hunger. Seine Bedürfnisse waren tiefer und komplizierter als das, doch zum Glück wusste er genau, wie er sie befriedigen konnte.

Er überquerte die stark befahrene Straße, behielt bei mehreren Beinahezusammenstößen die Oberhand und freute sich sogar über die ziemlich deftige Schimpfkanonade eines Fahrers, der um die beste Position kämpfte. Dann steuerte er auf die Piazza della Repubblica zu. Nach einigen weiteren, adrenalinfördernden Verkehrserlebnissen auf Leben und Tod bog er nach links auf die Via Viminale und summte dabei eine muntere Melodie vor sich hin, in der er schließlich die Nationalhymne erkannte, zuletzt gehört in ihrer abgeschnittenen elektronischen Form aus dem Handy von Snæbjörn Guðmundsson. »L'Italia chiamò, stringiamoci a coorte, siam pronti alla morte ...«

Gegenüber einem ausladenden Rundbau aus roten Ziegeln, einst der südliche Teil eines weitläufigen Komplexes von öffentlichen Bädern, den irgendein römischer Kaiser errichtet hatte, befand sich ein schäbiger kleiner Laden, etwa von der Größe eines Vorortfriseurs. Im Schaufenster lag in einem Glaskasten träge ein gebratenes Spanferkel, als ob es gerade Mittagsschlaf hielte. Drinnen standen ein paar rohe Holztische mit Stühlen und Bänken. Ernesto, der Besitzer, ein kleiner Mann, der dem Produkt, das er verkaufte, mit der Zeit immer ähnlicher geworden war, präsidierte an der Rückwand des Ladens hinter einer Zinktheke über dem Ganzen. Er mimte großes Erstaunen, als Zen hereinspaziert kam. »Ich dachte, Sie wären tot!«, rief er in einem römischen Akzent, der so breit klang, dass man ihn nur mit einem seiner Fleischermesser in verständliche Happen hätte schneiden können.

Zen nickte. »Es gab Gerüchte in der Richtung.«

Die beiden Männer schüttelten sich die Hand, nachdem der Ladeninhaber seine zunächst an der schmutzigen Schürze abgewischt hatte.

»Diese furchtbare Geschichte in Sizilien!«, rief Ernesto und zog dabei so heftig die Schultern hoch, als wolle er die Insel ein für alle Mal von der Landkarte verbannen. »Es war überall, im Fernsehen und in den Zeitungen. Aber ich hab natürlich von De Angelis und den übrigen Jungs sämtliche Insider-Informationen bekommen. Es ist zum Kotzen, einfach zum Kotzen! Was sollen wir bloß mit diesen Leuten machen? Wir haben alles versucht, und nichts funktioniert. Lassen Sie uns doch mal ehrlich sein, die sind einfach nicht so wie wir. Das waren sie nie, und werden es auch nie sein. Und nun will man auch noch diese Brücke zum Festland bauen, auf Kosten der

Steuerzahler, versteht sich. Wissen Sie, was ich dazu sage? Lasst die Finger davon! Stellt den Fährbetrieb ein! Patrouilliert entlang der Straße von Messina mit Kanonenbooten und erschießt die Dreckskerle, wenn sie versuchen, sich ins Land zu schmuggeln. Die sind schlimmer als die Albaner.«

Zu jeder anderen Zeit hätte Zen dem durchaus zustimmen mögen, doch in seiner gegenwärtigen Verfassung hätte er Ernesto am liebsten an den Armen gepackt und ihn zu überzeugen versucht, dass sie doch alle – ja selbst die Sizilianer – Fratelli d'Italia seien. Aber er war noch so weit bei Verstand, um einzusehen, dass das nicht ging. Obwohl Ernestos Laden natürlich öffentlich zugänglich war, fungierte er eigentlich als Privatclub für einen Kreis privilegierter Stammkunden, und wie jeder Club hatte auch dieser seine Regeln. Eine davon besagte, dass ein gewisses Maß an rein rhetorischem Rassismus in dem Sinne toleriert werden musste, wie er gemeint war, nämlich als harmlose Art, ein Gefühl von Gemeinschaft herzustellen, Solidarität und Überdruss zum Ausdruck zu bringen und Außenstehende auszuschließen. Wie der menschliche Körper konnte auch eine Gemeinschaft nur eine gewisse Menge an Fremdem verkraften, ohne zu kollabieren. Die Römer hatten seit fünfzehnhundert Jahren Erfahrung mit den notwendigen Strategien passiver Aggression, und Zen fühlte sich gewiss nicht berufen, sie zu kritisieren. Die Bäder, die sich einst über diesen ganzen Stadtteil ausgebreitet hatten, mochten zwar geplündert, als neues Baumaterial verwendet und dem Erdboden gleichgemacht worden sein, aber die Menschen waren immer noch da.

»Wo waren Sie denn nun die ganze Zeit?«, fuhr Ernesto fort. »Man hat uns erzählt, Sie hätten die Mafiabombe überlebt, aber als Sie nie mehr hier auftauchten, fing ich irgendwann an, mich zu wundern. Vielleicht sagen die uns ja nicht die Wahrheit, dachte ich. Selbst De Angelis schien nichts Genaues zu wissen. Vielleicht haben wir ja alle keine Ahnung, dachte ich. Vielleicht ist das alles eine riesige Lüge! Wäre ja schließlich nicht das erste Mal, was?«

Zen setzte sich an einen der schmalen Tische. »Ganz bestimmt nicht.«

»Also wo waren Sie?«

»Am Ende der Welt, Ernesto. Das ist eine lange Geschichte, und ich hab in fünfzehn Minuten einen Termin im Büro. Außerdem brauch ich jetzt erst mal was Anständiges zu essen.«

»Sofort, Dottore! Das Übliche?«

»Das Übliche.«

Ernesto nahm eins der belegten Brötchen aus dem Glasschrank, legte es auf einen Teller und fügte noch zwei dicke Scheiben von dem gebratenen Fleisch hinzu. Das stellte er mit einer kleinen Karaffe Weißwein und Besteck vor Zen auf den Tisch.

»Ich hab Ihnen ein besonders fettes Stück abgeschnitten«, sagte er mit einem verschwörerischen Blick. »Sie sehen ein bisschen blass aus, Dottore. Wir müssen Sie wieder aufpäppeln.«

Zen schnitt einen großen Happen von dem hellen, köstlich duftenden Fleisch ab und begann zu kauen. Außer Wein gab es bei Ernesto nur eines: Porchetta, erstklassige Spanferkel von Bauern, die ihm persönlich bekannt waren, mit Fenchel und Kräutern gefüllt, langsam am Spieß gebraten, bis sie perfekt saftig waren. Es wurde kalt serviert mit knusprig frischem Brot. Die Kruste war köstlich kross, das Fett dekadent ölig und das Fleisch zart und aromatisch. Selbst der einfache Castelli-Romani-Wein, den man in Venedig noch nicht mal als Putzmittel kostenlos verteilt hätte, schmeckte Zen heute angenehm mild.

Als er sich das Brötchen vornahm, nachdem das dringendste Verlangen nach schmackhaftem Protein erst einmal gestillt war, begann er darüber nachzudenken, was ihn gleich bei dem Gespräch im Ministerium ein Stück weiter die Straße hinunter wohl erwarten würde. Der Name Brugnoli sagte ihm überhaupt nichts, doch das an sich war nicht weiter überraschend. Zen war nun seit fast einem Jahr aus dem Verkehr gezogen und nicht an seinem Schreibtisch gewesen, und das war in der italienischen Politik eine sehr lange Zeit. Er hatte sogar Gerüchte gehört, dass es während seiner Abwesenheit schon wieder einmal Neuwahlen gegeben hätte. Doch selbst wenn man die Spieler ausgewechselt hatte, würde das Spiel vermutlich immer noch nach denselben Regeln gespielt werden. Die Craxis und Andreottis mochten entweder tot oder im Ruhestand sein, genau wie ihre einstmaligen Feinde, die harten Männer von den Roten Brigaden, doch bis zum heutigen Tag wusste niemand genau, wie Aldo Moro mit einer so atemberaubenden Leichtigkeit und Effizienz hatte entführt werden können noch warum er getötet worden war. Es war wie in Argentinien nach dem Zusammenbruch der Militärdiktatur. Das alte Regime war zwar vertrieben worden, aber es herrschte eine umfassende Amnestie und eine noch umfassendere kollektive Amnesie.

Für Zens Karriere hatte das nichts Gutes zu bedeuten. Nach dem, was der Beamte vom Außenministerium ihm in codierten Euphemismen am Telefon gesagt hatte, könnte der Prozess gegen Nello und Giulio Rizzo, falls es überhaupt je zu einer Gerichtsverhandlung kam, ohne

Zens Aussage stattfinden. Damit war sein Leben zwar nicht länger von gedungenen Mafiakillern bedroht, aber gleichzeitig war er auch für die italienischen Behörden vollkommen uninteressant geworden. Nun winkte der vorzeitige Ruhestand, von dem bereits die Rede gewesen war, als er sich noch von seinen Verletzungen erholte. Es würden ein paar höfliche Reden gehalten, vielleicht bekäme er sogar einige Vergünstigungen bei seiner Rente und Ähnliches, doch unterm Strich hieß das, dass er weg vom Fenster war. Bestenfalls würden sie ihn zum Questore eines Polizeipräsidiums in einem verschlafenen Provinznest befördern, wo er Akten hin und her schieben, routinemäßige Verwaltungsarbeiten überwachen und ständig auf die Uhr gucken würde, bis man ihn endgültig in den Ruhestand schickte.

Doch er brauchte seine Arbeit, und das dringender als je zuvor. Er war nie besonders ehrgeizig oder engagiert in seinem Job gewesen bis zu dem Moment, als die Gefahr drohte, dass man ihn ihm wegnehmen würde, genau wie seine Mutter, seine Adoptivtochter und einen kompletten Lebensstil, den er einfach als selbstverständlich angesehen hatte, als ob alles immer so weitergehen würde. Nun, da es so aussah, als würde das ganz und gar nicht der Fall sein, fragte er sich in einem Anfall von Panik, was er in Zukunft tun sollte. Er würde zwar genügend Geld haben, um angenehm leben zu können, aber wie sollte er denn den Tag herumkriegen? Was würde er um neun Uhr morgens, am Mittag, um sechs Uhr abends tun und warum? Was hätte das alles für einen Sinn?

Er wischte sich den Mund mit der Papierserviette ab, zahlte die bescheidene Rechnung und versicherte Ernesto seiner Zufriedenheit und dass er ihm als Kunde treu bleiben würde. Dann ging er in das Café an der nächsten

Straßenecke, wo er einen Espresso trank und eine Zigarette rauchte, die so bitter schmeckte wie die, die man traditionell einem zum Tode Verurteilten anbot.

Der Wachposten am Tor zum Innenministerium erkannte Zen nicht, gestattete ihm aber nach längerem Hin und Her, bis zum Sicherheitsposten am Haupteingang durchzugehen. Der in Zivil gekleidete Beamte, der hier das Sagen hatte, war ein dicker Mann mit einem unförmigen Gesicht, unbeholfenen Gesten und dem verbitterten Ausdruck von jemandem, der sich notgedrungen damit abfinden muss, dass sich sein Kindheitstraum, eines Tages ein kleiner Zuhälter in Centocello zu werden, wohl nicht mehr erfüllen wird.

Er wollte einen Ausweis sehen. Zen erklärte, er habe undercover gearbeitet und trage deshalb keinen bei sich. Der gescheiterte Zuhälter entgegnete, dass niemand ohne Ausweis hier hineindürfe, und das in einem Ton, der suggerierte, dass allein die Tatsache, dass Zen das nicht gewusst hatte, ihn bereits zu einem potenziellen Verdächtigen machte.

»Ich habe einen Termin bei einem gewissen Brugnoli«, erklärte Zen. »Sagt Ihnen der Name was?«

»Wir geben keinerlei Auskünfte über Angehörige des Ministeriums.«

»Könnten Sie ihn vielleicht anrufen und ihm sagen, dass ich hier bin?«

Der Mann wies mit dem Daumen hinter sich. »Das Telefon steht drüben am Empfangsschalter.«

Zen wollte dorthin gehen, wurde jedoch sogleich von einer ausgestreckten Hand zurückgehalten.

»Ohne gültigen Ausweis kann ich Sie nicht reinlassen.«

Der Ton des Beamten gab klar zu verstehen, dass es

keinen Sinn hatte, sich mit ihm auf eine Diskussion einzulassen. Zen machte kehrt, ging die Treppe hinunter auf den Hof des Gebäudes und wählte eine Nummer auf seinem Handy. Eine Stimme, die er nicht kannte, meldete sich. »Sì.«

»C'è De Angelis?«

»Momentino.«

Die Stimme entfernte sich vom Telefon und rief: »Giorgio! Für dich.« Nach einer weiteren Verzögerung kam Giorgio De Angelis an den Apparat. »Ja?«, sagte er mürrisch.

»Ciao, Giorgio. Sono Aurelio.«

Ein Zögern, dann ein ohrenbetäubender Aufschrei. »Aurelio? Wie geht es dir? Wo bist du?«

»Ich stehe hier unten vor dem Eingang. Ich hab keinen Ausweis dabei, und der Sicherheitsbeamte will mich nicht reinlassen. Kannst du ihn überzeugen, dass er einen großen Fehler macht?«

»Ich komm sofort runter.«

Zen hatte sich bereits wieder eine Zigarette angezündet, als De Angelis durch die Tür kam und die Treppe herunterlief, um seinen Freund zu umarmen. »Gut siehst du aus! Das freut mich aber!«, rief er.

»Ich bin froh, wieder hier zu sein. Ich weiß nur nicht, für wie lange.«

»Was machst du überhaupt hier? Ich dachte, du wärst auf dienstlich verordnetem Urlaub in den Staaten.«

Zen gab sich sofort etwas reservierter. »Das solltest du eigentlich gar nicht wissen«, sagte er. »Niemand soll es wissen.«

De Angelis zuckte die Achseln. »Hat bloß irgendwer gesagt. Du weißt doch, wie das ist. Ich hatte keine Ahnung, ob es stimmt oder nicht.«

»Aber du hast es trotzdem einigen Leuten weitererzählt.«

»Nur ein paar. Was ist denn mit deiner Hand passiert?«

»Ich bin einem Messer zu nahe gekommen.«

»Hast du Zeit zum Mittagessen?«

»Ich hab schon gegessen. Außerdem habe ich einen Termin bei einem gewissen Brugnoli, wer immer das sein mag.«

De Angelis verdrehte die Augen. »Ah, unser neuer ›Facilitator‹.«

»Was soll das denn sein?«

»Du wirst schon sehen.«

Am Sicherheitsposten zeigte De Angelis die Dienstmarke und erhielt auf seine Verantwortung einen Tagesausweis für Zen.

»Oberste Etage natürlich«, sagte er. »Wenn dir hinterher nach Reden zumute ist, ich bin in der Oper.«

Er legte den Kopf ganz weit in den Nacken, als würde er die Pseudokuppel über ihnen auf Anzeichen von Erdbebenschäden prüfen. »Ich meine, richtig reden«, fügte er hinzu.

Brugnolis Büro war das zweite von links auf der »guten« Seite der oberen Etage, der mit dem Blick auf den Quirinalspalast. Es befand sich kein Schild an oder neben der Tür, doch Zen war von mehreren jungen Männern, die in einem anderen Raum, den er aufs Geratewohl betreten hatte, vor Computerbildschirmen hockten, versichert worden, dass es dort sei. An ihrer Tür war ebenfalls kein Schild gewesen.

Der Empfangsbereich hinter der namenlosen Tür war mit nichts zu vergleichen, was Zen je im Viminale gesehen hatte. Hier gab es ein Ledersofa mit passenden Sesseln, einen niedrigen Tisch, auf dem Zeitschriften und Kunstbücher lagen, sowie etliche große Topfpflanzen mit überdimensionalen, fleischigen Blättern. Ein gedrucktes Schild dankte Zen dafür, dass er nicht rauchte, und ein großer Videoschirm zeigte die aktuellen Aktienkurse auf diversen internationalen Märkten an. Auf der anderen Seite, neben einer imposanten Innentür, hackte eine gefärbte Blondine in einem Twinset aus rosa Lambswool hektisch auf einer Computertastatur herum. Die Wände waren in einem dezenten Apricot-Ton gestrichen, und die Perserbrücke unter dem niedrigen Tisch sah so fadenscheinig und ausgeblichen aus, dass es sich nur um ein echtes antikes Stück handeln konnte. Gedämpfte klassische Musik erfüllte die Luft, während versenkte Halogenlampen ihr helles Licht in einem Raum verbreiteten, in dem es entweder nichts oder alles zu verbergen gab. Das Ganze sah weniger wie das Vorzimmer eines hohen Ministerialbeamten aus als wie die Praxis eines Zahnarztes, dessen Rechnung einem noch mehr wehtun würde als die Behandlung.

Zen nannte der Empfangsdame seinen Namen, worauf diese ihren Computerbildschirm an drei Stellen berührte wie ein Priester, der einen Kommunikanten segnet. Einen Augenblick später öffnete sich die Innentür, und ein kleiner, energisch aussehender Mann mit schütterem Haar und einem jovialen Lächeln erschien. »Dottor Zen! Schön, Sie zu sehen! Ich hoffe, Sie hatten einen ruhigen Flug. Der Rückweg kommt einem immer kürzer und angenehmer vor, finde ich.«

Er bemerkte, dass Zen mit offenem Mund auf sein offenes Hemd, die stonewashed Jeans und die schwarzen Sportschuhe starrte. »Freitags immer ganz leger«, erklärte er. »Eine meiner kleinen Innovationen hier. Bei einigen der älteren Angehörigen des Teams stößt das auf einen gewissen Widerstand, fürchte ich, aber ich zwinge natürlich niemanden. Das ist meine ganze Philosophie in puncto Atmosphäre am Arbeitsplatz. ›Persönliche Freiheit, persönliche Befugnisse, persönliche Verantwortung.‹ Was zählt, ist allein das Ergebnis. Kommen Sie rein, kommen Sie rein.«

Zen folgte Brugnoli durch die Tür. Er kam sich wie ein pensionierter Bankangestellter vor in seinem fünfzehn Jahre alten Anzug, einem Hemd, das sich anfühlte, als bestünde es zum größten Teil aus Stärke, und Schuhen der mittlerweile ausgestorbenen Spezies, die man neu besohlen konnte und bei denen das auch gemacht worden war.

Der Raum, den sie nun betraten, war vollkommen anders als das Vorzimmer, aber mindestens eine ebenso große Überraschung. Er besaß ungefähr die gleiche Grundfläche und Höhe wie das gesamte Obergeschoss der Rutelli-Villa in Versilia, sah aber aus, als wäre er von Snæbjörn Guðmundsson neu gestaltet worden. Der Fußboden war gefliest, die Wände bewusst kahl und neutral. Auf einem minimalistischen Schreibtisch aus einem schwarzen Synthetikmaterial stand ein Computer mit einem Flachbildschirm, weiter nichts. Kein Telefon, keine Schubladen, keine Papiere. Aktenschränke waren ebenfalls keine zu sehen, auch nicht die üblichen Bücherregale, die unter dem Gewicht von dicken juristischen Wälzern mit identischen Einbänden ächzten. Kein Porträt des derzeitigen Bewohners des Quirinalspalasts, der durch die vom Boden bis zur Decke reichenden Fenster zu sehen war, keine Kruzifixe oder Flaggen, keine gerahmten Dokumente in Kursivschrift, die bestätigten, dass Dottor Brugnoli diese Ehrung oder jene Auszeichnung erhalten hatte. Tatsächlich enthielt der riesige Raum nur noch zwei weitere sichtbare Objekte: die Terrakottabüste eines Mannes, die auf einem so zierlichen Metallständer ruhte, dass es aussah, als würde dieser einen Balanceakt vollführen, ähnlich wie ein Jongleur auf einem Drahtseil, sowie ein gerahmtes Plakat aus der faschistischen Ära, das zwei Männer in Uniform zeigte, die sich auf der Straße unterhielten, während ein finster aussehender Lauscher im Dunkeln hockte. »Seid wachsam!«, warnte die Bildunterschrift in modernistischen dreidimensionalen Buchstaben. »Wände haben Ohren.«

So weit war es also gekommen, dachte Zen verdrossen. Die allgemein anerkannte, aber stets unausgesprochene Erkenntnis seiner Berufsgeneration war nun als öffentlich zugängliche, postmoderne Ironie wiederaufbereitet worden. Es wurde definitiv Zeit für ihn, in Rente zu gehen.

In der Zwischenzeit hatte sich sein Gastgeber in eine Ecke des Raums zurückgezogen, wo er auf und ab ging und konzentriert mit sich selber redete. Da ihm diese Epidemie, die in jüngster Zeit einen immer größeren Teil der Bevölkerung ergriff, mittlerweile vertraut war, wandte Zen sich höflich ab und tat so, als würde er nichts merken. Das schien der Etikette zu entsprechen. Man ging eine Straße entlang, und da kam einem so ein gut gekleideter und offensichtlich erfolgreicher Mann entgegen, mit erhobenem Haupt und einem Aktenkoffer in der Hand, und redete mit sich selbst. Manch einer diskutierte sogar mit lauter, beharrlicher Stimme mit sich selbst. Es war, als hätte man sämtlichen Säufern und Verrückten für aberwitzige Beträge Kleiderbeihilfen gegeben und Jobs im mittleren Management. Bloß nahm niemand die geringste Kenntnis von ihnen. Genau wie in früheren Zeiten, als diese Leute noch in stinkenden

Hauseingängen lagen und Obszönitäten murmelten oder die Passanten beschimpften. »Achte nicht auf ihn, er ist harmlos.« Zen erinnerte sich aus seiner Kindheit in Venedig an diese Worte seiner Mutter. Sie hatte sie über einen Veteranen aus dem Ersten Weltkrieg gesagt, der den Verstand verloren hatte. »Dreh solchen Leuten einfach nie den Rücken zu, das ist alles. Sieh ihnen nicht in die Augen und dreh ihnen niemals den Rücken zu.«

Er erstarrte und runzelte die Stirn, weil er einen Gedanken nicht klar fassen konnte. Im Wesentlichen ging es wohl darum, dass er den Rat seiner Mutter nicht befolgt hatte. Es gab jemanden, dem er in die Augen gesehen hatte und dem er dann den Rücken zugedreht hatte. Einer von »ihnen«. Aber weiter reichte diese Einsicht nicht, und sie ergab keinen Sinn.

Brugnoli beendete sein Gespräch mit den knappen Worten: »Das geht jetzt nicht, ich habe jemanden hier.« Dann schaltete er das Mikrofon an seinem Kopfhörer aus und wandte sich mit einem unbeschwerten Lächeln wieder Zen zu.

»Ich kann Ihnen leider keinen Stuhl anbieten. Ich halte nämlich nichts von diesen Dingen. Sie wissen schon, der einfache Stuhl, der Sessel, der große Schreibtisch, diese ganzen Statussymbole und hierarchischen Abgrenzungen. Wenn man derartigen Unsinn braucht, um seine Stellung zu unterstreichen, dann hat man keine. Außerdem ist Stehen viel natürlicher und produktiver. Da fließt der Sauerstoff ins Gehirn statt in den Hintern, finden Sie nicht?«

»Vermutlich.«

»Aber natürlich, ich hab ja Ihre Verletzungen ganz vergessen. Wie unaufmerksam von mir. Sie können gerne den Hocker am Schreibtisch benutzen. Absolut revolutionäres Design. Man kniet darauf. Bewirkt wahre Wunder für die Wirbelsäule und den Kreislauf.«

»Nein danke, mir gehts gut.«

»So richtig?«

»Mehr oder weniger. Ab und zu zwickts noch mal hier und da, aber die Ärzte sagen, das geht vorüber. Abgesehen davon funktioniert alles wieder ganz normal.«

Brugnoli setzte ein erfreutes Lächeln auf. »Ausgezeichnet! Wenn das so ist, Dottore, dann hab ich eine gute Nachricht für Sie.«

Er stand einen Augenblick unbeweglich da, das Gesicht jetzt äußerst nachdenklich, als würde er für einen Zeitungsfotografen posieren. »Ich habe schon seit einiger Zeit die Idee«, sagte er, »eine ganz spezielle Abteilung innerhalb von Criminalpol einzurichten, und ich möchte diese Gelegenheit nutzen, Sie zu bitten, eines der Gründungsmitglieder zu werden.«

Zen schwieg. Brugnoli fuhr mit theatralischer Geste um Nachsicht bittend herum.

»Nein, ›Abteilung‹ ist nicht das richtige Wort. Sie müssen mir verzeihen, Dottore. Selbst ich falle noch manchmal in alte Sprachgewohnheiten zurück. Was mir vorschwebt, ist ein Team von erfahrenen und engagierten Individuen, die sich im Laufe der Jahre immer wieder durch Intelligenz, Intuition und vor allem durch Initiative hervorgetan haben. Meine ganz persönliche Version der berühmten ›Drei Is‹.«

Er lächelte ironisch für die hypothetische Kamera. »Eigeninitiative wie auch eigene Verantwortlichkeit hatten, fürchte ich, in dieser Behörde traditionell keinen hohen Stellenwert. Aber glauben Sie mir, das wird sich ändern. In dem neuen Klima, mit der neuen Regierung, der neuen Kultur und der neuen Gesellschaft, die im Entstehen ist, wird dieses Ministerium letztlich nur ein Wirtschaftsunternehmen wie jedes andere sein. Wir müssen uns Ziele stecken, Problemen stellen, unser Soll erfüllen und – am allerwichtigsten – Visionen entwickeln. Die alten, verstaubten Führungstechniken der Vergangenheit sind diesen Herausforderungen nicht gewachsen. Wir müssen uns endlich vom Schubladendenken freimachen. Wir brauchen frisches Blut, frische Ideen und einen frischen Ansatz.

Nun muss ich leider sagen, dass sich von unseren derzeitigen Mitarbeitern nicht alle diesen neuen Idealen gegenüber aufgeschlossen gezeigt haben. Um ganz ehrlich zu sein, einige waren regelrecht feindselig. Deshalb bin ich derzeit dabei, einen Plan für einen fließenden Übergang in den Ruhestand zu entwerfen mit dem Ziel, derartigen Individuen eine festgelegte Abfindung anzubieten, die sich auf achtzig Prozent des Gehalts belaufen soll, das sie für ihre noch verbleibenden Dienstjahre erhalten hätten. Ich werde meinen Plan in Kürze dem Minister vorlegen, und ich kann Ihnen sagen, dass er bereits angedeutet hat, dass er im Prinzip damit einverstanden ist. Die Gewerkschaft scheint der Sache ebenfalls positiv gegenüberzustehen, dank diverser Nebenklauseln. Also bestehen gute Chancen, dass wir in spätestens einem Jahr anfangen können, hier eine Menge Ballast über Bord zu werfen – und das zu einem Preis, der erheblich niedriger ist, als diese Leute weiter dafür zu bezahlen, dass sie ihre Arbeit nicht tun!«

Urplötzlich schlüpfte Brugnoli aus seiner offiziellen Rolle und sah Zen ganz vertraulich von Mann zu Mann an, als ob dieser ein privilegierter Zuschauer wäre, dem man die Teile des Fernsehinterviews zeigt, die herausgeschnitten wurden. »Aber wir müssen sorgfältig die Spreu vom Weizen trennen. Das Letzte, was ich möchte, ist, dieses Unternehmen der Dienste reiferer Mitarbeiter zu berauben, die sich durchaus als von unschätzbarem Wert erweisen könnten, wenn wir uns in Zukunft den unterschiedlichen Anforderungen stellen müssen, die unsere Produkte und Dienstleistungen uns abfordern werden. Der Dienste von Männern wie Ihnen, Dottore.«

Er starrte Zen unverblümt an, worauf dieser nickte. »Was würde das Ganze denn beinhalten?«, fragte er vorsichtig.

»Zunächst einmal eine beträchtliche Gehaltserhöhung! Auf dem Niveau eines Questore, obwohl ich Ihnen zu meiner großen Freude sagen kann, dass Sie diesen in Misskredit geratenen Titel nicht tragen werden. Eines meiner langfristigen Ziele besteht darin, unsere gesamte Organisation neu zu strukturieren, diese ganzen von den Faschisten stammenden Dienstgrade, die mit Autoritarismus, Repression und starrem Besitzstandsdenken verbunden sind, allmählich abzuschaffen und durch flexiblere Klassifikationen zu ersetzen, die den umfassenden Dienstleistungscharakter unserer Arbeit betonen. Kriminalität ist heutzutage nicht mehr ortsgebunden, sie ist national und in immer größerem Maße inter- und supranational. Um effektiv reagieren zu können, müssen wir auf der gleichen Ebene operieren. Ich brauche wohl kaum zu betonen, dass jeder Versuch, derartige Veränderungen vorzunehmen, auf Schritt und Tritt auf fest verwurzelten Widerstand und kleinliche persönliche Interessen stößt. Deshalb habe ich beschlossen, mit dieser relativ bescheidenen Initiative innerhalb von Criminalpol selbst anzufangen.«

»Aber was müsste ich denn konkret tun?«, antwortete Zen.

»Mehr oder weniger das, was Sie auch schon in der Vergangenheit getan haben, außer dass Ihnen die Mühe erspart bliebe, ins Büro zu kommen und sich mit endlosen Besprechungen, Papierarbeit und stumpfsinniger Routine herumzuschlagen. Ihre Zeit und Ihre Fähigkeiten sind viel zu kostbar, Dottore, um auf diese Weise vergeudet zu werden. Das ganze Konzept ist vollkommen überholt, ein Relikt aus der Frühzeit der Industrialisierung, als die Fabriken nur funktionieren konnten, wenn alle Arbeiter pünktlich erschienen, sobald die Sirene ertönte. Nun, da wir zu jeder Zeit und von jedem Ort aus unmittelbar und sicher miteinander kommunizieren können, was sollte es da noch für einen Sinn haben, dass jemand wie Sie jeden Morgen hier aufkreuzt, um an einem Schreibtisch zu sitzen, Anrufe entgegenzunehmen und Berichte abzuheften? Ich bin an Ergebnissen interessiert, nicht an Berichten. Unter dem neuen System blieben Ihnen täglich zwei Stunden Fahrzeit erspart, um hierherzukommen, ganz zu schweigen davon, dass Sie kostbaren Büroraum freimachen würden, der produktiver und profitabler genutzt werden könnte. Verstehen Sie, was ich meine?«

Allmählich beginne ich zu begreifen, dachte Zen.

»In Ihrem Fall bestünde absolut keine Notwendigkeit, dass Sie überhaupt ins Ministerium kommen, außer vielleicht zu einem wöchentlichen Erfahrungsaustausch mit einer exklusiven Gruppe hochrangiger Kollegen.«

Er lachte. »So ein bisschen wie sonntags in die Messe gehen. Niemand wird Theater machen, wenn Sie mal ein oder zwei Wochen nicht kommen, natürlich nur, sofern Sie eine vollständige und ehrliche Beichte ablegen! Ansonsten werden Sie strikt fallbezogen arbeiten. Sie werden ausführlich instruiert, dann lässt man Ihnen freie Hand, so vorzugehen, wie Sie es für angemessen halten.

Selbstverständlich können Sie sich zu jeder Zeit auf die volle Unterstützung durch die Organisation verlassen, aber man wird nicht versuchen, Sie zu überwachen oder Ihre Aktivitäten zu kontrollieren. ›Persönliche Freiheit, persönliche Befugnisse, persönliche Verantwortung.‹ Das ist, wie ich bereits sagte, mein Slogan. Aber das ist nicht bloß ein Slogan, es ist ein Lebensstil.«

Brugnoli streckte Zen seine Hand mit einer energischen Bewegung entgegen, die irgendwie an den Adler denken ließ, der nach Prometheus' Leber hackt. »Ich möchte Ihnen für Ihren wertvollen Input und für Ihre Kooperation danken, Dottore, und Ihnen als Erster zu Ihrer Beförderung in diese verantwortungsvolle Position gratulieren. Sie werden natürlich eine Übergangsphase brauchen, um die nötigen Vorkehrungen zu treffen, bevor Sie Ihre neue Aufgabe angehen. Deshalb freue ich mich, Ihnen mitteilen zu können, dass die Villa in Versilia, in der Sie bereits waren, Ihnen für den Rest des Monats zur Verfügung steht. Erholen Sie sich noch eine Weile am Strand und tanken Sie frische Energie. Es war mir ein Vergnügen, mit Ihnen zu verhandeln, und ich kann es kaum erwarten, Sie wieder an Bord zu begrüßen, sobald Sie sich vollständig erholt haben.«

Zen verstand den Wink und verabschiedete sich. Im Empfangszimmer rief ihn die gefärbte Blondine zu ihrem Schreibtisch und gab ihm einen Umschlag. »Sie müssen irgendein Gerät abholen, das man Ihnen zugeteilt hat«, sagte sie. »Gehen Sie mit diesem Bestellzettel runter zur Logistik.«

Es ist bestimmt eine Waffe, dachte Zen, während er auf den Flur hinaustrat und anschließend die Treppe hinunterging. Die geben mir eine Waffe, damit ich das einzig Vernünftige tun kann, mich erschießen.

Die »Logistik« stellte sich als die Abteilung im Keller heraus, die früher schlicht Materialausgabe hieß und in der Tullio Rastrelli das Sagen hatte, ein dürrer, griesgrämiger Sottufficiale, der den rechten Arm verloren hatte, als er mit seinem Streifenwagen an einem Bahnübergang in einen Zug raste, während er wütend einen jugendlichen Fahrer verfolgte, der ihn mit einer obszönen Geste bedacht hatte. Nun stand jedoch eine junge Frau hinter der Theke, die Zen völlig aus der Fassung brachte, weil sie ihm ein so unaufrichtiges Lächeln schenkte, wie man es bei diesen Verkäufern in der Fernsehwerbung sieht, und ihn dann fragte, wie sie ihm behilflich sein könnte. Zen reichte ihr den Umschlag. Die Frau riss ihn auf und las den Zettel.

»Wären Sie bitte so freundlich, eine Minute zu warten. Ich bin gleich wieder da«, sagte sie mit einem weiteren Lächeln.

»Und wenn ich nicht so freundlich bin, kommen Sie dann nie mehr wieder?«

Sie sah ihn verblüfft an. »Pardon?«

Zen schüttelte den Kopf. »Egal.«

Die Frau ging an Regalen vorbei, die mit Waffen, Munition, Handschellen, Schlagstöcken, Schutzschilden, Helmen und anderen deprimierenden Werkzeugen ihres brutalen Gewerbes vollgepackt waren. Zen dachte an die vielen anderen Male, die er hier heruntergekommen war, dann beschloss er, das Denken einzustellen.

Nach einer Weile kehrte die Frau mit einer kleinen Pappschachtel zurück und legte sie auf die Theke. »Wenn Sie so freundlich wären, hier zu unterschreiben«, sagte sie und zeigte auf den Bestellzettel.

»Ja?«, sagte Zen.

Sie sah ihn an. »Pardon?«

»Was ist in der Schachtel?«

»Oh, ich erkläre Ihnen sehr gerne die diversen Funktionen.«

»Wenn ich was tue?«

»Pardon?«

»Egal.«

Die Frau öffnete die Schachtel an einem Ende und schüttelte ein längliches schwarzes Ding aus Plastik heraus, das an eins der frühen Handys erinnerte, bloß dass es kein Tastenfeld besaß. Stattdessen befanden sich dort drei große Knöpfe, einer grün, einer gelb und einer rot, letzterer mit einem durchsichtigen Plastikschutz abgedeckt. Die Frau drückte einen weiteren Knopf an der Seite, und die anderen drei Knöpfe leuchteten schwach auf.

»Dieses Gerät verbindet funktionale Effizienz mit hoher Strapazierfähigkeit und äußerst einfacher Handhabung«, sagte sie in geübtem Tonfall. »Wie Sie sehen, gibt es nur drei Benutzeroptionen. Mit dem grünen Knopf können Sie ein ankommendes Gespräch entgegennehmen, mit dem gelben können Sie selber anrufen, während der rote den Sonderalarm auslöst. Durch die Benutzung militärischer Frequenzen und Einrichtungen ist volle Funktionsfähigkeit im gesamten Staatsgebiet gewährleistet, doch das wirklich Faszinierende ist die GPS-Funktion.«

»Faszinieren Sie mich.«

Die Frau lächelte nervös. »Ein Chip in dem Gerät steht permanent mit dem System Global Positionierter Satelliten in Verbindung und errechnet laufend bis auf wenige Meter die exakte Position und Höhe über dem Meeresspiegel. Wenn der rote Knopf gedrückt wird, wird diese Information zusammen mit dem Notsignal automatisch kodiert und an die Zentrale weitergeleitet, damit die bereitstehenden Rettungskräfte eingesetzt werden können. Die Kadmiumbatterie im Gerät reicht bei durchschnittlicher Benutzung für zweiundsiebzig Stunden. Sie ist jetzt voll geladen und kann mit dem beigefügten Adapter in weniger als einer Stunde wieder aufgeladen werden. Und das alles bei einem Gerät, das weniger als dreihundert Gramm wiegt.«

»Geben Sie auch Mengenrabatt?«

»Pardon?«

»Egal. Also wenn das Telefon klingelt, drücke ich den grünen Knopf.«

»Es klingelt nicht, es vibriert.«

»Pardon? Ach nein, das ist ja Ihr Text.«

»Wenn Sie es in einer Innentasche oder an der Hüfte tragen, irgendwo, wo es Kontakt mit Ihrem Körper hat, werden Sie ein leichtes Kribbeln spüren.«

»Das wäre das erste Mal seit einer ganzen Weile.«

»Pardon?«

»Entschuldigung. Was haben Sie gesagt?«

»Man hat diese Technik deshalb gewählt, weil sich der Agent unter Umständen in einer Situation befinden könnte, in der er nicht zu erkennen geben darf, dass er mit der Zentrale in Verbindung steht. In einem solchen Fall ignorieren Sie einfach den Anruf und melden sich, wenn Sie in der Lage sind, den grünen Knopf zu drücken.«

Sie schaltete das Gerät aus und schob es zurück in die Schachtel. »Noch irgendwelche Fragen?«

»Was ist aus Tullio geworden?«, fragte Zen, während er die Schachtel einsteckte.

»Pardon?«

»Tullio Rastrelli. Er war früher für diese Abteilung verantwortlich.«

Das Gesicht der Frau nahm kaum merklich einen gelangweilten Ausdruck an. »Ach so«, sagte sie. »Er ist in Vorruhestand gegangen.«

»Als Dottor Brugnoli kam.«

»Genau. Es war sicherlich eine kluge Entscheidung. Wie viele der älteren Mitarbeiter, passte er nicht so richtig zu dem neuen Ethos hier.«

»Das kann ich mir gut vorstellen.«

»Dottor Brugnoli vertritt die Philosophie, dass wir als Individuen denken, aber als Team handeln sollen.«

»Und Tullio hatte nicht den richtigen Teamgeist.«

»Nicht so ganz.«

Zen nickte. »Brugnoli steckt voller neuer Ideen, was?«

Die Augen der Frau leuchteten. »Das will ich meinen! Er kann einen ja so inspirieren. Er lässt sogar Schilder für jeden Arbeitsplatz mit Sprüchen drucken, um die Mitarbeiter zu motivieren, sich voll und ganz auf die Arbeit zu konzentrieren. Ich hoffe, ich bekomme auch bald eins.«

Zen ließ die Pappschachtel auf der Theke liegen und steckte das Kommunikationsgerät und den Adapter in seine Jackentasche.

»Übertreiben Sies mal nicht mit der Motivation«, sagte er, während er sich zur Tür wandte. »Brugnoli ist zwar ehrgeizig, doch politisch betrachtet hockt er in diesem Ministerium auf einem Schleudersitz. Wenn die nächste Kabinettsumbildung erfolgt, ist er weg vom Fenster. Aber die ›älteren Mitarbeiter‹, von denen Sie sprachen, die sind dann immer noch da.«

Zehn Minuten später betrat er die Bar Gran Caffè dell'Opera. Giorgio De Angelis saß an einem Tisch am Fenster.

»Erzähl mir alles«, sagte er, als Zen sich setzte, »dann versuchen wir herauszukriegen, was wirklich dahintersteckt.«

»Das dürfte nicht allzu schwierig sein«, erwiderte Zen griesgrämig.

Er gab Giorgio eine Zusammenfassung dessen, was Brugnoli gesagt hatte, fügte der Komik halber einige besonders prägnante Zitate ein, die auch die gewünschte Wirkung erzielten.

Als De Angelis schließlich aufhörte zu lachen, sagte er: »Wie ich sehe, beherrschst du die neue Sprachregelung bereits fließend, Aurelio.«

»Bloß eine Sache hab ich nicht verstanden. Irgendwas mit den ›Drei Is‹.«

»Das ist deren Motto für Fortschritt in diesem Land«, antwortete De Angelis leicht angewidert. »›Inglese, Impresa, Internet.‹ Das ist die neue Rechte, Aurelio. Dirigismus mit menschlichem Gesicht. Nun ja, auf jeden Fall im Anzug. Keine gerissenen alten Spinnen mehr wie Andreotti, die ihre komplizierten Netze weben. Nun gibts nur noch Friede-Freude-Eierkuchen-Slogans und Photoops, medienwirksame Bilder, alles sorgfältig inszeniert von Publitalia. Mein Gott, wer hätte gedacht, dass wir das alte Regime so schnell vermissen würden? Hör mal, wenn das mit diesem neuen Job nicht klappt, kannst du gerne meinen haben. Wenn diese Vorruhestandsregelung, mit der die uns drohen, in Kraft tritt, werd ich kassieren.«

»Du verstehst das nicht, Giorgio. Ich kann deinen Job nicht kriegen, noch nicht mal meinen alten. Das ist der Witz bei der Sache.«

De Angelis sah ihn plötzlich ernst an. »Was soll das heißen?«

»Das heißt, dass man mich befördert, um mich aus dem Weg zu haben.«

»Die treten dich die Treppe rauf?«

»Die Treppe rauf und nach links, dann den ganzen

Flur hinunter bis zu dem kleinen Raum am Ende, wo nie einer hingeht. So sehe ich das zumindest.«

»Aber warum?«

»Das weiß ich nicht.«

»Womit könntest du denen denn schaden?«

»Keine Ahnung. Das finde ich ja gerade so beunruhigend. Wenn die mich einfach loswerden wollten, hätten sie mir doch sagen können, ich solle auf unbestimmte Zeit Genesungsurlaub nehmen, bis diese Rentengeschichte durch ist – das ist doch das Mindeste, was wir für un mutilato di guerra e del lavoro tun können et cetera, et cetera –, und mir dann einen Scheck überreichen und mich zum Teufel schicken. Aber aus irgendeinem Grund, den ich nicht kapiere, wollen die mich anscheinend in der Organisation behalten, ohne dass ich dazugehöre, wenn du verstehst, was ich meine.«

»Außen vor, aber unter Kontrolle?«

Zen nickte. »Ich habe, wie gesagt, keine Ahnung warum, kann es aber nicht anders interpretieren. Du etwa?«

De Angelis dachte einen Augenblick darüber nach. »Vielleicht bist du zu zynisch«, sagte er schließlich.

»Man kann nie zynisch genug sein.«

»Genau das ist reichlich zynisch. Versuchs doch mal positiv zu sehen. Vielleicht wissen die wirklich dein Wissen und deine Fähigkeiten zu schätzen und wollen sie bestmöglich einsetzen.«

Zen fixierte ihn mit glasigem Blick. »Um positive Interaktionen und innovative Strategien zu fördern, die zu einer erhöhten Produktivität im Bereich der Verbrechensaufklärung führen‹? Das glaube ich nicht, Giorgio.«

Er blickte aus dem Fenster neben ihnen.

»Was regst du dich überhaupt so auf?«, ereiferte sich De Angelis. »Für mich klingt das nach einem verteufelt guten Deal, was auch immer das Motiv dafür sein mag. Keine Dienstbesprechungen, kein lästiger Papierkram, keine Aufpasser oder sonst ein Schrott? Für so ein Angebot würde sich doch jeder bei Criminalpol Arme und Beine ausreißen ...«

»Giorgio.«

»Was ist?«

»Guck mal da draußen.«

De Angelis folgte Zens Blick auf die Straße. »Was denn?«

»Wie viele Leute siehst du?«

Giorgio De Angelis versuchte zu lachen, doch es gelang ihm nicht so ganz. »Was ist denn das für eine Frage?«, wollte er wissen.

»Wie viele?«, beharrte Zen, ohne den Blick vom Fenster abzuwenden.

De Angelis seufzte. »Eins, zwei, drei, vier, fünf. Jetzt vier. Jetzt sechs. Jetzt wieder fünf. Nein, jetzt sinds ...«

»Siehst du den da drüben, der sich gegen die Wand lehnt, zwischen dem blauen Fiat und dem Motorroller?«

»Diesen jungen Kerl in dem grünen Hemd? Ja, Aurelio, den sehe ich. Weit kann ich noch erstaunlich gut sehen, auch wenn ich so meine Schwierigkeiten mit dem Kleingedruckten habe. Apropos Kleingedrucktes, würdest du mir vielleicht verraten, was das Ganze soll?«

Einen Augenblick war Zen in Versuchung, eine Erklärung zu wagen, doch inzwischen war er wieder so klar im Kopf, dass er sich beherrschte. »Ach nichts. Der Typ kam mir nur irgendwie bekannt vor.«

De Angelis sah ihn völlig konsterniert an. »Woher soll ich denn wissen, ob du den kennst? Außerdem hast du mich das gar nicht gefragt. Du hast gefragt, ob ich ihn sehen kann.«

»Ja, hab ich wohl. Egal. Vergiss es einfach.«

Giorgio De Angelis nickte automatisch. »Na schön. Jetzt ist er eh weg. Du fliegst nun also doch nicht nach Amerika?«

»Nein. Einer der beiden Brüder, gegen die ich aussagen sollte, hat offenbar eine *sistemazione* mit der Staatsanwaltschaft ausgehandelt.«

»Und deshalb brauchen sie dich jetzt nicht mehr.«

»Genau.«

»Schade. Ich war vor ein paar Jahren mal drüben. Privat, um Verwandte in Chicago zu besuchen. Es hätte dir bestimmt gefallen.«

Zen schniefte verächtlich. »Ich habe nie das Bedürfnis gehabt, in irgendein Land zu reisen, das nicht zum Römischen Reich gehört hat.«

Sobald er das ausgesprochen hatte, merkte er, wie blasiert es sich anhörte. Die Art, wie De Angelis ihn ansah, machte Zen plötzlich klar, dass ihre Freundschaft entweder vorbei war oder sich zumindest auf entscheidende Weise verändert hatte. Einen Augenblick später dachte er: Er ist neidisch.

»Aber wenn du tatsächlich zur Zeit des Römischen Reiches gelebt hättest«, antwortete De Angelis, »wo hättest du dann wohnen wollen? In Karthago? Barcelona? Marseille? London? Byzanz? Antiochia? Alexandria? Lauter nette Provinzstädte mit einer niedrigen Kriminalitätsrate, bestens ausgestatteten Amphitheatern und makellos gepflegten Foren. Alle belegen regelmäßig die oberen Plätze auf der Liste der ›Zehn Städte mit der höchsten Lebensqualität im Imperium‹. Aber nein, du hättest in Rom leben wollen, im Herzen der Bestie, wo die Barbareien stattfanden. Heutzutage ist Amerika Rom.«

Zen nickte geistesabwesend.

»Hast du schon das Neueste von La Biacis gehört?«, fragte De Angelis leise.

Das Letzte, worüber Zen etwas hören wollte, war Tania Biacis, eine ehemalige Freundin, die eine Zeit lang mit ihm herumgespielt und dann beschlossen hatte, sie hätte was Besseres verdient. Aber es kam natürlich nicht infrage, sich auch nur im Geringsten anmerken zu lassen, dass er gar nicht hören wollte, was Giorgio über diese Frau zu sagen hatte. »Wie geht es ihr?«, fragte er.

»Sie ist reich«, antwortete De Angelis. »Ich meine, richtig reich. Erinnerst du dich noch an diese Firma, die sie gegründet hat, um typische Nahrungsmittel aus Friaul zu exportieren? Nun ja, sie hat expandiert und angefangen, mit kleinen Erzeugern hochwertiger Produkte aus anderen Regionen zu handeln, fast alle im Süden. Als dann das Internet kam, sah sie ihre Chance, hat eine Firma beauftragt, ihr eine Wahnsinns-Website zu designen, und angefangen, online zu verkaufen. Agrofrul – jetzt unter dem Warenzeichen Delizie – erhielt große Besprechungen in einem Haufen von diesen Hochglanz-Superfraß-Magazinen, und ehe man sichs versieht, wird sie mit Bestellungen aus der ganzen Welt zugeschüttet. Ich meine, sie verschifft Honig aus Kalabrien nach Amerika und sizilianischen Bottarga di Tonno nach Japan!«

Zen lächelte verkniffen. Er musste an sein Gespräch mit þórunn Sigurðardòttir denken, der isländischen Polizistin. Vielleicht hatte Tanias privates *impresa*, das sie damals von ihrem Schreibtisch im Ministerium aus geführt hatte, ihm die Inspiration für die Geschichte gegeben, die er Sigurðardòttir aufgetischt hatte. Er hatte allerdings seit Jahren nicht mehr bewusst an Tania gedacht und wollte ganz bestimmt auch jetzt nichts über sie wissen. Trotzdem nickte er. »Wie schön für sie.«

De Angelis lachte. »Nein, nein. Das war erst der Anfang. Dann wurde sie richtig clever. Kurz bevor der dot.com-Markt zusammenbrach, hat sie an einen multinationalen Konzern verkauft, der eine hochwertige Produktserie als Aushängeschild suchte.«

»Aber warum hat sie das denn getan, wenn ihr Unternehmen doch so erfolgreich war?«

De Angelis hob die rechte Hand und spreizte die Finger. Zen zuckte ungeduldig die Achseln.

»Cinque milioni«, sagte De Angelis, jede Silbe betonend. »Fünf Millionen Euro. Ihren Job hier hatte sie natürlich längst aufgegeben. Das Letzte, was ich gehört hab, ist, dass sie in der Nähe ihres Heimatdorfs in Friaul ein fantastisches verlassenes Kloster gekauft hat und das zu einem Luxushotel für Reiche, die so was zu schätzen wissen, restaurieren lässt.«

Zen nickte vage. De Angelis gab ihm mit dem Handrücken einen Klaps auf den Bauch. »Du hättest mit ihr zusammenbleiben sollen, Aurelio. Dann hättest du Brugnoli erzählen können, wo er sich diesen McJob hinstecken kann, den er sich für dich ausgedacht hat.«

Er sah auf seine Uhr. »Ich muss los.«

»Okay. Aber lass von dir hören. Komm doch mal am Wochenende rauf nach Versilia. Ich bin noch bis Ende des Monats dort. Frau und Kinder kannst du auch mitbringen. Es ist reichlich Platz da.«

»Vielleicht nehm ich dich beim Wort.«

»Tu das.«

Die beiden Männer schüttelten sich ein wenig verkrampft die Hände, dann ging Zen zurück zum Bahnhof, wo er seine Koffer von der Gepäckaufbewahrung abholte und sich ein Taxi in den Stadtteil Prati nahm, wo er zu Hause war.

Zumindest hatte er diese Wohnung immer noch als sein »Zuhause« angesehen, doch sobald er auf der Türschwelle stand, merkte er, dass sich auch hier einiges verändert hatte. Ein breiter Sonnenstrahl warf ein helles Rechteck auf den Fußboden und ließ das übrige Zimmer relativ düster erscheinen. Das Licht schien so fest und unbeweglich wie eine Marmorplatte, und doch veränderte es sich, noch während er daraufschaute. Das ist das eigentliche Problem, dachte er. Die Grenze zwischen Licht und Dunkelheit verschiebt sich ständig, doch so subtil, dass wir es erst merken, wenn es zu spät ist.

Er war seit fast einem Jahr nicht mehr in der Wohnung gewesen, und auch da nur, um die nötigen Vorbereitungen für die Beerdigung seiner Mutter zu treffen. Jede horizontale Fläche war mit einer feinen Staubschicht bedeckt, und Spinnweben hingen wie graue Wolkenfetzen von der Decke. Maria Grazia, die Haushälterin und zuletzt Giuseppinas Pflegerin, hatte schon seit Längerem in ihr Heimatdorf zurückkehren wollen, aber angesichts Zens beruflicher Verpflichtungen und des Gesundheitszustands seiner Mutter hatte sie sich diverse Male aus Loyalität bereit erklärt, »vorläufig« noch zu bleiben. Doch nachdem Signora Zen gestorben war, hatte sie endgültig gekündigt. Merkwürdigerweise musste Zen feststellen, dass er ihre Anwesenheit mehr vermisste als die seiner Mutter.

Er nahm den Telefonhörer ab und wurde von Schweigen begrüßt. Offensichtlich war der Anschluss wegen nicht bezahlter Rechnungen abgestellt worden. Er ging zur Küchentür und knipste den Lichtschalter an. Nichts. Gas und Wasser funktionierten vermutlich ebenfalls nicht. Das störte ihn weniger als die Tatsache, dass das Telefon tot war. Er kam sich eh schon isoliert und vergessen vor, wie ein Ehrenmitglied des *huldufolk*.

Ganz instinktiv kramte er sein Handy aus seinem Gepäck hervor und wählte die Nummer von Gilberto Nieddu.

Das Telefon klingelte und klingelte. Zen wollte gerade auflegen, da meldete sich eine Stimme. »Verschwinde«, sagte sie. »Ich will nicht mehr, kapierst du? Es ist aus. Lass mich doch einfach in Ruhe, okay? Oder ist das zu viel verlangt?«

»Du redest doch wohl nicht mit mir, Gilberto«, sagte Zen.

»Wer ist da?«

»Aurelio.«

»Wer?«

Zen antwortete nicht. Es folgte ein Schweigen.

»Oh, ja. Hallo, Aurelio.«

Na bitte, dachte Zen, das ist wenigstens was anderes. Seit er aus seiner Schattenexistenz als Pier Giorgio Butani wieder aufgetaucht war, hatten ihn alle, mit denen er bisher gesprochen hatte, mit Fragen, Theorien und Meinungen bestürmt, über das, was mit ihm in Sizilien und seitdem passiert war oder auch nicht. Doch Gilberto, sein Freund, tat so, als wäre Zen gerade von einer Woche Wanderurlaub in den Dolomiten zurückgekehrt.

»Was hast du denn geglaubt, wer am Apparat ist?«, fragte Zen.

»Ist doch egal.«

»Was machst du?«

»Ich trinke.«

»Was trinkst du?«

»Wen interessiert das schon?«

»Ist alles in Ordnung bei dir, Gilberto?«

»Nein.«

»Warum denn nicht? Was ist passiert?«

»Nichts. Ist doch egal.«

Zen holte tief Luft.

»Wo bist du?«

»Zu Hause.«

»Kann ich vorbeikommen?«

»Mach, was du willst.«

»In ein bis zwei Stunden?«

»Wann auch immer.«

»Ich war die ganze Nacht unterwegs und bin völlig erschöpft.«

»Dann bist du also nicht putzmunter? Das ist gut. Ich könnte keine munteren Menschen um mich ertragen.«

»Ich glaube, da besteht keine Gefahr.«

Gilberto hängte ein, Zen ebenfalls. Er wünschte, er hätte nicht angerufen. Seit Nieddu seinen Dienst bei der Polizei quittiert und eine Firma für Sicherheitstechnik und elektronische Überwachung gegründet hatte, war seine Karriere eine Achterbahnfahrt aus Erfolg, Fehlschlägen und häufigeren Konflikten mit dem Gesetz gewesen. Als Zen das letzte Mal mit seinem Freund gesprochen hatte, als er diesen nämlich bitten musste, ihn aus einer brenzligen Situation zu befreien, in die er durch seine Tätigkeit in Catania geraten war, schien Nieddu gerade besseren Zeiten entgegenzusehen. Doch nach dem Gespräch eben zu urteilen, hatte der Sarde offenbar mal wieder keine Gelegenheit ungenutzt gelassen, sich erneut in eine Krise zu stürzen.

Gilberto und seine Frau Rosa wohnten in der Via Carlo Emanuele, nahe der Porta Maggiore. Sie besaßen eine Eigentumswohnung in einem modernen Wohnblock, die sie sich damals, als sie sie kauften, so gerade leisten konnten. Mittlerweile musste sie ein Vermögen wert sein. Zen ging die glänzenden Treppenstufen zur ersten Etage hinauf und klingelte. Hinter den hohen, mit Metallrahmen eingefassten Fenstern im Flur war es bereits dunkel. Er hatte über drei Stunden geschlafen.

Er musste zweimal klingeln, bevor die Tür aufging und das Gesicht eines Mannes auftauchte. Unrasiert, mit wirrem Blick, ausgezehrt und aufgedunsen zugleich, hatte dieses Gesicht nur wenig Ähnlichkeit mit dem Gilberto Nieddu, den Zen kannte.

»Ach, du bists«, sagte der, stieß die Tür so heftig auf, dass sie gegen die Wand knallte, und verschwand sofort wieder nach drinnen.

Zen folgte ihm und machte die Tür leise hinter sich zu. Zunächst hauten ihn fast die Gerüche um, die auf ihn einstürmten, wie die Töne eines ganzen Orchesters, das sich einstimmt, bevor der Dirigent erscheint und es seine volle Kraft entfaltet. Doch dann überwältigte ihn der visuelle Eindruck. Die hübsche, freundliche und aufgeräumte Wohnung, die Zen in Erinnerung hatte, befand sich in einem unglaublichen Zustand von Unordnung und Verwahrlosung. Im Wohnzimmer lagen schmutzige Kleidungsstücke über Möbel und Fußboden verstreut, auf dem Tisch stand eine ansehnliche Menge leerer Flaschen und schmutziger Gläser, und die Luft war blau von Zigarettenqualm. In der Küche, die links vom Wohnzimmer abging, standen auf jeder Arbeitsfläche Töpfe und Geschirr herum, und noch mehr davon stapelte sich im Spülbecken.

»Also, das ist der Schauplatz des Verbrechens, Dottor Zen«, bemerkte Gilberto mit sarkastischem Grinsen, während er nach einem der halb leeren Gläser griff. »Was schließen Sie daraus?«

Zen hüstelte verlegen. Er setzte sich nicht hin. »Sieht so aus, als hätte Rosa dich verlassen«, sagte er.

Nieddu lachte. »Bravo! Dem Adlerauge und dem ungeheuren Scharfsinn des berühmten Aurelio Zen entgeht aber auch wirklich nichts. Er nimmt sich ein paar scheinbar unbedeutende und zusammenhanglose Anhaltspunkte, die weniger gute Beobachter übersehen hätten, verarbeitet sie schneller als ein Supercomputer und deckt das Mysterium auf, das die klügsten Köpfe Europas zur Verzweiflung gebracht hat. Ja, das kleine Miststück hat mich verlassen.«

Zen seufzte tief. »Wann?«

»Vor vier Tagen? Vor drei? Sechs? Ich habs vergessen. Was solls? Sie ist fort, das ist das Einzige, was zählt. Sie ist fort und kommt nicht wieder. Das hat sie sehr deutlich gemacht.«

Er ließ sich auf das Sofa plumpsen, griff nach einer Flasche und goss sich irgendeinen farblosen Schnaps in das Glas, aus dem er gerade getrunken hatte. »Überaus deutlich«, fügte er leise hinzu, als spräche er mit der Flasche.

»Und wo ist sie jetzt?«

»Daheim in Sassari, bei ihrem jüngeren Bruder«, fuhr Nieddu mit der gleichen leisen Stimme fort, die ganze gespielte Tapferkeit war verpufft. »Der mir droht, mal kurz hier vorbeizukommen und mir die Beine zu brechen.«

»Und die Kinder?«

»Bei ihr natürlich. Eines Tages komm ich nach Hause, die Wohnung leer, ihre ganzen Kleider und sonstigen Sachen weg und ein kurzer Brief auf dem Tisch.«

Zen zündete sich eine Zigarette an. »Was war passiert?«

»Eine Freundin von ihr hat mich mit einer meiner Mitarbeiterinnen in einem Strandrestaurant am Lido di Ostia beim Dinner gesehen, als ich angeblich geschäftlich in Turin war. Rosa hat mich schon seit Jahren im Verdacht, dass ich fremdgehe, aber das war das erste Mal, dass sie mir etwas beweisen konnte. In dem Brief gab sie mir zu verstehen, sie würde Schritte unternehmen, um dafür zu sorgen, dass es auch das letzte Mal wäre.«

Zen nickte. »Du machst so was also seit Jahren und bist schließlich erwischt worden?«

Nieddu schenkte sich nach. »Willst du was trinken? Nein? Sehr vernünftig. Ja, ich bin erwischt worden, und weißt du warum? Weil ich unvorsichtig geworden bin. So was Dämliches wie diese Sache am Lido di Ostia hätte ich früher niemals riskiert. Wenn ich gesagt hab, ich fahr nach Turin, dann bin ich auch nach Turin gefahren. Was dort passierte, war eine andere Sache. Aber ich bin lasch geworden. Und die verdammten Handys haben auch dazu beigetragen. Früher musste man immer genau sagen, wo man übernachtet, und die Telefonnummer dalassen. Heutzutage könnte man sonst wo sein.«

Er nahm einen großen Schluck von seinem Drink. »Aber das ist nicht das eigentliche Problem.«

»Was denn dann?«

Nieddu zündete sich eine Zigarette an und legte sich auf das Sofa. »Sie ist alt geworden, Aurelio. Wie soll ich es anders sagen? Sie ist alt geworden.«

Zen schwieg. Nach einer Weile langte Nieddu über den Tisch und schnipste die Asche in seinen Drink. »Kennst du diesen Spruch über Generäle? Dass sie immer bestens vorbereitet sind, in das letzte Gefecht zu ziehen? Das gilt nicht nur für Generäle, das gilt für uns alle.«

»Ich versteh dich nicht.«

»Stell dir vor, wir wären noch mal zwanzig, oder selbst dreißig. Was meinst du, wie einfach es für uns wäre, bei diesen Spielchen zu gewinnen, die Leute in dem Alter spielen? Wir wären unschlagbar, schon allein, weil es uns nicht mehr so wichtig wäre wie damals, ob wir gewinnen. Wir standen zu sehr unter Druck, es ging um viel zu viel. Kein Wunder, dass wirs vermasselt haben.«

»Ich verstehe immer noch nicht, was das mit dir und Rosa zu tun hat.«

»Ich dachte immer, ich wäre einer von diesen Generälen. Ich dachte, ich hätte die Situation im Griff. Im Grunde glaubte ich, ich könnte mir gefahrlos ein paar Seitensprünge erlauben, wenn ich mich nur diskret verhielte. Aber darum ging es eigentlich gar nicht.«

»Um was denn dann?«

»Dass es immer noch mit uns im Bett funktionierte. Vielleicht wusste sie ja irgendwie sogar, was ich so trieb, ich hab keine Ahnung, aber solange sie genügend Aufmerksamkeit bekam, machte es ihr nicht so viel aus. Doch die Dinge änderten sich, wie das halt immer so passiert. Du merkst es nicht, genauso wenig wie du bemerkst, dass die Tage um diese Jahreszeit kürzer werden. Doch das tun sie, unmerklich. Die Sonnenwende ist vorbei, und der Winter steht vor der Tür.«

Zen ertränkte seine Zigarette in dem Glas, das Nieddu eben als Aschenbecher benutzt hatte, dann nahm er es und trug es in die Küche.

»Was machst du mit meinem Glas?«, protestierte Gilberto.

»Du brauchst nichts mehr zu trinken«, antwortete Zen aus der völlig verdreckten Küche. »Du brauchst was zu essen.«

»Ich hab keinen Hunger.«

»Deshalb brauchst du ja was zu essen. ›Hunger kommt beim Essen, und Trinken stillt den Durst.‹ Aber nicht das Zeug, das du da gerade trinkst, was immer es ist.«

»Weißer Rum.«

Zen erschien wieder im Türrahmen. »Du musst was essen, Gilberto.«

»Hier gibts nichts zu essen. Jedenfalls nichts, was einen reizen würde.«

»Dann gehen wir halt essen.«

»Das kann ich nicht.«

»Warum nicht?«

Nieddu rollte sich vom Sofa, stand auf und sah Zen mit glasigen Augen an. »Hier in der Gegend kennt mich jeder. Und alle wissen, was passiert ist. Und wenn ich jetzt allein oder mit einem Freund irgendwo auftauche, dann geht sofort der Tratsch und die Lästerei los. ›Da ist dieser Sarde, der seine Frau betrogen hat und von ihr verlassen wurde.‹ Das kann ich nicht ertragen, Aurelio. Früher waren es immer die Frauen, die gelitten haben. ›Ihr Mann ist mit einer anderen Frau durchgebrannt.‹ Ein Mann konnte sich alles erlauben, er durfte nur kein Cornuto sein. Aber die Dinge haben sich geändert. Seit es passiert ist, war ich nicht mehr draußen. Ich hab von dem gelebt, was noch da war, Nudeln und irgendwelches Zeug aus Dosen. Ich kann mich in den Restaurants hier in der Gegend nicht mehr blicken lassen.«

Zen lächelte und nahm seinen Arm. »Na schön, dann gehen wir halt irgendwo bei mir in der Nähe essen. Da gibts einige ganz gute Restaurants – nichts Edles, aber gute solide Hausmannskost –, und da kennt dich kein Mensch. Nun komm schon!«

Der Wagen, den Zen bei dem Taxiunternehmen bestellte, mit dem er immer fuhr, kam beinah zu früh. Er hatte sich noch nicht entschieden, wo sie hingehen sollten. Schließlich nannte er die Piazza del Risorgimento als Ziel. Von dort konnten sie alles zu Fuß erreichen.

»Sie sieht nicht mehr gut aus«, sagte Nieddu, als sie durch die beleuchteten Straßen glitten.

»Rosa?«

Ein starres Nicken war die einzige Antwort.

»So etwas kommt vor«, antwortete Zen.

»Ja, aber es passiert bei unterschiedlichen Frauen auf unterschiedliche Weise. Das ist das Grausame daran. Wenn es einheitlich wäre, wie …«

Er hielt inne.

»Ja?«, fragte Zen.

»Ich weiß nicht«, sagte Nieddu. »Wie irgendwas. Es muss doch irgendwas geben, womit man es vergleichen kann, oder?«

»Vermutlich.«

Das wird bestimmt eine lange Nacht, dachte Zen. Doch er fühlte sich bereits besser, schon allein, weil er aus dieser Wohnung heraus war mit dem ganzen selbst produzierten Elend.

»Gerade sah sie noch aus wie dreißig, und im nächsten Moment wie sechzig«, fuhr Nieddu fort. »Nein, das stimmt nicht so ganz. Es gab ein paar Jahre, da sah sie die meiste Zeit aus wie dreißig, außer in bestimmten Situationen, bei einem bestimmten Licht, da sah sie plötzlich aus wie sechzig. Dann kippte die Waagschale in die andere Richtung, und sie sah die meiste Zeit wie sechzig aus, nur ab und zu, da sah sie plötzlich wieder aus wie dreißig. Das war das Allerschlimmste. Nun sieht sie ständig aus wie sechzig.«

Sie hatten jetzt den Tiber erreicht und fuhren über die Uferstraße. Nieddu löste den Blick von den hell strahlenden Lichtern links von ihnen und starrte hinüber zu dem dunklen Graben auf der anderen Seite. »Sie hatte wunderbare Haut. Hast du mal auf ihre Haut geachtet, Aurelio?

Sie war wie die eines jungen Mädchens, selbst noch als sie vierzig war. Doch urplötzlich nicht mehr. Sie wurde schlaff und schwammig. Es muss furchtbar für Rosa gewesen sein, so als hätte jemand sein Leben lang die feinste Seide getragen und müsse nun billige Baumwolle anziehen. Aber für mich war es auch hart. Da hab ich aufgehört, so vorsichtig zu sein. Bei meinen Affären, meine ich. Das war keine bewusste Entscheidung. Ich hatte einfach nicht mehr so ein schlechtes Gewissen wie früher, also hab ich mir nicht mehr so große Mühe gegeben.«

Er stieß ein raues Lachen aus. »Vielleicht war sogar letztlich das der Grund, weshalb sie so stinksauer war, als sie das mit mir und Stefania erfahren hat. Nicht bloß, weil ich mit einer Mitarbeiterin ins Bett ging, sondern weil ich mir nicht mal die Mühe machte, es ordentlich zu vertuschen. Ich war nachlässig und unprofessionell geworden. Vielleicht war das für sie der Gipfel der Respektlosigkeit und hat das Fass zum Überlaufen gebracht.«

Das Taxi setzte sie auf der Piazza del Risorgimento ab. Diese schmuddlige Lichtung im städtischen Dschungel mit ihrer eklektischen Mischung von stattlichen Umbertino-Fassaden und dem wahnsinnig chaotischen Verkehr, durch den sich seltsam nostalgische Straßenbahnen in gemessenem Tempo bewegten, hatte ihn schon immer angesprochen. Er konnte es kaum erklären, noch weniger rechtfertigen, weshalb die Insel in der Mitte, die mit hohen Kiefern und Büschen bewachsen war, die schon bessere Tage gesehen hatten, der unvermeidlichen bombastischen Statue voller Vogelkot und dem imposanten Stück von der Mauer, die den Vatikanstaat umgab, ihn aus irgendeinem Grund anzogen.

Entschlossen lotste er Nieddu an diversen Bars vorbei, die diesen anscheinend magisch anlockten, und führte

ihn zu einer Trattoria in einer Seitenstraße der Via Otta-
viano. Allein ging er selten dorthin, gerade weil er sich
dieses Lokal für solche Gelegenheiten aufsparte, wo er
nicht sofort vom Inhaber erkannt und mit dem üblichen
Schwall von Plattitüden, Tratsch und neugierigen Fragen
überschüttet werden wollte, wie es das unentrinnbare
Schicksal eines jeden Stammgasts war. Zen bestellte einen
Teller Gemüsesuppe und ein halbes gebratenes Hähnchen
mit grünem Salat. Gilberto sagte, er nehme das Gleiche
und dazu einen Liter Rotwein.

»Wie geht es dir überhaupt, Aurelio?« Sein Tonfall ließ
überdeutlich erkennen, dass die Frage rein pro forma gemeint war. »Ich hab gehört, die Mafia hätte versucht,
dich umzubringen.«

»Das ist schon lange her.«

»Wo warst du denn die ganze Zeit?«

»Zuletzt gerade in Island.«

Der Wein wurde gebracht. Gilberto schenkte sich ein
großes Glas ein und leerte es in einem Zug. »Island, ja?
Wie ist es denn da? Eisig, nehm ich an.«

»Nein, das ist Grönland.«

»Logisch.«

Danach erlahmte das Gespräch. Gilberto, der unter
alkoholbedingter Appetitlosigkeit litt, pickte an seinem
Essen herum mit der skeptischen Miene eines Fremden
in einem fremden Land, der zu einem Mahl aus undefinierbaren lokalen Köstlichkeiten eingeladen wurde, deren Art und Herkunft ihm äußerst suspekt sind. Zen aß
sein Gericht mit einem Genuss, der noch dadurch er-
höht wurde, dass die Suppe schon bessere Tage gesehen
hatte, das Olivenöl fabrikmäßig hergestellt war, der ge-
riebene Parmesan ausgetrocknet, das Hähnchen zu lange
gebraten und zu salzig und die Salatblätter von einer un-

zerstörbaren Konsistenz waren, die an die Gummibadekappen denken ließ, die die Damen in seiner Kindheit am Lido trugen. Das alles erinnerte ihn nämlich auf wohltuende Weise an Maria Grazias gut gemeinte kulinarische Bemühungen, die in seiner Vorstellung mit dem langweiligen, gemütlichen und leicht erdrückenden Haushalt verbunden waren, dem er sein Leben lang zu entkommen versucht hatte und der nun verschwunden war und ihm nur eine leere Hülle hinterlassen hatte, in die er am späteren Abend zurückkehren würde.

»Möchtest du einen Rat von mir, Gilberto?«, fragte er, während er seinen Teller beiseiteschob und sich eine Zigarette anzündete.

»Nicht unbedingt. Was weißt du schon davon? Du warst ja noch nicht mal verheiratet.«

»Doch, war ich wohl! Verdammt, du warst sogar mein Trauzeuge.«

Nieddu machte eine Geste, als wolle er nach einer Fliege schlagen, als sei es ihm aber zu lästig, sie zu töten. »Ach, Luisella. Das zählt nicht.«

»Ach, nein?« Zen war plötzlich verärgert. »Und warum nicht, wenn ich fragen darf? Weil sie nicht so eine perfekte Haut hatte wie deine unsterbliche geliebte Rosa? Oder weil ich sie nicht jahrelang mit jeder Frau betrogen hab, die mir über den Weg lief?«

Nieddu schüttelte ganz ruhig den Kopf. »Nein, weil ihr keine Kinder hattet.«

»Du meinst, es ist keine richtige Ehe, wenn man keine Kinder hat? Das ist doch absurd!«

»Nein, ist es nicht. Aber woher solltest du das auch wissen. Oder dich überhaupt in meine Situation versetzen können. Deshalb kannst du dir deinen verdammten Rat an den Hut stecken, vielen Dank.«

Mittlerweile war Zen richtig wütend. Er stand auf, schnappte sich seine Jacke, zahlte seinen Anteil des Essens und ging hinaus. Er war gerade an der Ecke zur Hauptstraße angelangt, da hörte er, wie jemand seinen Namen rief. Er drehte sich um und sah Gilberto Nieddu auf sich zurasen, dicht verfolgt von einem der Kellner aus dem Restaurant.

»Aurelio! Bleib stehen!«

Zen blieb stehen. »Wage es nicht, noch einmal so mit mir zu reden, Gilberto«, sagte er eisig. »Du und deine Probleme interessieren mich einen Dreck. Geschieht dir alles nur ganz recht.«

Er wollte weitergehen, wurde aber von Nieddu zurückgezerrt. »Nein, nein! Darum geht es doch gar nicht! Ich hab kein Geld, um das Essen zu bezahlen. Kannst du mir was leihen?«

Mittlerweile hatte der Kellner sie eingeholt und blickte mit besorgter Miene von einem zum anderen. Plötzlich fing Zen schallend an zu lachen. Er gab dem Kellner denselben Betrag, den er bereits drinnen bezahlt hatte, plus ein kleines Trinkgeld für seine Anstrengungen. Nachdem das erledigt war, wandte er sich wieder seinem Freund zu. Aller Zorn war verraucht. »Geh zu ihr, Gilberto«, sagte er. »Fahr nach Sassari. Geh zu dem Haus. Ruf nicht an, schreib nicht, sag ihr nicht, dass du kommst. Geh einfach hin.«

In Nieddus Gesicht trat plötzlich ein gerissener Ausdruck. »Na ja, ich weiß nicht so recht. Vielleicht später, wenn sie Glück hat. Wenn sie wieder zur Vernunft gekommen ist. Erst mal ein bisschen Zeit verstreichen lassen, was? Sie ein bisschen leiden lassen, damit sie merkt, was sie verloren hat. Dann fahr ich vielleicht hin.«

»Bis dahin hat sich Rosa längst an die Situation gewöhnt, redet sich vielleicht sogar allmählich ein, dass sie sie genießt. In einem Monat haben die Kinder außerdem in einer neuen Schule angefangen und werden neue Freunde haben. Fahr jetzt. Noch diese Nacht, wenn es einen Flug gibt. Und wenn es keinen gibt, dann miete ein Flugzeug. Geld genug hast du schließlich. Lass dich von einem Taxi zu dem Haus fahren und sag ihr, du hättest am Flughafen einen Jet stehen, um die Familie wieder nach Hause zu holen.«

»Ein Jet wärs wohl nicht gerade. Eher eine Turbo-Prop-Maschine.«

»Ist doch ganz egal, was für ein Flugzeug, Gilbert!«

»Aber was ist mit dem Bruder?«

Zen sah ihn ernst an. »Du bist mir ja ein echter Versager«, sagte er.

»Ich verdiene fünfmal so viel wie du, Zen, und zahl nur ein Viertel so viel Steuern!«, erwiderte Nieddu mit heftiger Stimme.

»Na und? Wenn du dich nicht sofort auf den Weg nach Sardinien machst und deine Frau und Mutter deiner Kinder zurückholst, dann bist du für mich ein Versager.«

Er gab Nieddu ein paar Münzen. »Damit kommst du mit der Metropolitana nach Hause. Ruf mich an, wenn du gute Nachrichten hast.«

Als Aurelio Zen bei der Adresse ankam, die er immer noch als sein Zuhause ansah, hatte er ein äußerst merkwürdiges Gefühl. Es war, als würde er das Haus zum ersten Mal betreten. Die riesige, düstere Eingangshalle, das altertümliche schmiedeeiserne Drahtgestell des Fahrstuhls, der Vogel des Nachbarn, der das Quietschen von Zens Wohnungstür nachahmte – all diese kleinen Details, die einem im Laufe der Jahre so vertraut geworden waren, dass man sie gar nicht mehr wahrnahm, wirkten nun ganz fremdartig auf ihn, als brächten sie möglicherweise wichtige Erkenntnisse über ein noch unerforschtes Gebiet.

Das Licht funktionierte immer noch nicht. Mittels Tastsinn und Instinkt, und ab und zu von der Flamme seines Feuerzeugs unterstützt, fand er den Weg in die Küche und dort schließlich auch den Schrank, in dem sie immer einen Vorrat an Kerzen hatten für den Fall, dass der Strom ausfiel, was eine Zeit lang ziemlich häufig vorgekommen war. Er fasste sechs Kerzen zu einem Bündel zusammen, band ein Stück Schnur darum, das er unter dem ganzen Krimskrams fand, den Maria Grazia in einer Schublade aufbewahrte, denn »Man weiß ja nie, ob man so etwas nicht mal brauchen kann«, dann zündete er die Dochte an und ging ins Wohnzimmer zurück, wo er das Kerzenbündel auf den Tisch stellte. Erst flackerten und zischten die Flammen, doch dann wurden sie größer, brannten ganz ruhig und überzogen Wände und Decke mit einem sanften Schimmer, was Zen unweigerlich an die Capella ardente in dem Bestattungsinstitut erinnerte, wo er hingegangen war, um seine Mutter ein letztes Mal zu sehen.

»Die packen die Leiche nicht in den Karton«, sagte eine Stimme in seinem Kopf, »die falten den Karton um die Leiche herum.«

Nein, da stimmte was nicht. Er hatte sich von der Erinnerung an die Beerdigung seiner Mutter irreführen lassen. Es war um Flaschen gegangen, nicht um eine Leiche. »Die packen die Flaschen nicht in den Karton, die falten den Karton um die Flaschen herum.« Es war in irgendeinem Krankenhaus gewesen, einer der wenigen klaren Momente, die er während der ersten Zeit nach dem »Incidente« gehabt hatte. Ein junger Arzt zog für ihn eine

Spritze mit einer Flüssigkeit aus einer Glasampulle auf. Diese steckte in einem Pappkarton voller solcher kleiner Fläschchen, der auf einem Rollwagen neben ihm stand. Weil er einen kleinen Scherz machen wollte, hatte Zen bemerkt, dass es sehr mühsam sein müsse, diese vielen winzigen Flaschen einzeln zu verpacken. Darauf hatte der Arzt ihm das Verfahren erklärt und hinzugefügt, sein Bruder wäre in der Verpackungsindustrie tätig und würde sich ständig darüber auslassen, dass diese Falttechnik eine große Zukunft hätte.

Aber warum war ihm diese Stimme gerade jetzt wieder in den Sinn gekommen? Schon häufiger hatte er festgestellt, wenn er irgendeine Melodie vor sich hin summte, dass meist ein Zusammenhang zwischen Text oder Titel oder dem allgemeinen Kontext samt Assoziationen, die das Stück auslöste, mit etwas bestand, das ihn beschäftigt hatte, ohne dass er sich dessen bewusst war. Das Gleiche musste hier der Fall sein, dachte er, aber worin könnte die Verbindung bestehen? Flaschen, Kartons, packen, falten ... Nichts davon hatte eine offenkundige Bedeutung. Nicht mal die Anschläge auf sein Leben und die daraus resultierenden Verletzungen, ganz zu schweigen von Ärzten oder Krankenhäusern. Das hatte er alles hinter sich.

Er trug sein Gepäck in das Zimmer, in dem er früher geschlafen hatte. Maria Grazia hatte, bevor sie ging, das Bett abgezogen. Er hatte keine Lust, es neu zu beziehen, also holte er sich ein Kissen und ein paar Decken aus dem Wäscheschrank im Flur, blies die Kerzen im Wohnzimmer aus und tastete sich zurück ins Schlafzimmer. Der ölige Qualm von Kerzen erfüllte die Luft. Das machte ihm plötzlich bewusst, dass zuvor ein nicht ganz unähnlicher Geruch in der Wohnung gewesen war, den er jetzt als die süßsäuerlichen Ausdünstungen des sterbenden Körpers seiner Mutter erkannte. Dieser Gedanke veranlasste ihn, die Schlafzimmertür hinter sich abzuschließen. Wenige Minuten später lag er vollständig angezogen im Bett, in seinen Mantel und die Decken gewickelt. Und nach einigen weiteren Minuten war er eingeschlafen.

Einen Augenblick später wachte er wieder auf, oder zumindest kam es ihm so vor. Es war ein plötzliches und vollständiges Erwachen ohne Erinnerung an irgendwelche Träume, ohne eine Spur von Schläfrigkeit und ohne ersichtlichen Grund. Im Zimmer war es still und dunkel, abgesehen von einem schwachen Schimmer, der von der Straße durch die Fensterläden drang. Er lag auf dem Rücken und starrte zu der Lampe hinauf, die wie eine räuberische Fledermaus von der Decke hing. Ihm wurde klar, dass er diese Lampe schon immer gehasst hatte. Dann dachte er: Jetzt, da Mamma tot ist, kann ich das Ding ja rausschmeißen.

Ein Geräusch durchbrach die Stille. Es war schwer zu sagen, was es verursacht hatte, doch wo es herkam, schien klar. Er lag ganz still und lauschte angespannt. Irgendwann vernahm er ein weiteres Geräusch, genauso unspezifisch und beinah unhörbar, doch es kam ebenfalls ganz aus der Nähe, direkt hinter der verschlossenen Tür, die in die übrige Wohnung führte. Aber das war doch absurd. Dort war doch niemand. Wie sollte denn jemand hereingekommen sein?

Darauf war es so lange still, dass er schon fast überzeugt war, er hätte sich die Geräusche nur eingebildet. Dann hörte er ganz deutlich ein metallisches Schaben, das er sofort erkannte. Jemand drehte am Knauf seiner Schlafzimmertür.

»Wer ist da?«, rief er und richtete sich im Bett auf.

Wieder herrschte Ruhe, dann klickte es mehrmals rasch hintereinander. Zen stieg aus dem Bett, während ein gewaltiger Schlag gegen die Tür donnerte.

»Wer ist da?«, brüllte er noch einmal.

Ein weiterer heftiger Schlag, dann noch einer. Die Tür bestand aus solidem Eichenholz, das mindestens hundert Jahre alt war. Man konnte sie nicht einschlagen, es sei denn, der Eindringling hatte eine Axt, doch früher oder später würde das Schloss nachgeben.

Zen tastete nach seiner Jackentasche und zog das Gerät heraus, das er am Nachmittag im Ministerium bekommen hatte. Er drückte den Knopf an der Seite, um es einzuschalten, schob den Plastikschutz von dem schimmernden roten Knopf und drückte ihn, als die Tür gerade wieder wie von einem Erdbeben erzitterte.

Dann passierte so ziemlich das Letzte, was er erwartet hatte: Im Zimmer nebenan klingelte das Telefon. Erst einen Moment später fiel ihm ein, dass das Telefon doch abgestellt worden war. Ein leises Geflüster war zu hören, gefolgt von mehreren nicht identifizierbaren Geräuschen, dann Stille.

Sekunden später wurde die Stille von einer entfernten Sirene durchbrochen, die immer näher kam und immer lauter wurde, bis sie zu einem durchdringenden Geheul anschwoll, das vor dem Haus wieder abebbte und mit einem letzten Aufbäumen erstarb. Pulsierendes Blaulicht ließ das schummrige Zimmer in periodischen Abständen aufleuchten, während aus dem Treppenhaus und von der Straße her ein wütendes Klopfen und Klingeln erschallte. Nach einer Weile verstummte es. Stattdessen war nun das Klappern von Stiefeln auf Steinstufen und kurz darauf draußen im Zimmer zu hören.

»Polizia!«

Zen empfand eine derartige Erleichterung, dass ihm schlagartig klar wurde, was für eine Angst er gehabt hatte. Diese Stimme hatte er schon unzählige Male gehört und kannte sie genau. Es war die Stimme eines unerfahrenen jungen Streifenbeamten, der selber noch mehr Angst hatte und wusste, dass seine einzige Chance, seinen Ruf und möglicherweise sein Leben zu retten, darin bestand, einen absolut autoritären Ton anzuschlagen.

Zen schloss die Tür auf und öffnete sie. Sofort trafen ihn die grellen Lichtstrahlen von zwei Taschenlampen mitten ins Gesicht. »Guten Abend«, sagte er und hielt seine leeren Hände hoch. »Ich bin Dottor Zen.«

Die beiden Polizisten senkten ihre Taschenlampen, wodurch der Raum etwas gleichmäßiger beleuchtet wurde. »Was geht hier vor?«, fragte einer von ihnen unwirsch.

»Uns wurde ein Alarm der höchsten Dringlichkeitsstufe durchgegeben, um Ihnen zu helfen«, sagte eine etwas ruhigere Stimme.

»Es ist jemand in meine Wohnung eingebrochen.«

»Die Tür war auf, als wir ankamen«, antwortete die ruhigere Stimme sofort.

»Vermutlich ein Einbrecher«, sagte der erste Polizist.

»Es hat in letzter Zeit mehrere Anschläge auf mein Leben gegeben«, antwortete Zen in bewusst lässigem Tonfall, als gehörte so etwas für ihn zum Alltag.

»Das Licht funktioniert nicht«, sagte die ruhigere Stimme. »Vielleicht haben sie die Leitungen durchtrennt.«

»Nein, die Sicherung ist durchgebrannt, und ich hatte noch keine Zeit, sie zu reparieren. Wenn Sie jetzt nachsehen könnten, ob dieser Eindringling nicht noch hier ist, und vielleicht auch feststellen könnten, wie er hereingekommen ist?«

Eine der beiden Taschenlampen begann die Wohnung abzusuchen. Die andere begab sich ins Treppenhaus.

»Niemand da«, meldete der erste Polizist, als er ins Zimmer zurückkehrte.

Er und Zen sahen sich in der Dunkelheit an, die nur vom Strahl seiner Taschenlampe durchschnitten wurde.

Auf der Treppe war Stiefelgetrappel zu hören, und sein Partner tauchte wieder auf. »Das Oberlicht am Ende der Treppe steht weit auf«, erklärte er. »Das muss allerdings ein gelenkiger kleiner Affe gewesen sein. Das Fenster ist gut drei Meter über dem Boden.«

»Jedenfalls danke ich Ihnen für Ihr promptes Erscheinen«, sagte Zen abschließend. »Offensichtlich handelte es sich diesmal um einen falschen Alarm. Wenn Sie Ihre Zentrale nur kurz darüber informieren könnten, dann halte ich Sie nicht länger von Ihrer eigentlichen Arbeit ab.«

Er begleitete die beiden zur Wohnungstür, dann bückte er sich und sah sich die Tür selbst genauer an. Es gab keinerlei Anzeichen dafür, dass sie gewaltsam geöffnet worden war. Erst als er sich wieder aufrichtete, bemerkte er Giuseppe, den Hausmeister des Gebäudes. Er hatte einen Schlafanzug und einen abgetragenen karierten Morgenrock an und stand lauernd auf der Treppe, die zu Zens Etage führte.

»Ist alles in Ordnung, Dottò?«, fragte er.

Zen zog seinen Wohnungsschlüssel aus der Tasche. »Sie haben den doch nicht irgendwem gegeben, während ich weg war?«

Giuseppes Gesicht nahm einen Ausdruck rechtschaffener Entrüstung an. »Aber natürlich nicht! Der war die ganze Zeit im Safe eingeschlossen zusammen mit den Ersatzschlüsseln.«

Zen nickte. »Schon gut. Ich hab ja nur gefragt.«

»Wenn Sie mir Bescheid gesagt hätten, dass Sie zurückkommen, hätte ich dafür gesorgt, dass Strom und Gas angestellt sind«, fügte Giuseppe hinzu. »Ich kümmere mich morgen gleich als Erstes darum.«

»Nicht nötig. Ich werde hier nicht mehr wohnen.«

Giuseppe brauchte einige Sekunden, um diese Aussage zu verdauen. Zen ebenfalls.

»Sie wollen umziehen?«, fragte Giuseppe.

»Ich verlasse die Stadt. Eine neue Aufgabe. Ich werde nicht mehr in Rom arbeiten. Ich setze mich mit den Eigentümern in Verbindung und bitte sie, den Mietvertrag so schnell wie möglich aufzulösen. Sie müssten eigentlich ziemlich rasch einen neuen Mieter finden. Aber möglicherweise wissen Sie ja jemanden.«

Giuseppe nickte benommen. Nach dem Einbruch und dem Auftauchen der Polizei war er mit dieser Neuigkeit um diese frühe Stunde eindeutig überfordert. Er machte Anstalten zu gehen, dann hielt er inne. »Vielleicht möchte dieser Kollege von Ihnen sie ja haben?«

»Welcher Kollege?«

»Ich kann mich an den Namen nicht erinnern. Es ist schon eine Weile her, direkt nach dieser fürchterlichen Bombengeschichte. Er kam her, um einige Papiere von Ihrer Arbeit abzuholen, die Sie in der Wohnung gelassen hatten. Als er mir den Schlüssel zurückgab, sagte er, das wär aber eine schöne Wohnung.«

»Sie haben ihm den Schlüssel gegeben?«

»Natürlich. Er hat mir seinen Ausweis gezeigt. Genau der gleiche wie Ihrer, Dottò. Ein anderes Foto natürlich und ein anderer Name, aber absolut echt. Außerdem hat er gesagt, er arbeitet mit Ihnen zusammen. Also hab ich ihn reingelassen. Ich meine, ich wusste ja, dass Sie im Krankenhaus waren, da konnten Sie schließlich nicht selber kommen. Das war doch in Ordnung, oder?«

»Ja, ja natürlich. Gute Nacht, Giuseppe.«

»Gute Nacht, Dottò.«

Zen ging in seine Wohnung zurück, machte die Tür zu, aber schloss sie nicht ab. Was hatte das schon für einen Sinn?

»Sieh ihnen nicht in die Augen und dreh ihnen niemals den Rücken zu.«

Diesmal war die Stimme in der Luft, nicht in seinem Kopf. Er konnte ihre Schwingungen spüren, obwohl er wusste, dass niemand da war. Dann fügte eine andere Stimme, diesmal die innere, hinzu: »Die packen die Flaschen nicht in den Karton, die falten den Karton um die Flaschen herum.«

Er zündete die zusammengebundenen Kerzen auf dem Tisch an, stand eine Weile reglos in dem allmählich heller werdenden Licht und starrte auf den Sessel, in dem seine Mutter immer gesessen hatte, wenn sie sich banale Sendungen im Fernsehen ansah, in die ihr verwirrter Verstand viel mehr hineininterpretierte, als sie tatsächlich beinhalteten. Irgendetwas versuchte ihm etwas zu sagen, aber was?

Erst jetzt kam er auf die Idee, auf die Uhr zu sehen. Es war kurz nach drei Uhr morgens. Nach kurzem Zögern ging er zurück in sein Zimmer und zog seinen Pozzorario-Eisenbahnfahrplan aus dem Regal. Auf dem Einband prangten anachronistische Werbungen für diverse Hotels *con tutti i conforti e prezzi modici*. Nicht zum ersten Mal fragte er sich, ob jemals jemand ein Hotel aufgrund dieser ziemlich verzweifelt klingenden Angebote ausgewählt hatte, und wenn ja, was das für Leute waren. Der Fahrplan war zwar schon seit einem Jahr nicht mehr gültig, doch Zen wusste, dass sich die Zeiten der Nachtzüge so gut wie nie änderten. Nach einigem Suchen fand er einen Schnellzug von Reggio di Calabria nach Mailand, der kurz nach vier im Bahnhof Roma Tiburtina hielt. Er packte erneut seine Koffer, dann rief er sich ein Taxi. Die Zentrale sagte, dass Taranto 64 in etwa zehn Minuten bei ihm sein würde.

Die Wartezeit vertrieb Zen sich damit, dass er durch die Wohnung schlenderte – abgesehen vom Zimmer seiner Mutter, welches er nicht betrat – und sich fragte, ob er irgendwas behalten wollte. Nichts, beschloss er mit einem überraschend wohligen Schauder. Er würde eine Firma beauftragen, alles abzuholen und zu verkaufen, egal wie viel sie dafür bekämen. Er wollte sich keinerlei Gedanken darüber machen. Es konnte alles weg.

Draußen hielt ein Wagen. Zen ließ seinen Blick ein letztes Mal durch die erschreckend anonyme Wohnung wandern, die so viele Jahre sein Zuhause gewesen war. Als er immer noch keine Rührung empfand, nahm er seine Koffer, warf die Tür zu, schloss sie ab und ging die Treppe hinunter.

Zum Glück erwies sich der Fahrer von Taranto 64 als einer der wenigen Nachttaxifahrer in Rom, die einem nicht ihr ganzes Leben erzählen, ihre politischen Ansichten und familiären Probleme darlegen sowie eine Prognose für die Fußballmeisterschaft der nächsten Saison abgeben wollten. Er hielt einfach den Mund und fuhr. Es herrschte fast kein Verkehr, und sie waren in fünfzehn Minuten am Ziel. Zen gab dem angenehm schweigsamen Fahrer zu viel Trinkgeld, betrat den Bahnhof und kaufte eine einfache Erster-Klasse-Fahrkarte nach Florenz.

Die Bahnsteige waren wie ausgestorben. Tagsüber war Tiburtina ein geschäftiger Vorortbahnhof, den hauptsächlich Pendler und Einkaufslustige benutzten, doch um diese nächtliche Stunde diente er fast ausschließlich als Haltestelle für Langstreckenzüge, die dort ihre Besatzung auswechselten, um nicht nach Roma Terminus zu fahren, wo man die Lokomotive ebenfalls hätte wechseln müssen. Zen schlenderte in die Bar und bestellte sich einen Cappuccino, an dem er so lange trank, bis ein Gong erklang und eine unverständliche Ansage aus dem Lautsprechersystem vor dem einfahrenden Zug warnte.

Der bestand hauptsächlich aus Schlafwagen, und die meisten Sitzabteile waren leer. Zen hätte ohne Weiteres ein ganzes Erster-Klasse-Abteil für sich haben können, doch aus diversen Gründen entschied er sich für eins, in dem bereits zwei Männer saßen. Einer sah beinah aus wie die Karikatur eines Sizilianers, der andere war schwieriger einzuordnen. Beide hatten offensichtlich ein Nickerchen gemacht und fielen wieder in einen röchelnden Schlaf, sobald der Zug sich in Bewegung setzte. Nach einer Weile schloss Zen sich ihnen an.

Als er aufwachte, waren sie im Arnotal, und der Morgen fing gerade an zu dämmern. Draußen waren noch keine Einzelheiten zu erkennen, doch im Osten hob sich das zerklüftete Massiv der Apenninen schwarz von dem allmählich heller werdenden Himmel ab. Es war ein gutes Gefühl, aus Rom heraus zu sein. Er wollte nie mehr dort wohnen, wenn er es irgendwie vermeiden konnte, wurde ihm klar.

In Florenz stieg er am Bahnhof Campo di Marte aus und trank einen Espresso, während er auf den frühen Nahverkehrszug wartete, der ihn zum Hauptbahnhof brachte. Draußen auf der Piazza begannen sich die blauen

Busse zu sammeln, die die Region anfuhren. Von einem der Fahrer erfuhr er, dass es um acht eine Verbindung nach Versilia gab. Damit hatte er noch etwa eine Stunde totzuschlagen. Er ging über die Straße zum Büro der Lazzi-Busgesellschaft, kaufte eine Fahrkarte und ließ sein Gepäck hinter der Theke. Dann machte er sich auf den Weg zum Mercato Centrale.

Zen hatte auf diesem riesigen überdachten Markt – dem größten in Europa, wie die Einheimischen natürlich behaupten – schon häufiger ein frühes Frühstück eingenommen, im Rahmen von kurzen Dienstreisen in oder durch die Stadt, aus Gründen, an die er sich nicht mehr erinnern konnte. Es war ein kurzer und angenehmer Spaziergang vom Bahnhof durch verwinkelte, enge, leere Gassen. Und wie auf allen Märkten herrschte dort bereits rege Betriebsamkeit zu einer Zeit, als sich der Rest der Stadt noch die Zähne putzte.

Als Zen ankam, gaben die Standbesitzer ihren Auslagen gerade den letzten Schliff. Käufer waren noch keine erschienen, doch die Essensbuden hatten bereits reichlich zu tun. Marktarbeiter standen in Trauben davor, diskutierten gut gelaunt, rissen Witze, tratschten und brachten alle Arten von Gefühlen überschwänglich zum Ausdruck. Ab und zu meckerte mal einer das unerschütterliche Bedienungspersonal an, doch endlich voranzumachen. Diese Männer wollten kein süßes Gebäck und keinen lauwarmen Milchkaffee. Sie hatten einen harten Morgen vor sich, würden Rinderhälften und ganze Schinken und Käse herumschleppen. Also bissen sie herzhaft in knusprige Brötchen, belegt mit gekochten Kaldaunen oder Fleischscheiben, und spülten sie mit Bechern von Chianti herunter, der schwungvoll aus bauchigen, mit Plastik umspannten Flaschen eingeschenkt wurde.

Zen kämpfte sich nach vorne durch, als gerade ein weiteres Riesenstück Rindfleisch aus einem dampfenden Kessel gehoben wurde, der auf einem Gasbrenner stand. Er zeigte auf das Fleisch, dann auf den Wein, reichte einige Scheine über die Theke und drängte sich dann wieder durch die Menge, damit jemand anders an die Reihe kam. Schließlich fand er einen Platz an einer Ecke der Markthalle, wo er sein Glas Wein auf der Brüstung abstellen konnte, und begann fröhlich zu kauen. Als er in seine Jackentasche nach den Servietten griff, die er aus dem Spender mitgenommen hatte, um sich die fettigen Lippen abzuwischen, stieß er auf eine Karte aus festerem Papier. Er zog sie heraus, las »þórunn Sigurðardóttir« und war so glücklich, nicht in Island zu sein, dass er gleich noch mal zu dem Stand ging und sich ein weiteres Brötchen und ein weiteres Glas Wein kaufte.

Wie lächerlich das alles doch war! Alles, was ihm in den letzten Wochen passiert war, kam ihm jetzt wie ein Traum vor, der absolut sinnvoll erscheint, bis man aufwacht und merkt, wie leichtgläubig man gewesen war. Diese Sache am Strand und im Flugzeug, die Stimmen in seinem Kopf und der ganze Rest ... Das war nichts weiter als ein Haufen unsinniger Zufälle, Anfälle geistiger Verwirrung, ausgelöst durch den physischen und psychischen Stress, den er durchgemacht hatte. Doch das war nun vorbei.

Er verschlang sein zweites Brötchen, trank den Wein aus und sah auf die Uhr. In zehn Minuten fuhr der Bus zur Küste los. Perfekt. Er fragte sich, ob Gemma wohl noch zum Strand kam. Oder hatte er sie auch nur erträumt? In wenigen Stunden würde er es wissen.

Vor dem überdachten Markt bauten die Straßenhändler gerade ihre Stände auf, die mit Kleidung, Lederwaren,

CDs, Musikkassetten und Videos vollgepackt waren. Zen ging an ihnen vorbei und dachte nur daran, dass er seinen Bus rechtzeitig erreichen musste, als sein Blick auf einige Kleidungsstücke fiel. Es handelte sich um T-Shirts, die an der Seite eines Karrens von einem Draht herabhingen. Sie waren in unterschiedlichen Farben, hatten aber alle den gleichen Aufdruck: »Life is a beach.«

Er blieb stehen und befingerte eines des Shirts. Als der Verkäufer Zens Interesse bemerkte, kam er rasch herüber und nannte verschiedene Preise in rapide absteigender Folge. Zen schüttelte den Kopf, doch der Mann nahm eins der Shirts vom Bügel, drehte es nach links, um auf die angebliche Qualität des Stoffes und das Fabrikat hinzuweisen. Auf dem Rücken des Shirts stand in der gleichen Schrift wie vorne: »And then you die.«

Zen drängte sich an dem Händler vorbei und eilte davon. Dabei ging ihm dieser fremdsprachige Satz immer wieder im Kopf herum. *La vita è una spiaggia e poi si muore.* Das ergab keinen Sinn. Vielleicht handelte es sich um irgendeine Redewendung, die er nicht verstand. Es gab so viele Dinge, die er an englischsprachigen Menschen nicht verstand. So hatte ihn beispielsweise Ellen, seine ehemalige amerikanische Freundin, einmal gefragt: »Warum machen alle Sachen, die ich gerne mag, entweder dick oder sind ungesund?« Er hatte mit den Achseln gezuckt und geantwortet: »Weil du die falschen Sachen magst.«

Das war ihm so offenkundig erschienen, dass es sich kaum zu sagen lohnte, doch Ellen hatte reagiert, als hätte er sie ins Gesicht geschlagen. »Ich kann doch nichts daran ändern, was ich mag!«, hatte sie empört erwidert. Da hatte er gespürt, dass Amerikaner gerne Dinge mochten, die schlecht für sie waren. Das verlieh ihren kleinen Lastern den Reiz des Sündigen und der Abstinenz einen Nimbus von Märtyrertum.

»Das Leben ist ein Strand, und dann stirbst du.« Absurd. Ein weiteres Stück Strandgut aus Träumen, die keinen Sinn ergaben. Die Leute würden Klamotten mit den unsinnigsten Sprüchen kaufen, solange sie auf Englisch waren. Es war durchaus denkbar, dass jemand mit einem T-Shirt oder einer Jacke herumlief, worauf »Ich bin ein Vollidiot« stand. Das machte nichts. Englisch war chic.

Er erreichte die Piazza vor der Kirche Santa Maria Novella, holte sein Gepäck aus dem Lazzi-Büro und stieg gerade in dem Augenblick in den Bus, als der Fahrer den Motor anließ und eine dunkle Dieselwolke die Luft verpestete.

Lucca

Die warme Abendsonne strahlte. Ihre Wärme wurde von den abgenutzten Steinplatten abgestrahlt, auf denen vier Jungen Fußball spielten. Paare und Gruppen von Einheimischen standen in träger Harmonie plaudernd herum. Nur das kurze Auftauchen einiger Radfahrer, die gemächlich von einem Tor der kleinen ovalen Piazza zum anderen fuhren, brachte eine kleine Abwechslung in das Bild. Und mittendrin an einem der äußeren Tische eines Cafés saß im Schutz eines blauen Ombrellino Aurelio Zen in einem neuen cremefarbenen Leinenanzug und mit einem Panamahut auf dem Kopf vor einem kleinen Rest Kaffee in der Tasse und grinste glücklich in sich hinein, so herrlich paradiesisch kam ihm alles vor.

Zum ersten Mal in seinem Leben fühlte er sich absolut als Privatier. Er hatte die vergangenen zehn Tage am Strand verbracht, sich gesonnt und entspannt und entweder mit Gemma in einem der zahlreichen Restaurants zu Mittag oder zu Abend gegessen – unter anderem in einem Lokal in einem Dorf, das auf einem Felsen am Ende einer haarsträubenden Bergstraße thronte, die sie mühelos und ohne zu murren hinaufgefahren war – oder in der Villa, wo er sich wieder häuslich niedergelassen hatte. Bisher war nichts zwischen ihnen »passiert«, doch es bestanden gute Gründe zu der Annahme, dass sich das bald ändern würde. Und offenbar hatte das Gefühl, dass diese Entwicklung unvermeidlich war, überstürzte Aktionen auf beiden Seiten verhindert. Dennoch hatte Gemma am gestrigen Tag eindeutig einen Schritt in diese Richtung gemacht, indem sie Zen zum Dinner einlud.

»Ich sollte dich einladen«, hatte er geantwortet.

»Das kannst du nicht.«

»Warum nicht?«

»Weil ich dich zu mir nach Hause einlade.«

Bei diesen Worten hatten Zens alte graue Zellen, der einzige Teil von ihm, dem er je wirklich getraut hatte, signalisiert, dass an diesem Abend etwas Bedeutsames passieren würde. Daher auch der neue – und, um die Wahrheit zu sagen, sündhaft teure – Leinenanzug, daher das angenehm erwartungsvolle Kribbeln, als ob die alltägliche Szenerie auf der Piazza dieses verschlafenen Provinznestes Mächte verkörperte und symbolisierte, die noch aus der Zeit herrührten, als auf dem Platz ein römisches Amphitheater gestanden hatte. Unbeschreibliche Dinge mussten an der Stelle geschehen sein, wo diese Ragazzi ihren Ball scheinbar rücksichtslos und völlig selbstvergessen durch die Gegend traten, doch dabei stets darauf achteten, dass sie die anderen Spieler in der Arena nicht behinderten oder störten. Das gehörte zum Spiel, war eine seiner Regeln.

Etwas würde passieren, dessen war er sich sicher, er wusste nur nicht genau was, noch viel weniger hatte er eine Vorstellung, inwieweit er das Geschehen beeinflussen könnte. Bei seiner Rückkehr an den Strand hatte Gemma sich zunächst ein wenig kühl und distanziert verhalten. Zen hatte ihr erklärt, er habe aus »dienstlichen« Gründen so plötzlich abreisen müssen, worauf sie mit einem kurzen Nicken geantwortet hatte, als ob sie sagen wollte: »Du hast deine Geheimnisse, und ich hab meine.«

Dennoch musste er sich selbst grummelnd eingestehen, dass seine Zukunftsaussichten gut waren. Er hatte keinen Ton vom Ministerium wegen des Missbrauchs des ihm ausgehändigten Hightech-Kommunikationsgeräts gehört, als er einen Alarm der höchsten Dringlichkeitsstufe ausgesandt hatte, weil irgendwer in seine Wohnung in Rom eingebrochen war. Gehört hatte er hingegen von Gilberto Nieddu, der Zens Rat befolgt hatte und im Büßergewand nach Sardinien gepilgert war, wo er Rosa überreden konnte, mit ihm und den Kindern nach Rom zurückzukehren. Ihre Bedingungen waren laut Gilberto überraschend milde gewesen: »Na schön, aber nächstes Mal – wenn es ein nächstes Mal gibt – verlasse ich dich nicht nur, sondern bringe dich vorher noch um.« Zen hatte Nieddu nachdrücklich in seiner Meinung bestärkt, dass dies aus dem Munde von Rosa einer totalen Versöhnung und dem Geständnis ewiger Liebe gleichkam.

Zen hatte außerdem noch einmal das Krankenhaus in Pietrasanta aufgesucht, diesmal, um sich die Fäden im Handrücken ziehen zu lassen. Bei der Gelegenheit hatten die Ärzte ihn noch einmal gründlich untersucht und erklärt, er habe sich erstaunlich gut erholt und sei fast völlig wiederhergestellt. Und was noch besser war, zusammen mit den Fäden schien sich auch das *huldufolk* endgültig verzogen zu haben. Er hatte keine Stimmen mehr gehört, gut und traumlos geschlafen und fühlte sich insgesamt wieder wie ein ganz normales Mitglied der menschlichen Gesellschaft.

Dazu gehörten natürlich auch eine allgemeine Unsicherheit und gewisse Ängste bezüglich der Zukunft. Tatsache war, dass er Gemma mochte, soweit er sie bisher kennengelernt hatte, und dass er sie als Frau begehrte. Er hatte durchaus Grund zu der Annahme, dass sie ihm gegenüber ähnlich empfand, aber das war auch alles. Er wusste nichts Genaueres über sie, und fast alles, was sie über ihn wusste, waren entweder Lügen oder eine verzerrte Wahrheit. Deshalb war wohl das wahrscheinlichste Szenario, dass sie entweder an diesem oder an einem der nächsten Abende im Bett landen würden – oder auch nicht. Aber weiter würde die Sache auf keinen Fall gehen. Beide schleppten eine lange und komplizierte Geschichte mit sich herum, und keiner von ihnen hatte intensiv nachgefragt oder versucht, längere Erklärungen abzugeben – zu Zens großer Erleichterung. Das bedeutete kurzfristig ein stressfreies Divertimento, doch die langfristigen Aussichten waren äußerst fadenscheinig. Es war einfach nicht genug da, was sie zusammenhalten, ihnen einen Grund geben könnte, nicht ihrer Wege zu gehen. Schließlich hätten sich selbst Gilberto und Rosa um Haaresbreite getrennt, obwohl sie verheiratet waren und Kinder hatten, ganz zu schweigen davon, dass sie bereits seit einem Alter zusammen waren, in dem die Persönlichkeit noch formbar ist. Was für eine Hoffnung auf eine gemeinsame Zukunft sollten da zwei Fremde im mittleren Alter haben, die nichts gemein hatten, außer dass sie zufällig in Francos Strandbad Plätze nebeneinander belegten, miteinander auszukommen schienen und sich ein wenig zueinander hingezogen fühlten?

Er sah auf seine Uhr und stand mit einem sardonischen Grinsen über sich selbst auf, weil er so töricht war, das alles so ernst zu nehmen. Ein nagelneuer Anzug, starkes Lampenfieber und, ja, ein Strauß Rosen wäre auch nicht schlecht, bloß um die Karikatur vollständig zu machen. Nach einer kleinen Bombe unter einem Auto, in dem er gesessen hatte, und mehreren halbherzigen Versuchen von irgendwelchen Schlägertypen von der Mafia,

ihn zum Schweigen zu bringen, war er nun davon überzeugt, dass eine lockere und vermutlich rein aus Höflich-
keit erfolgte Einladung zum Abendessen, mit der Gemma
sich lediglich für seine Gastfreundschaft revanchieren
wollte, die Stunde des Schicksals war. Aber es war sicher
trotzdem interessant, ihre Wohnung zu sehen. Man
konnte eine Menge aus den Dingen lernen, mit denen
Menschen sich umgaben, besonders wenn die Wahl aus-
drücklich unter dem Aspekt getroffen worden war, so
wenig wie möglich von sich preiszugeben.

Während er die Piazza überquerte und in die Straße
dahinter bog, die an der Stelle, wo sie die alte römische
Stadtmauer hätte passieren müssen, eine Biegung machte
und schmaler wurde, setzte ein ausgiebiges und unbekümmert chaotisches Läuten von diversen Kirchen und
Türmen ein und verkündete, dass es sieben Uhr war. In
dieser Enge zwischen hohen mittelalterlichen Gebäuden
auf beiden Seiten wimmelte es von großen, eleganten
Lucchesi zu Fuß oder auf Fahrrädern, die sich mit der
gleichen *disinvoltura* ihren Weg durch die scheinbar undurchdringliche Masse von Fußgängern bahnten, die
auch die künftigen Fußballstars auf der Piazza an den
Tag gelegt hatten.

An einem Zeitungsstand, an dem er vorbeikam, waren
Exemplare einer satirischen Zeitschrift ausgelegt, deren
Schlagzeile lautete: »Sensationelle medizinische Entde-
ckung erklärt, warum Pisaner geboren werden – keine
Heilung in Sicht.« Zen lächelte nachsichtig und ging weiter. Im Gegensatz zu den meisten anderen Ländern benutzte man in Italien zumindest keine Nachbarstaaten
als Stereotyp für krasse Dummheit. Die allgemeine Zielscheibe solch niederen Humors waren die Carabinieri,
doch jede Region hatte zusätzlich ihre eigene Stadt, über

die man sich traditionell lustig machte, deren Bewohner als schwachsinniges Gesindel dargestellt wurden, dem man alles weismachen konnte und das nichts zustande brachte. In seinem heimatlichen Venetien war diese Zielscheibe von jeher Vicenza. Hier in der Toskana war es offensichtlich Pisa, und solche Scherze mussten in der strebsamen Handelsstadt Lucca besonders gut ankommen, die so nah und doch so fern von der benachbarten Città di Mare war mit ihrem zwielichtigen Haufen von Banditen und Abenteurern, die immer Ausschau hielten nach einem betrügerischen Deal oder einem raschen Gewinn.

Er entdeckte ein Blumengeschäft und verlangte ein Dutzend rote Rosen, dann fragte er sich, ob das nicht etwas zu offensichtlich wirken könnte. Nachdem er mit der Floristin, die die sanfte Stimme und das perfekte Taktgefühl aller Bewohner dieser Stadt besaß, die Zen bisher getroffen hatte, ausführlich die komplizierte Situation erörtert hatte, verließ er mit einem Strauß gelber Rosen den Laden und bog von der Hauptstraße nach links, um zu der Adresse zu gelangen, die Gemma ihm gegeben hatte. Die Stadt gefällt mir, dachte er, während er so dahinschlenderte. Hier könnte ich mich wohlfühlen. Obwohl Lucca nicht am Meer lag, erinnerte es ihn auf undefinierbare Weise an Venedig. Es hatte etwas mit der Größe der Stadt zu tun, dem Gefühl von Geborgenheit, das sie schon durch ihr Äußeres vermittelte, und vor allem mit den höflichen und zurückhaltenden Manieren ihrer Bürger, die von einer jahrhundertealten Handelstradition geprägt waren.

In dem Moment, als er in die Via del Fosso bog, fühlte er sich sogar noch mehr wie zu Hause. Der Name – Grabenstraße – war zwar nicht gerade attraktiv, aber die

Straße selbst war es, ein breiter Boulevard mit schönen Gebäuden zu beiden Seiten eines Kanals. Zwar führte das Rinnsal zwischen den steinernen Uferböschungen offensichtlich Süß- und kein Salzwasser, und die Häuser waren neuer und etwas bescheidener, doch das Gesamtbild war Zen so vertraut wie sein eigenes Gesicht. Das hier war eine Miniaturausgabe der Gegend in Venedig, in der er aufgewachsen war. Dieses Viertel musste ursprünglich außerhalb der römischen und der mittelalterlichen Stadt gelegen haben, weite Felder, die erst später von der imposanten Barockmauer aus Sandstein eingefasst worden waren, die Zen in einiger Entfernung sehen konnte. Hier hatten die reichen Kaufleute jener Zeit ihre großen und prächtigen Herrenhäuser gebaut und das beengte Centro mit seinen anachronistischen Palästen und Slums den degenerierten Adeligen und der mittellosen Masse überlassen.

Er fand das Haus und stieg die Treppe hinauf. Gemma hatte ihn darauf hingewiesen, dass neben den Klingelknöpfen am Eingang keine Namen standen, ihrer aber der zweite von unten sei. Sobald Zen geklingelt hatte, ertönte der Summer, und die Haustür wurde geöffnet. Einen Moment irritierte es ihn, dass sie nicht durch die Sprechanlage gefragt hatte, wer da sei, doch dann sagte er sich, dass das ja nicht nötig sei. Gemma erwartete ihn und sonst niemanden.

Wie um diesen Eindruck zu bestätigen, stand die Tür zur ihrer Wohnung einen Spalt offen. Zen klopfte leise, dann trat er ein, den Rosenstrauß hinter seinem Rücken verborgen. »Gemma?«

Im Flur war niemand. Vermutlich war sie in der Küche und traf die letzten Vorbereitungen für ihr gemeinsames Essen. Zen lächelte gerührt über diese diskrete

Botschaft. Er wurde wie ein alter Freund empfangen, beinah wie ein Mitglied der Familie, einer der wenigen Auserwählten, bei denen die üblichen Höflichkeitsbezeigungen beleidigend und distanzierend gewirkt hätten. Er durchquerte den Flur und betrat das Wohnzimmer. »Gemma?«

Doch die Person dort im Zimmer war nicht Gemma. Links neben der Tür, leicht verdeckt, stand ein relativ junger Mann mit blonden Haaren und einem schmalen Schnurrbart. Er trug ausgebleichte Jeans und ein leuchtend orangefarbenes Hemd mit offenem Kragen. »Buonasera, Dottore«, sagte er.

Mein Gott, dachte Zen, das ist dieser – wie heißt er noch mal – Gemmas eifersüchtiger Ehemann. Genau so hatte er ihn sich vorgestellt – jung, schlank, athletisch –, doch dann wurde ihm bewusst, dass er jedes Mal, wenn er von jemandem las oder hörte, der den Namen seines Jugendfreundes in Venedig trug, im Geiste dessen Bild vor sich hatte. Für ihn war jeder, der Tommaso hieß, mit ewiger Jugend gesegnet. In diesem Fall hatte er allerdings recht gehabt.

»Gemma ist im Esszimmer«, fuhr der Mann fort. »Dort nebenan, rechts von Ihnen. Nein, bitte, nach Ihnen.«

Gehorsam ging Zen zu der Tür hinüber, kam sich dabei mit seinem pathetischen Rosenstrauß jedoch absolut lächerlich vor. Der Mann folgte ihm. Hatte Gemma ihrem Mann erzählt, dass er kommen würde? Wollte sie ihn auf diese seltsame Weise dafür demütigen, dass er ohne sich zu verabschieden aus Versilia verschwunden war?

Doch in dem Moment, als er die Schwelle zum Nebenzimmer überquerte, waren diese Gedanken sofort verschwunden. Gemma war in der Tat dort. Sie saß Zen direkt gegenüber auf einem der Esszimmerstühle, mit dem Rücken zu einem kleinen Tisch, der kunstvoll für zwei Personen gedeckt war. Sie war mit orangefarbenen synthetischen Schnüren über Brust und Arme an den Stuhl gefesselt. Über ihrem Mund klebte ein breiter Streifen silbernes Klebeband, ihre Augen blickten panisch.

Zen wollte instinktiv auf sie zustürzen, doch eine Stimme hielt ihn zurück.

»Bitte nicht anfassen. Sie kennen doch die alte Redensart: ›Hübsch anzusehen, angenehm in der Hand, doch wenn es kaputtgeht, musst dus bezahlen.‹«

Zen fuhr herum, und ließ dabei den Blumenstrauß vor Gemma auf den Boden fallen. Ein ganz anderer Mann stand nun hinter ihm, vollkommen kahlköpfig und glatt rasiert. In einer Hand hielt er eine blonde Perücke und den dünnen Schnurrbart, in der anderen eine automatische Pistole, die mit einem Schalldämpfer versehen war.

»An die Wand bitte, Dottore«, sagte er und gestikulierte mit der Waffe. »Die Position dürfte Ihnen ja vertraut sein.«

Zen stellte sich mit dem Gesicht zur Wand, Arme und Beine weit gespreizt. Er spürte den Druck der Waffe im Rücken.

»Machen Sie mir den Anzug nicht schmutzig«, sagte er törichterweise.

Der Mann lachte. »Keine Sorge. Wenn ich mit Ihnen fertig bin, wird der Anzug Ihr kleinstes Problem sein.«

Seine Hände tasteten Zen rasch und professionell ab. Angesichts dieser Professionalität und der Art, wie er lachte, war plötzlich alles klar. Die nächsten Worte des

Mannes, als er das Kommunikationsgerät vom Ministerium fand und entfernte, bestätigten dies nur.

»Ach ja, Ihr kleines Spielzeug. Ist ja gut, dass ich immer noch ein paar Freunde bei dem Verein habe. Okay, drehen Sie sich um.«

Der Mann warf Zens Habseligkeiten neben die Perücke und den Schnurrbart, die er getragen hatte, auf den Fußboden. »Erkennen Sie mich immer noch nicht?«, fragte er neckisch.

Zen hatte ihn erkannt, doch die Erinnerung rief nur Verzweiflung in ihm hervor. Er schwieg.

»Wirklich nicht? Sagt Ihnen der Name Alfredo Ferraro etwas?«

Zen zog die Stirn in Falten, dann schüttelte er den Kopf. »Ich fürchte nein.«

»Sie fürchten nein. Tja, Dottore, Sie haben allen Grund, sich zu fürchten. Es ist allerdings eine Schande, dass Sie sich nicht an Alfredo erinnern. Einige von uns tun das. Manche erinnern sich sehr gut an ihn wie auch an das, was ihm zugestoßen ist, und wer dafür verantwortlich war. Was natürlich auch der Grund dafür ist, weshalb ich hier bin.«

Er streckte den Arm, mit dem er die Pistole hielt, wie zum Gruß aus. »Roberto Lessi.«

Zen zwang sich, die Stirn erneut in Falten zu legen. »Lessi? Moment mal, irgendwie kommt mir der Name bekannt vor. Ja, jetzt weiß ichs. Das war ein Beamter der Spezialeinheit ROS der Carabinieri. Er hat mir das Leben gerettet, als ich in Sizilien gearbeitet habe.«

Der Mann stieß erneut sein tiefes, raues Lachen aus. »Sehr gut, Dottor Zen, sehr gut.«

»Sie sind Lessi?«, fragte Zen verblüfft, als sei ihm der Gedanke gerade erst gekommen. »Sie sehen irgendwie anders aus. Oder vielleicht hat diese Mafiabombe ja mein Gedächtnis getrübt. Außerdem hab ich Sie eh nur einmal gesehen, und das im Dunkeln.«

Lessi starrte ihn mit Augen an, die Zen sagten, dass er so gut wie tot war. Besorgt blickte er um sich, um die Situation in allen Einzelheiten zu erfassen.

»Nein, Sie haben mich viermal gesehen, und das allein im vergangenen Jahr.«

Der lockere Plauderton des Mannes weckte in Zen erstmals einen kleinen Hoffnungsschimmer. Wenn Lessi reden wollte, seinen Standpunkt erklären und sich rechtfertigen, dann könnte noch genügend Zeit sein, um das Notwendige zu tun.

»Damals auf dem Land, in der Nähe des Ätna, das war das letzte Mal«, fuhr der Mann fort. »Davor, als wir Sie auf der Straße vor Ihrer Wohnung abgeholt haben, dann auf der Fähre nach Malta und früher am selben Abend, als Sie meinen Partner Alfredo Ferraro kaltblütig niedergeschossen haben.«

»Was soll das heißen, kaltblütig?«, fragte Zen, ohne zu überlegen. »Er hatte gerade einen Mann erdrosselt und wollte mich erschießen.«

Lessi lächelte. »Ah, Sie erinnern sich also doch an Alfredo. Das hab ich mir ehrlich gesagt schon gedacht. Vielleicht kennen Sie dann auch die Wahrheit über diese Bombe. Das müssten Sie eigentlich.«

Zen warf einen Blick auf die vor Panik erstarrte Gemma, bloß um sich zu vergewissern, dass sie noch genauso dasaß, wie er es in Erinnerung hatte. »Natürlich weiß ich das«, sagte er. »Die Mafia hat versucht, mich auf dem Rückweg von meinem Treffen mit Don Gaspare Limina zu ermorden. Er hatte mir sicheres Geleit versprochen, aber das war eine Lüge. Sie wollten nur genügend

Zeit schinden, um alle Vorkehrungen zu treffen und um die Sache an einem Ort weit weg von ihrem Einflussgebiet erledigen zu können.«

Roberto Lessi schüttelte den Kopf, als wäre er enttäuscht. »Tut mir leid, Dottore. Sie sind sehr überzeugend, und ich würde Ihnen beinah glauben, doch letztlich ist das doch zu weit hergeholt. Ihr Gehirn funktionierte sehr gut, als wir uns in Sizilien und auf der Fähre nach Malta begegneten, und ich glaube, es funktioniert auch jetzt noch ganz gut.«

Er hatte recht, doch darum ging es nicht. Jetzt ging es darum, das Ballett zu eröffnen. Zen tat ein paar scheinbar zufällige Schritte nach links. »Natürlich war es so!«, protestierte er vehement. »Genau so ist es passiert. Also was zum Teufel denken Sie sich dabei, hier einzubrechen und Signora Santini und mich zu bedrohen? Ihnen ist doch wohl klar, dass das das Ende Ihrer Karriere bedeutet.«

Lessi hatte sich ebenfalls ein kleines Stück nach links bewegt, als wolle er instinktiv den Abstand und den Winkel zu seinem Gegner beibehalten.

»Meine Karriere ist bereits beendet, Dottore. Wir haben nämlich Scheiß gebaut. Das heißt, meine ehemaligen Kollegen.«

»Wovon reden Sie eigentlich?«, blaffte Zen wütend, während er unauffällig einen weiteren kleinen Schritt um den unsichtbaren Kreis tat, der sie beide verband.

»Erinnern Sie sich, wie der Corleone-Clan Richter Falcone und seine Frau umgebracht hat?«, antwortete Lessi. »Die hätten ebenfalls beinah Scheiß gebaut. Sie haben eine Tonne Sprengstoff in diesen Abwasserkanal unter der Autobahn vom Flughafen nach Palermo gepackt, dann haben sie die Ladung ein bis zwei Sekunden zu früh gezündet aus Angst, Falcones Wagen könnte schon vorbei sein, wenn sie detoniert. Sie wussten, sie hatten nur diese eine Chance, also sind sie in Panik geraten. Zwar wurde Falcone trotzdem getötet, aber bloß, weil er darauf bestanden hatte, selber zu fahren, als er am Flughafen abgeholt wurde. Deshalb saßen er und seine Frau vorne im Wagen und haben die volle Wucht der Explosion abgekriegt, obwohl sie noch ein Stück von dem Kanal entfernt waren. Die Carabinieri im Vorauskonvoi, unter anderem einige meiner besten Freunde, wurden alle ausgelöscht. Und der Chauffeur saß auf der Rückbank, wo Falcone und seine Frau gesessen hätten, wenn der Richter nicht seiner kleinen Laune nachgegeben hätte. So starben sie, und er überlebte.«

Lessi war so sehr in seine Geschichte vertieft, dass er stehen geblieben war, doch Zen blieb in Bewegung, machte unentwegt kleine Schritte auf der unsichtbaren Linie, aber immer zwei nach links und einen nach rechts.

»Und Sie, Dottore, sind deshalb noch am Leben, weil bei Ihnen genau das Umgekehrte passiert ist. Die Männer, die die Bombe deponiert hatten und zünden sollten, waren auf dem Hang über der Brücke postiert, die Ihr Wagen überqueren musste. Nur der Vollständigkeit halber, die hatten keine Ahnung, dass Sie da drinsaßen. Man hatte ihnen gesagt, die Insassen wären irgendwelche Schlägertypen von der Mafia, die wir sozusagen als taktische Maßnahme im ›schmutzigen Krieg‹ eliminierten mit dem Ziel, Spannungen zwischen den rivalisierenden Clans zu erzeugen.«

Zen bewegte sich immer weiter und blickte dabei auf seine Füße, als ob sie ihm wehtäten. Profi, der er war, reagierte Lessi, obwohl ganz auf seine Geschichte konzentriert, indem er im Uhrzeigersinn Schritt hielt, sodass

Zen ihm stets in einem sicheren Abstand von etwa zwei Metern gegenüberblieb.

»Als sie die Wahrheit herausfanden, waren sie entsetzt, oder taten zumindest so«, fuhr er fort. »Ich hab versucht, es als Irrtum darzustellen, wurde aber trotzdem gezwungen, den Dienst zu quittieren. Das tat weh, kann ich Ihnen sagen. Ich hatte schon etwas mehr Solidarität und Verständnis von den Männern erwartet, mit denen ich all die Jahre zusammengearbeitet hatte.«

Er stieß ein weiteres heiseres Lachen aus. »Loyalität zählt in diesem Land nur noch einen Dreck.«

Ohne seine fast schon rituelle Schrittfolge zu unterbrechen, sah Zen Lessi zum ersten Mal in die Augen. »Aber sie haben die Bombe gezündet.«

»Sie haben die Bombe gezündet, genau wie unsere Freunde von der Mafia bei Falcone. Leider wurde sie in diesem Fall ein paar Sekunden zu spät gezündet. Ich hab das Ganze von einem Hügel auf der anderen Seite des Flussbetts beobachtet, den Countdown durchgeführt, um mit dem Scheinwerfer meines Motorrads das Signal zu geben. Aber Ihr Fahrer hat anscheinend plötzlich beschleunigt, und bis ich aufblendete und die anderen reagierten, hatte der Wagen bereits die Brücke überquert. Und da Sie vorne saßen, wurde nur der arme dämliche Bulle getötet, der mitgekommen war, um Ihnen Händchen zu halten, während Sie und der Fahrer mit ein paar blauen Flecken und Schrammen davonkamen.«

»Es war schon ein bisschen schlimmer.«

»Wen kümmert das? Entscheidend ist, dass Sie noch am Leben sind und Alfredo nicht. Außerdem haben Sie genügend Beweise in der Hand, um mich lebenslänglich hinter Gitter zu schicken, falls Sie jemanden dazu kriegen, Ihnen zu glauben.«

»Das würde ich niemals. Und das wissen Sie auch.«

»Nein, das weiß ich nicht. Ich würde es gerne glauben. Ich würde sogar so weit gehen einzugestehen, dass Ihnen wahrscheinlich niemand glauben würde. Aber das ist keineswegs sicher. Und an diesem Punkt meines Lebens will ich Gewissheit haben, Zen. Ich habe mich bisher irgendwie bei meinen Verwandten in Pisa durchgeschlagen, aber früher oder später sind meine Ersparnisse aufgebraucht. Und wissen Sie, was ich dann zu erwarten habe? Bestenfalls einen miesen Job als privater Guardia giurate, der den ganzen Tag als Zielscheibe vor einer Bank steht.«

Zen tat zwei weitere Schritte nach links.

»Bleiben Sie stehen!«, brüllte Lessi plötzlich und hob die Pistole.

Zen zuckte verschämt mit den Schultern. »Meine Füße. Die Ballen. Liegt bei uns in der Familie. Wenn ich eine Zeit lang stillstehen muss, machen sie sofort Ärger.«

»Na schön. Aber machen Sie bloß selber keinen Ärger. Können Sie sich vorstellen, wie ich mich gefühlt habe? Mein Job ist weg, mein Partner tot, während Ihre Karriere zu einem ungeahnten Höhenflug ansetzen wird, sobald der verwundete Held aus den Mafiakriegen beschließt, dass er sich genügend ausgeruht hat, um wieder ins Büro zu trotten. Dann können Sie der Presse und irgendeinem ehrgeizigen jungen Untersuchungsrichter, der sich erst noch einen Namen machen muss, erzählen, dass Sie sich plötzlich wieder an alles erinnern und dass die wahre Geschichte dessen, was in jener Nacht in Sizilien passiert ist, sich wesentlich von dem unterscheidet, was man der Allgemeinheit weisgemacht hat.«

Lessi fuchtelte mit der Pistole herum. »Noch mal mit dem Gesicht zur Wand«, sagte er. »Das macht es für uns beide leichter.«

Zen gestikulierte verzweifelt. »Aber was ist denn mit Signora Santini?«, fragte er. »Sie hat doch mit der ganzen Sache nichts zu tun.«

»Jetzt schon. Ich habe nämlich die Gespräche abgehört, die Sie per Handy geführt haben. Ist ziemlich einfach, wenn man die entsprechenden Geräte hat. Deshalb wusste ich, dass Sie heute Abend erwartet wurden, und bin frühzeitig hierhergekommen. Ihre Freundin schien überrascht, mich zu sehen, und natürlich sind wir ins Plaudern geraten, sobald ich sie gefesselt hatte. Ich musste es einfach jemandem erzählen, und mir war klar, dass nicht genügend Zeit dazu wäre, sobald Sie erst mal da waren. Deshalb, fürchte ich, müssen Sie beide dran glauben. Das hätten Sie sowieso, falls Sie das tröstet. Ich bin Profi genau wie Sie, Zen. Unsereins macht keine halben Sachen.«

Das wars dann wohl. Es fehlten noch mehr als zwei Meter, und die Uhr war offensichtlich abgelaufen. Lessi hatte alles, was ihm auf der Seele brannte, Gemma bereits erklärt und hatte nun kein Bedürfnis, noch weiterzureden. Damit blieb nur noch eine sehr riskante Möglichkeit, die vollkommen davon abhing, ob Lessi tatsächlich der »Profi« war, der er zu sein behauptete, ob er die Situation voll im Griff hatte, den Finger entspannt am Abzug.

Zen zuckte hilflos mit den Schultern und taumelte nach links, in die Richtung, die Lessi angedeutet hatte. Er blieb mit dem Schuh am Sockel eines Sideboards hängen, das an der Wand stand, und stürzte zu Boden, wie ein Clown, der nicht durch ein Zimmer gehen kann, ohne hinzufallen.

Lessi lachte. »Vielleicht hab ich Sie ja überschätzt«, sagte er. »Kommen Sie, hoch mit Ihnen! Auf die Beine und mit dem Gesicht zur Wand.«

Zen rappelte sich wieder auf, dann sank er auf die Knie. »Ich kann nicht glauben, dass das wirklich passiert«, sagte er mit weinerlicher Stimme.

»Tut es aber.«

Zen richtete sich schwankend wieder auf und blickte um sich, als ob er völlig unter Schock stünde. Nun hatte er den unsichtbaren Kreis vollendet. Jetzt blieb nur noch der letzte und gefährlichste Schritt und die Frage, ob Gemma sein Manöver durchschaut hatte. Doch es hatte keinen Sinn, sich darüber Gedanken zu machen.

Er drehte sich um und machte zwei große bedächtige Schritte auf Lessi zu, die Hände flehend ausgebreitet. »Hören Sie, können wir nicht einfach …«

Lessi wich automatisch zurück, um den Abstand zwischen ihnen zu wahren. Er wollte gerade etwas sagen, da trat Gemma ihm brutal in die Kniekehlen. Ein Schuss löste sich, schlug weit rechts von ihnen ein, dann sprang Zen auf Lessi zu, der sich nur mühsam auf den Beinen halten konnte, trat ihm heftig in den Unterleib und verpasste ihm noch einen Kinnhaken. Er packte die Hand, die die Pistole hielt, riss Lessi herum und warf sich mit seinem ganzen Gewicht auf ihn.

Einen Moment lang lag Lessi flach auf dem Boden und stöhnte. Zen verlagerte seinen Körper ein wenig und griff nach der Pistole. Sofort wirbelte Lessi herum und versuchte, sich aufzurichten. In seiner Verzweiflung schnappte Zen sich ein paar von den auf dem Boden verstreuten Rosen und rieb mit den dornigen Stielen über das Gesicht seines Gegners. Lessi schrie und hob instinktiv die Hände, um seine Augen zu schützen. Zen biss Lessi in die Hand mit der Pistole, entriss ihm die Waffe am Lauf und zog sie ihm immer wieder mit heftigen, schnellen Schlägen über den Kopf, bis seine Kopfhaut blutete.

Lessi stöhnte und murmelte etwas, das Zen nicht verstand. Als er schließlich still war, umfasste Zen den Griff der Pistole, bekreuzigte sich rasch, drückte Lessi den Lauf ins Genick und schoss dreimal.

Eine lange Zeit schien zu vergehen. Schließlich stand Zen auf und dachte daran, wie er mal vor vielen Jahren zu Hause in Venedig einige Regalbretter angebracht hatte. Jetzt empfand er dieselbe Ruhe, dieselbe stille Zufriedenheit wie damals, denselben Stolz, etwas gut gemacht zu haben. Das Haus muss mittlerweile ein Vermögen wert sein, dachte er.

Ein wütender Tritt in die Wade riss ihn aus dieser Selbstzufriedenheit nach getaner Arbeit und hätte ihn fast auf sein Opfer stürzen lassen. Sofort beugte er sich über Gemma, riss das Klebeband von ihrem Mund und küsste sie ganz impulsiv. Reste von dem Klebstoff waren auf ihren Lippen geblieben, deshalb brauchten sie, selbst als der Kuss vorbei war, noch einen Moment, um sich voneinander zu lösen.

»Warte«, sagte Zen zu ihr und ging in die Küche. Er kam mit einem Brotmesser zurück und schnitt damit die Schnüre durch, mit denen Gemma an den Stuhl gefesselt war. Dann half er ihr beim Aufstehen und rieb vorsichtig über die wunden Stellen an ihren Handgelenken.

»Lass uns erst mal gucken, ob der Kerl wirklich tot ist«, sagte Gemma und machte sich von ihm los.

Sie beugte sich über Lessi, während Zen danebenstand, in einer Hand die Pistole, in der anderen das Messer.

»Kein Puls«, stellte Gemma fest und stand wieder auf.

»Bist du sicher?«

»Alle amtlich zugelassenen Apotheker müssen Kurse in Erster Hilfe machen und ihre Kenntnisse immer wieder auffrischen. Glaub mir, er ist tot.«

Mit einem lauten Seufzen drehte sie sich zum Wohnzimmer um. »Ich ruf die Polizei.«

»Nein!«

Zens Tonfall war so gebieterisch, dass sie ihn halb erschrocken und halb verärgert ansah. »Was soll das heißen?«

»Das dürfen wir nicht tun.«

»Bist du verrückt? Dieser Mann ist hierhergekommen und hat versucht, uns umzubringen. Stattdessen hast du ihn umgebracht, und ich hab jetzt eine Leiche auf dem Fußboden. Natürlich müssen wir die Polizei rufen. Du bist doch selber Polizist, hat er mir erzählt. Gerade dir sollte das doch klar sein.«

»Hat er dir auch erzählt, dass er ebenfalls Polizist war?«, fragte Zen.

Gemma wirkte immer ungehaltener. »Nein, aber was hat das denn damit zu tun?«

»Alles.«

»Und was soll das schon wieder heißen?« Sie brüllte beinahe.

Zen legte das Messer auf das Sideboard, steckte die Pistole in die Tasche und nahm ihren Arm. »Die Situation ist etwas komplizierter, als du glaubst. Oder vielleicht auch nicht. Ich stehe immer noch ein wenig unter Schock. Ist Adrenalin nicht etwas Wunderbares? Komm mit nach nebenan, dann erklär ichs dir. Es dauert nicht lange. Anschließend kannst du immer noch die 113 anrufen, wenn du willst.«

Gemma schüttelte ihn ab. »Wir können das auch hier erledigen«, sagte sie und baute sich vor ihm auf. »Erst mal ein paar Fragen. Dein Name ist Zen?«

»Ja.«

»Was ist das für ein Name?«

»Ein venezianischer.«

»Und du bist Polizist?«

»Ja.«

»Also war alles, was du mir bisher erzählt hast, eine einzige Lüge.«

Zen zuckte die Schultern. »Ich würde nicht gerade sagen alles. Aber bei etlichen Sachen hab ich schon gelogen.«

»Warum sollte ich dir dann jetzt irgendetwas glauben?«

»Weil ich jetzt nicht mehr zu lügen brauche. Und ich werde es auch nicht wieder tun, Gemma. Egal, was passiert, ich werde dich nie mehr belügen.«

Sie sah ihn einen Augenblick an, als ob sie ihm glauben wollte. »Aber warum jetzt? Warum nicht vorher?«

Zen zögerte einen Moment. Dann fiel ihm die Formulierung ein, die einer seiner Begleiter benutzt hatte, als man ihn nach der Schießerei am Strand zum Flughafen von Pisa fuhr. »Ich war nicht befugt, die Wahrheit zu sagen. Wenn du willst, erkläre ich dir warum. Aber erst mal müssen wir entscheiden, was wir damit machen.«

Er deutete auf den Leichnam von Lessi.

»Wir rufen die Polizei«, antwortete Gemma. »Wir erklären denen, was passiert ist. Du hast ihn in Notwehr erschossen, nachdem er gedroht hat, uns alle beide zu töten. Ich werde das bezeugen. Da gibt es keine Probleme.«

Zen schüttelte den Kopf. »So einfach ist das nicht. Komm, setz dich hin, und ich versuche, es dir zu erklären. Wenn du danach immer noch die Polizei rufen willst, werde ich dich nicht daran hindern.«

Er steuerte auf das Wohnzimmer zu.

»Nicht da drinnen«, sagte Gemma unwirsch. »Wenn du mich unbedingt langweilen willst, dann komm mit in die Küche. Wir sind ein Gangsterpärchen, verdammt noch mal! Wozu da noch auf irgendwelchen Förmlichkeiten bestehen?«

In der hellen, modernen Küche stürzte sie erst mal ein großes Glas Wasser herunter, dann noch eins. Dann nahm sie eine Flasche Weißwein aus dem Kühlschrank und schenkte jedem von ihnen ein Glas ein. Erst jetzt bemerkte Zen, was sie anhatte. Die nackten Beine und die Sandalen kannte er ja bereits, doch für den Abend bei sich zu Hause hatte sie ein sehr schlichtes ärmelloses Kleid aus einem weichen, hellgrünen Stoff gewählt, das links in der Taille gerafft war. Sie trug flache goldene Ohrringe, doch ihr Haar wirkte diesmal weniger gestylt, die Nägel waren unlackiert und das Make-up minimal. Sie sieht fabelhaft aus, dachte er, als ob das jetzt eine Rolle spielte.

»Ich werde versuchen, es kurz zu machen«, sagte er zu ihr, »denn wenn du die Polizei rufen willst, musst du es bald tun. Doch vorläufig sind wir hier sicher. Lessi hat mit größter Wahrscheinlichkeit allein operiert. Er hatte einen anonymen Einbruch mit zwei Leichen geplant, von daher die Perücke und der Schnurrbart. Selbst wenn einer der Nachbarn ihn beim Reinkommen gesehen hätte, hätte man ihn nach der Beschreibung niemals erkannt. Er setzte darauf, dass keiner je erfahren würde, was tatsächlich passiert war, und deshalb hat er höchstwahrscheinlich niemandem etwas davon gesagt. Er mag zwar Freunde gehabt haben, die ihm hier und da halfen, ihm zum Beispiel Tipps gaben, wo ich mich gerade aufhielt, aber er konnte nicht damit rechnen, dass sie ihn bei einem Doppelmord decken würden.«

Er hielt inne, lächelte gewinnend und hoffte, dass Gemma ihm glauben würde. »Es ist unwahrscheinlich, dass jemand die Schüsse gehört hat, aber wenn du dich entschließt, die Sache publik zu machen, wird man die Todeszeit mehr oder weniger exakt feststellen. Deshalb können wir nicht mehr allzu lange zögern. Ich sage dir jetzt alles, was dazu zu sagen ist, und möchte dich nur bitten, mich zu Ende anzuhören, bevor du eine Entscheidung triffst. Lessi ist tot, aber er gehörte zu einer Eliteeinheit mit einem sehr starken Esprit de Corps. Er hat selber zugegeben, dass er immer noch ein paar ...«

Draußen vom Hof klang eine Stimme herauf. Gemma ging zum Fenster und öffnete es. »Ciao, Antonella!«, rief sie nach unten.

Die andere Frau sagte etwas, das Zen nicht verstand.

»Nein, nein, ich hab bloß eine Flasche Spumante aufgemacht«, antwortete Gemma. »Ich habe einen alten Freund zum Essen eingeladen.«

»Bene, bene«, erwiderte die andere Stimme. »Allora buon appetito.«

»Altretanto.«

Gemma wandte sich wieder Zen zu. »Was hast du gerade gesagt?«

»Ich hab gesagt, dass Lessi immer noch ›ein paar Freunde bei dem Verein‹ haben muss, wie er es ausdrückte. Und die haben wieder Freunde. Lessi mag zwar ein schwarzes Schaf gewesen sein, aber wenn die herausfinden, dass ich ihn umgebracht habe, sieht das plötzlich ganz anders aus. Dann zählt nur noch Solidarität. Glaub mir, die werden es mir auf die eine oder andere Art heimzahlen. Selbst wenn sie mich nicht umbringen, werde ich für den Rest meines Lebens mit diesem Gedanken leben müssen. Und du auch, falls wir noch zusammen sind.«

Gemma sah ihn plötzlich auf eine völlig neue Weise an, die er nicht deuten konnte. »Aber was wäre die Alternative?«

Ihre Stimme hatte sich ebenfalls verändert. Zen zuckte matt mit den Schultern, da ihm bewusst wurde, wie absurd es war, einen solchen Vorschlag überhaupt zu machen.

»Er müsste verschwinden. Wenn wir jemals wieder ein normales Leben führen wollen, müssten wir die Leiche so beseitigen, dass sie niemals gefunden würde, und falls doch, dass man sie auf keinen Fall identifizieren könnte. Damit würdest du dich natürlich der Beihilfe schuldig machen. Also hast du letzten Endes recht. Ruf die Polizei. Du wärst verrückt, wenn du es nicht tätest.«

Er wandte sich ab und trank einen Schluck Wein.

»Wie könnten wir das denn anstellen?«, fragte Gemma.

Zen packte sein Glas fester, drehte sich aber nicht um. »Was anstellen?«

»Die Leiche so verschwinden zu lassen, wie du gesagt hast.«

Er lachte unbekümmert, als hätte sie ein rein theoretisches Problem angesprochen, das keinen von ihnen persönlich tangierte. »Nun ja, ich weiß es nicht«, sagte er und drehte sich wieder zu ihr um, ohne ihr jedoch in die Augen zu sehen. »In den Bergen wird es bestimmt Stellen geben, wo er vermutlich eine ganze Weile nicht gefunden würde. Vielleicht eine stillgelegte Mine oder ein alter Eisenbahntunnel. Aber ich kenne solche Stellen nicht, und du wahrscheinlich auch nicht.«

»Was hältst du vom Meer?«

Nun sah er sie an und lachte dabei wieder. »Das wäre natürlich perfekt, aber wie sollen wir das bewerkstelligen? Wir können ja schlecht die Leiche mit dem Auto nach Livorno bringen und sie während der Überfahrt nach Elba über die Reling werfen.«

Gemma trank ihren Wein aus und stellte das Glas mit

einem energischen Klirren ab. »Tommaso hat ein Boot. Das heißt, theoretisch gehört es uns beiden.«

Diesmal lachte Zen nicht. »Wir können doch Tommaso nicht in diese Sache mit reinziehen.«

»Brauchen wir auch nicht. Die Leute vom Jachthafen haben Ersatzschlüssel. Die werden sie mir geben.«

Zen starrte sie vollkommen perplex an. Gemma öffnete den Kühlschrank. »Schon gut, du brauchst dich ja nicht sofort zu entscheiden«, sagte sie. »Sollen wir was essen?«

Zen deutete Richtung Wohnzimmer, wo Roberto Lessis Kopf gerade noch zu sehen war. »Aber was ist mit …?«, sagte er.

Gemma sah auf seine vage ausgestreckte Hand, dann drehte sie sich wieder zum Kühlschrank um. »Was soll schon mit ihm sein, er ist tot«, antwortete sie. »Ich habe für heute Abend eine wunderbar frische Seebarbe gekauft, aber mir ist jetzt nicht danach, sie zu braten. Würden dir ein paar Vorspeisen und ein bisschen Pasta reichen? Das ist ehrlich gesagt so ziemlich das Einzige, was ich jetzt zustande brächte.«

Sie stellte eine Platte mit Antipasti di Mare und einen Laib Brot auf den kleinen Tisch am Fenster, an dem sie und ihr Mann sicher immer gefrühstückt hatten. Dann drehte sie die Herdplatte an, auf der ein Topf mit Wasser stand. Zen fiel auf, dass das Wasser für die Nudeln schon einmal angestellt gewesen sein musste, aber wieder ausgedreht worden war.

»Er tauchte also, etwa eine Viertelstunde bevor ich kommen sollte, hier auf«, sagte er. »Oder eher zwanzig Minuten vorher. Da hatte er ja reichlich Zeit zum Reden.«

»Woher weißt du das?«

»Ich bin doch ein Detektiv. Ich erklärs dir später.«

»Na schön. Sollen wir jetzt essen?«

Zen stand einfach da und starrte vor sich hin.

»Was ist denn?«, fragte Gemma und setzte sich.

»Nichts. Bloß … ich weiß nicht. Erst wolltest du unbedingt die Polizei anrufen, und jetzt soll ich mich mit dir hinsetzen und was essen, obwohl nebenan die Leiche von dem Mann liegt, den ich gerade erschossen habe. Das kommt mir ein bisschen plötzlich vor, weiter nichts.«

Gemma lächelte ihn über einer Gabel voll marinierter Anchovis an. »Es war etwas, das du gesagt hast.«

»Was?«

»Du hast gesagt, ›damit werde ich für den Rest meines Lebens leben müssen. Und du auch, falls wir noch zusammen sind.‹«

Zen sah sie empört an, als würde sie seine Schlussfolgerung infrage stellen. »Das wirst du auch!«, sagte er.

Gemma lachte. »Darum geht es doch nicht, du Dummkopf.«

»Worum denn dann?«

»Egal. Allerdings schade um die Seebarbe. Sie war fantastisch. Frisch vom Boot.«

»Wir können sie immer noch braten.«

»Sie wird nicht mehr so gut sein, wenn wir zurückkommen.«

»Von wo zurückkommen?«

»Die Leiche beseitigen natürlich. Wir müssen weit rausfahren, bis das Wasser tief genug ist. Das dauert Stunden. Wir könnten frühestens morgen Nachmittag wieder hier sein.«

»Von wo zurück?«

Ein plötzliches Zischen hinter ihnen zeigte an, dass das Nudelwasser überkochte. Gemma stand auf und machte sich am Herd zu schaffen. Der Geruch von Knoblauch und Öl breitete sich aus.

»Aus Portunciulla. Da hat Tommaso sein Boot liegen. Unser Boot. Das ist in der Nähe von La Spezia. Etwa eine Stunde auf der Autobahn, je nach Verkehr.«

»Aber wie kommen wir dahin?«

»An meinem Auto kann man den Rücksitz umklappen, um Stauraum zu schaffen. Da passt er rein.«

Zen saß da, kaute Tintenfisch, trank Wein und dachte über das alles mit einer Klarheit nach, die er erschreckend fand. »Kannst du mit dem Boot umgehen?«, fragte er.

Gemma machte eine ungeduldige Handbewegung. »Nein, aber du musst das doch können. Du bist doch Venezianer, hast du mir erzählt.«

»Natürlich kann ich das!«, erwiderte Zen stolz. »Was ist es denn für eins?«

»Eine Motorjacht. Allerneuestes Modell mit dem ganzen modernen technischen Schnickschnack. Selbst ich könnte es vermutlich fahren, wenn ich müsste. Jedes Kind könnte das.«

Zen überdachte die Sache weiter. »Wir müssen die Leiche verpacken. Hast du ein paar Laken oder so was übrig?«

»Haufenweise.«

Gemma hantierte weiter zwischen Herd und Spülbecken herum und kam dann mit einer großen Schüssel zurück, die sie mit einer Miene auf den Tisch stellte, die besagte, dass sie mit ihrer Arbeit zufrieden war. Genau wie ich, nachdem ich Lessi umgebracht habe, dachte Zen. In der Schüssel befand sich ein Haufen Penne rigate mit klein geschnittenen Auberginen, grünen Oliven, Basilikum, Kapern, Anchovis in einer leichten Tomatensauce, die nach Knoblauch und Peperoni roch. Zen merkte plötzlich, wie hungrig er war.

»Wie viel hat er dir denn erzählt?«, fragte er, während Gemma die Penne auf die Teller gab.

»So ziemlich alles, glaub ich. Es schien so, als müsste er es unbedingt loswerden, wohl auch, um damit anzugeben, wie mutig und schlau er war.«

»Aber das war alles?«

»Alles?«

»Ich meine, er hat dich bloß gefesselt. Er hat dich nicht …«

Gemma schüttelte energisch den Kopf. »Nein, nein. Keinerlei Anstalten. Ich glaube, ehrlich gesagt, er interessierte sich nicht für Frauen. So was merkt man meistens, selbst bei einem Verrückten. Nein, er hatte es auf dich abgesehen. Anscheinend hat er es fünfmal versucht, aber du hast partout nicht mitspielen wollen. Deshalb war er allmählich ziemlich frustriert und verzweifelt.«

»Na ja, er hat es noch einmal versucht, aber es hat trotzdem nicht geklappt.«

»Dank mir.«

»Ja, du warst richtig gut. Also, was hat er dir erzählt?«

»Nun ja, das mit der Bombe in Sizilien ist ja wohl klar. Bist du wirklich ein Detektiv? Du scheinst mir gar nicht der Typ dafür.«

»Das ist der Schlüssel zu meinem Erfolg, mehr oder weniger. Was ist mit den anderen Malen, mit den Leuten, die er irrtümlich für mich gehalten hat?«

»Anscheinend ist er mit einem dieser afrikanischen Händler am Strand ins Plaudern geraten und hat ihm ein kleines Vermögen dafür geboten, wenn er ihm für einen Tag seine Klamotten und seinen Ramsch leiht. Der Mann hat natürlich sofort zugegriffen, und als illegaler Einwanderer würde er nicht im Traum daran denken, zur Polizei zu gehen, nachdem er erfahren hat, was passiert ist. Dann hat sich unser Freund mit Schuhcreme schwarz gemacht und ist den Strand entlanggezogen. Das Make-up wär nicht sehr überzeugend gewesen, meinte er, aber schließlich ›guckt sich niemand diese Vucumprà so genau an‹. Als er zu Francos kam, lag auf dem Platz, an dem du sonst gesessen hast, ein Mann mit dem Gesicht nach unten und schlief. Offenbar hatte er dich seit Tagen beobachtet. Also ist er hinübergegangen und hat so getan, als wollte er dem Mann etwas verkaufen, hat ihm mit dieser schallgedämpften Waffe ins Herz geschossen und ihm das Handtuch über den Rücken geworfen, damit man die Verletzung nicht sah. Dann ist er davongetrottet. Niemand habe auch nur das Geringste bemerkt, meinte er.«

Sie schob ihren Teller von sich. »Den Rest erzähl ich dir später. Wir sollten besser los. Plötzlich macht es mich nervös, wenn ich daran denke, dass er da liegt.«

Zen aß eine letzte Gabel voll Pasta, dann sah er auf seine Uhr. »Wann wird es zurzeit hell?«, fragte er.

Gemma zuckte die Achseln. »Gegen fünf? Vielleicht halb sechs.«

»Dann haben wir noch reichlich Zeit. Wir sollten versuchen, gegen vier am Boot zu sein. Aber wenn du unruhig bist, könnten wir schon mal einiges vorbereiten. Das heißt, wenn du die Sache überhaupt noch durchziehen willst.«

Er schwieg bedeutungsvoll. Gemma nickte.

»Okay. Lass mich nur noch eine Zigarette rauchen, dann fangen wir an.«

Er lächelte sie an. »Danke für das Essen. Es war köstlich.«

»Mit der Barbe wäre es noch besser gewesen.«

»Ärger dich nicht. Wir können noch so manchen guten Fisch angeln, wie man so schön sagt.«

Gemma stand auf und begann, den Tisch abzuräumen. »Nicht in unserem Alter«, sagte sie.

Als sie sich an die Arbeit machten, war es draußen bereits dunkel. Zen schloss die Fensterläden im Esszimmer, dann beugte er sich über Lessis Leichnam und begann, ihn zu entkleiden, während Gemma die Laken holte. Für den Fall, dass die Leiche dennoch gefunden wurde, wollte Zen dafür sorgen, dass es nichts gab, woran man sie identifizieren könnte. Er durchsuchte die Kleidungsstücke, fand aber nichts bis auf ein bisschen Geld, welches er einsteckte. Dann sah er sich die Leiche genauer an.

Lessis Neunmillimeterpistole musste mit der gleichen Munition geladen gewesen sein, mit der er auch Massimo Rutelli umgebracht hatte, denn an seinem Schädel waren keine Austrittswunden. Abgesehen von den Platzwunden auf Lessis Kopfhaut waren die einzigen Spuren einer Verletzung ein Rinnsal Blut, das aus dem Mund floss, und die tiefen Schrammen von den Rosendornen. Doch was Zen am meisten aus der Fassung brachte, war, sein Opfer nackt zu sehen. Normalerweise machte ihm der Anblick von Toten nicht allzu viel aus, doch mit Lessis Nacktheit hatte er Probleme. Irgendwie verlieh sie ihm den Status eines hilflosen und verwundbaren Babys. Sofort erwachten seine Beschützerinstinkte gegenüber dem Mann, den er selber umgebracht hatte, und er wollte ihn so schnell wie möglich zudecken.

Gemma brachte die Laken. Dann hoben sie erst mal die auf dem Boden verstreuten Rosen auf. »Die will ich schon seit Jahren loswerden«, sagte sie, während sie zwei Laken eines hellgrünen Baumwollstoffs auf dem Boden ausbreitete. »Ein Hochzeitsgeschenk von einer Tante von Tommaso.«

Sie packte Lessis Fußgelenke, Zen fasste ihn an der

Schulter, und gemeinsam legten sie ihn auf die Laken. Dann schlugen sie den Stoff an beiden Enden um, sodass er Füße und Kopf bedeckte, wickelten die Leiche darin ein und erhielten so eine ordentliche Rolle, die Zen mit der Kordel verschnürte, mit der Gemma gefesselt gewesen war. Währenddessen holte sie einige Müllsäcke, in die sie Lessis Kleidung und Schuhe stopften, die Perücke, den falschen Schnurrbart und außerdem die Rosen. Die Pistole und das Kommunikationsgerät vom Ministerium steckte sich Zen in die Tasche.

»Ist denn um diese Uhrzeit jemand im Jachthafen?«

»Da ist immer wer, um aufzupassen, dass niemand die Boote klaut.«

»Ruf dort an und sag Bescheid …«

Er hielt inne. »Wenn dein Mann nun das Boot gerade benutzt?«

»Bestimmt nicht. Er benutzt es ganz selten, und wenn, dann nur für Fahrten durch die Bucht, um vor seinen Geschäftsfreunden anzugeben. Er wird schon beim geringsten Schaukeln seekrank.«

»Na schön. Ruf also im Jachthafen an und sag Bescheid, dass du ganz früh am Morgen mit einem Bekannten kommst, um mit dem Boot rauszufahren. Sag ihnen, wir wollen nach Korsika und deshalb früh aufbrechen. Ach ja, und bitte sie, Wasser und Treibstoff aufzufüllen.«

Gemma wollte gerade ins Wohnzimmer gehen, da fiel ihm noch etwas ein. »Gibts auf dem Boot einen Anker?«

»Natürlich. Zwei sogar.«

Er gab ihr ein Zeichen, telefonieren zu gehen. Dann ging er im Zimmer auf und ab und dachte über seinen rasch entwickelten Plan nach, konnte aber keinen offenkundigen Fehler entdecken. Allerdings würden sie nur diese eine Chance haben.

»Das ist erledigt«, sagte Gemma, als sie ins Zimmer zurückkam. »Was nun?«

»Nun warten wir so lange, bis hier in der Gegend alles fest schläft. Wann dürfte das sein?«

»Die meisten schlafen vermutlich längst. In Lucca ist nachts nicht viel los, abgesehen von den Kids, die auf der Piazza Napoleone herumhängen. Dieses Viertel hier ist sehr ruhig.«

»Wo hast du dein Auto geparkt?«

»Ein Stück die Straße runter.«

»Kannst du es rückwärts an die Haustür heranfahren?«

»Natürlich.«

Zen stieß einen langen Seufzer aus. »Gut. Wir warten noch ein bisschen, damit wir sicher sein können, dass wirklich alle schlafen gegangen sind. Das Riskanteste an der Sache ist, die Leiche und den anderen Kram ins Auto zu kriegen. Wenn wir erst mal unterwegs sind, kann eigentlich nicht mehr viel passieren. Aber wenn jemand beobachtet, wie wir mitten in der Nacht ein merkwürdiges großes Bündel hier rausschleppen, wird er sich in jedem Fall daran erinnern. Und falls zufällig gerade ein Polizeiwagen vorbeifährt, werden die wissen wollen, was wir da tun.«

In der Küche schenkte sich Gemma noch ein Glas Wein ein und zündete sich eine Zigarette an. »Wenn uns jemand sieht, laden wir gerade einen sehr wertvollen Teppich ein, den ich meiner Schwester zum Geburtstag schenke«, sagte sie.

»Um diese Uhrzeit?«

»Ja. Sie wohnt in Mailand, und wir wollen bis zum Abend zurück sein.«

Zen nickte skeptisch. »Klingt ganz plausibel.«

»Natürlich ist es das.«

»Es sei denn, ich täusche mich, und Lessi hat sich doch abgesichert.«

»Was soll das heißen?«

»Diese ›Freunde bei dem Verein‹, die er angeblich hatte. Er braucht ja bloß einen von ihnen gebeten zu haben, jemanden zu dieser Adresse zu schicken, wenn er nicht bis zu einer bestimmten Uhrzeit eine bestimmte Nummer angerufen hat. Irgend so was in der Art. Aber dagegen können wir nichts tun.«

»Er hatte schon Freunde«, sagte Gemma. »Auf die Tour hat er rausgekriegt, dass du nach Amerika fliegst.«

Zen starrte sie an. »Tatsächlich?«

Sie nickte. »Er hatte außerdem irgendwelche Geräte oder Passwörter oder Zugang zu irgendwelchen Computern. Ich hab die technischen Details nicht verstanden, aber seine Freunde haben ihm gesagt, dass du in die Staaten fliegst, und ihm außerdem das Datum und die Nummer des Fluges genannt, der für dich gebucht war. Anscheinend hat er ihnen erzählt, er wollte dich nur zur Rede stellen, um ein Missverständnis zu bereinigen. In Wirklichkeit sah er es wohl als seine letzte Chance, sich an dir für das zu rächen, was du seinem Partner, oder was auch immer der war, angetan hast. Wenn du erst mal in Amerika gelandet wärst, hätte man dich rasch an einem sicheren Ort verschwinden lassen, bis der Prozess beginnt, und da hätten ihm seine Kontakte nichts genützt. Also hing alles davon ab, dass er dich vorher erwischte.«

»Deshalb hat er denselben Flug gebucht und mich auf dieser einsamen Straße in Reykjavík überfallen. Aber wenn das Flugzeug nun nicht umgeleitet worden wäre? Was hätte er dann gemacht?«

Gemma schüttelte den Kopf. »Nein, du verstehst das

nicht. Er hat sich kein Ticket für den Flug gekauft. Er ist als einer der Stewards gereist.«

Zen lachte. »Das ist doch unmöglich!«

Sie sah ihn ernst an. »Nein, das war es nicht. Und das macht mir am meisten Angst an dieser wahnwitzigen Geschichte, in die ich da hineingeschliddert bin. Es war überhaupt nicht unmöglich. Für Leute wie ihn, und er ist keineswegs der Einzige, ist nichts unmöglich.«

»Aber wie ist er denn durch die Sicherheitskontrolle gekommen? Die müssen doch wissen, wer bei den jeweiligen Flügen mitfliegt. Da kann man doch nicht einfach auftauchen und an Bord gehen.«

»Mit den Passwörtern, die er besaß, konnte er in das Computersystem der Alitalia eindringen und die Namen der Besatzungsmitglieder erfahren, die bei dem Flug, den du gebucht hattest, dabei sein würden. Dann recherchierte er die persönlichen Daten, Adressen und Telefonnummern der männlichen Flugbegleiter, die auf dem Dienstplan standen, stellte fest, dass einer in Rom wohnte, rief ihn an und sagte, ein gemeinsamer Freund hätte gemeint, sie sollten sich unbedingt mal treffen. Sie sind in einen Schwulenclub in irgendeinem Vorort gegangen, dann zurück in die Wohnung des Mannes. Er hat mir nicht erzählt, was danach passiert ist, außer dass er Uniform und Ausweis des Mannes mitgenommen und das Foto auf dem Ausweis durch eins von sich ersetzt hat. Damit ist er in Malpensa durch die Sicherheitskontrolle gekommen.«

»Aber die anderen Besatzungsmitglieder müssen doch gemerkt haben, dass er nicht dieser Sowieso war ... wie auch immer er hieß.«

»Enrico, glaub ich. Ja, aber nachdem er an der Sicherheitskontrolle vorbei war, hat er gar nicht mehr so getan, als sei er Enrico. Nun war er jemand, der im letzten Moment eingesprungen ist, weil Enrico krank war. Er hatte alles Nötige über den Job am Abend vorher im Club von Enrico erfahren. Alle Leute reden gerne über ihre Arbeit. Er war zwar nicht dem Bereich zugeteilt, in dem du gesessen hast, doch nachdem die Deckenbeleuchtung für den Film ausgemacht worden war, ist er dorthin gegangen und hat ein Glas Wasser auf das Tischchen mit deiner Platznummer gestellt. Im Flugzeug trinken die Leute immer reichlich Wasser, hat er gesagt.«

»Nur dass nicht ich es war, und es war nicht nur Wasser.«

»Genau. Du hattest dich woanders hingesetzt, also hat die Person, die deinen Platz übernommen hatte, das Wasser getrunken. Und das enthielt irgendein Hightech-Gift, über das diese Undercover-Einheit verfügt, in der er war. Anscheinend löst es ähnliche Symptome wie ein Herzinfarkt aus. Nun wollte er aber nicht in die USA, wo er früher mal dienstlich zu tun gehabt hatte und möglicherweise von den Agenten erkannt worden wäre, die dich abholen sollten. Also hat er die Hälfte der Toiletten im Flugzeug außer Betrieb gesetzt, indem er sie mit den Kissen und Decken, die nachts verteilt werden, verstopfte, und dann den Chefsteward auf das Problem aufmerksam gemacht. Deshalb musste das Flugzeug umgeleitet werden. Die Idee hatte er angeblich aus irgendeiner Geschichte, die Enrico ihm erzählt hat.«

»Für ein paar Drinks und einmal einen blasen scheint Enrico ja eine Menge hergegeben zu haben.«

Gemma verzog das Gesicht. »Ich fürchte, das Erlebnis hat ihn einiges mehr gekostet. Lessi war ganz offensichtlich ein Psychopath. Er hatte absolut keinen Respekt vor menschlichem Leben. Jedenfalls, nachdem das Flugzeug in Island gelandet war, zog er die Zivilklamotten an, die er mitgebracht hatte, und schmuggelte sich mit einem Pass durch den Zoll, den er angeblich verloren hatte, bevor er den Polizeidienst quittierte.«

»Also war er derjenige, der mich dort nachts auf der Straße überfallen hat?«

»Ja. Er hat behauptet, das sei totaler Zufall gewesen. Die nächsten Flüge nach Europa wären alle ausgebucht gewesen, deshalb konnte er erst spät in der Nacht zurückfliegen. Er ist in die Stadt gefahren, um dort ein bisschen herumzuschlendern, und da hat er dich zufällig gesehen. Er hat gesagt, du warst betrunken.«

»Island hat diese Wirkung auf einen.«

»Es macht einen betrunken?«

»Es weckt in einem das Bedürfnis, sich zu betrinken.«

»Ich verstehe. Jedenfalls hat das ja auch nicht geklappt, also ist er hierher zurückgeflogen in der Annahme, du wärst sicher und für ihn unerreichbar in Amerika. Dann hat sich eine seiner Kontaktpersonen bei ihm gemeldet und ihm erzählt, deine Reise sei abgesagt worden und du kämst nach Italien zurück. Deine Adresse in Rom kannte er natürlich, und da hat er dir dort einen Besuch abgestattet.«

Sie ging zum Fenster und schloss es. »So, nun ist es wohl an der Zeit, dass du mir alles über dich erzählst, Dottor Zen.«

»Alles?«

»Alles. Ich meine, das hätte ich verdient, findest du nicht? Angesichts der Situation.«

»Ja, natürlich. Ich weiß bloß nicht, wo ich anfangen soll.«

»Wie wärs mit dem Anfang? Wie heißt du überhaupt mit Vornamen?«

»Aurelio.«

Sie drehte sich um und strahlte ihn an. »Was für ein schöner Name! Mach weiter.«

»Ja. Okay. Also …«

Das war ein ziemlich schwieriges Unterfangen. Er hasste es, über sich selbst zu reden. Zunächst hatte er vor, Gemma eine stark überarbeitete Version der Wahrheit zu präsentieren, doch zu seinem eigenen Erstaunen stellte er fest, dass er ihr alles erzählte, ganz so, wie sie es verlangt hatte.

Am Ende brauchte sie noch nicht mal mehr nachzuhaken, obwohl sie ihm zu Anfang ganz schön zugesetzt hatte. Doch irgendwann kam ein Punkt, an dem sie aufstand, um eine große Kanne Kaffee zu kochen, wobei sie ihm den Rücken zuwandte und den üblichen Lärm machte. Trotzdem redete er weiter. Er konnte einfach nicht mehr aufhören!

Aber irgendwann tat er es doch. »Jetzt bist du dran«, forderte er Gemma auf, die ihm gegenüber am Tisch saß und an einem Becher mit starkem Espresso nippte.

»Nein, nein. Das musst du Stück für Stück herausfinden.«

»Aber ich hab *dir* doch alles erzählt!«, protestierte er.

»Das musstest du auch.«

»Musste ich nicht.«

»Musstest du doch. Sonst hätte ich die Polizei gerufen und denen alles erzählt.«

Er lachte. »Dazu ist es ein bisschen spät.«

»Ist es nicht. Selbst morgen wäre es noch nicht zu spät. Oder übermorgen. Du hast Lessis Waffe. Du hast ihn ermordet und dann gedroht, mit mir das Gleiche zu machen, wenn ich dir nicht helfe, die Leiche zu beseitigen. Ich denke, das würden sie mir glauben. Besonders wenn einige von Lessis Freunden so rachsüchtig sind, wie du meinst.«

Zen war fassungslos und schockiert, benommen vom Wein und aufgerüttelt vom Kaffee. »Das willst du denen erzählen?«, fragte er.

Gemma lachte. »Natürlich nicht, du Dummkopf. Ich versuche nur, die Machtverhältnisse hier klarzustellen. Du musst tun, was ich sage, aber ich brauche nicht zu tun, was du sagst.«

Zen dachte einen Augenblick darüber nach, dann lächelte er sie an. »Ich tue alles, was du sagst, mit dem größten Vergnügen.«

Gemma stand auf, kam um den Tisch herum und gab ihm einen flüchtigen Kuss auf die Stirn. »Na schön. Dann lass uns jetzt fahren.«

Gemma ging den Wagen holen und nahm die beiden Müllsäcke und zwei alte Mäntel mit. In der Zwischenzeit zog Zen die verschnürte Leiche von Roberto Lessi aus dem Esszimmer und durch die Diele. Er öffnete die Wohnungstür und sah hinaus. Das Licht im Treppenhaus hatte sich automatisch ausgeschaltet, im ganzen Gebäude war es still. Dann hörte er ein klapperndes Geräusch auf den Stufen. Gemma kam zurück. »Alles bereit«, sagte sie.

Sie hoben das schwere Bündel und trugen es auf den Treppenabsatz und dann die Treppe hinunter. Die Wohnungstür ließen sie auf, um ein bisschen Licht zu haben. Der Wagen parkte mit offener Heckklappe direkt vor der Haustür. Sie schoben die Leiche hinein, gleich neben die Müllsäcke, und legten die Mäntel darüber. Dann lief Gemma noch einmal die Treppe hinauf und schloss ihre Wohnung ab, während Zen bereits ins Auto stieg und sich auf den Beifahrersitz setzte.

Nachdem sie eine Weile durch die Gassen von Lucca gekurvt waren, die um diese späte Stunde wie ausgestorben waren, gelangten sie zu einem der Tore in der massiven Stadtmauer und bogen auf die breite Umgehungsstraße, die um die Stadt führte. Fünf Minuten später hatten sie sozusagen Italien verlassen und waren auf der Autobahn.

Vor vielen Jahren, als er sich endgültig damit abgefunden hatte, dass sein Vater nie mehr zurückkehren würde, hatte Zen manchmal versucht, Schlaf zu finden, indem er sich vorstellte, sein Bett stünde in einer Kabine eines dieser internationalen Schlafwagen, die sein Vater ihm mal auf dem Rangierbahnhof neben dem Bahnhof Santa Lucia gezeigt hatte, alles aus dunklem Holz mit Samtvorhängen und Messinglampen und einer Klingel, die man läuten konnte, wenn man etwas brauchte. Der Zug fuhr dann durch eine Landschaft voller Gefahren – Schlachten, Überschwemmungen, brennende Städte –, aber drinnen war alles ruhig. Die grauenhaften Szenen, die man durch das Fenster sehen konnte, wenn man mutig genug war, das Rouleau einen Spaltbreit hochzuziehen, machten einem erst recht deutlich, wie sicher man aufgehoben war. Währenddessen ratterten die Räder immer weiter über die Fugen in den Schienen, rattatata rattatata ...

Obwohl Zen selten Auto fuhr, wenn er es irgendwie vermeiden konnte, übte der neutrale Bereich der Rete autostradale stets eine ähnlich beruhigende Wirkung auf ihn aus. Für den bescheidenen Betrag der Benutzungsgebühr wurde man in einen privaten Klub aufgenommen, der sich kreuz und quer über das Land erstreckte, einen Klub, der die typisch aristokratische Verachtung für regionale Traditionen und topografische Eigentümlichkeiten bekundete und so ungefähr die einzige Einrichtung im Land war, die garantiert das ganze Jahr lang jeden Tag vierundzwanzig Stunden geöffnet war. Ob man sich nun gerade kurz vor Turin befand oder zweitausend Meter hoch in den Abruzzen, immer galten die gleichen Regeln und standen die gleichen Servicestationen zur Verfügung. Die reale Welt endete an der Mautschranke, die Grenze eindeutig durch einen Maschendrahtzaun markiert. Aus diesem abgegrenzten Bereich betrachtet, wirkte die Umgebung bestenfalls pittoresk, schlimmstenfalls langweilig. In jenem Bauernhof dort drüben, dessen schwache Außenlampe so gerade noch durch den sturmgepeitschten Windschutz erkennbar war, könnte der Vater gerade seine Frau verprügeln oder seine Töchter missbrauchen, während im Keller zwei Leichen lagen und eine verrückte Tante angekettet auf dem Speicher hockte. Es spielte keine Rolle, das war eine andere Welt. Und schon bald würde eine weitere Servicestation kommen, die durchgehend geöffnet war, wo man einen warmen Snack und etwas Kaltes zu trinken bekommen, eine Zeitung oder eine CD kaufen, einen Anruf tätigen oder sich die neuesten Nachrichten im Fernsehen angucken könnte.

Gemma fuhr vorsichtig und blieb deutlich unterhalb der zulässigen Höchstgeschwindigkeit, während sie durch diverse Tunnel und über lange Viadukte auf der A11 durch die südlichen Ausläufer der Apuanischen Alpen fuhren, dann die lange, kurvenreiche Strecke zur Küstenebene hinunter und in Viareggio auf die Hauptautobahn wechselten, die den Norden und den Süden verband. Hier herrschte mehr Verkehr. Es waren hauptsächlich ausländische Lastwagenfahrer unterwegs, die bereits einen Teil ihrer weiten Strecke zurücklegen wollten, bevor die Touristen später am Morgen anfingen, die Straße zu verstopfen. Mühelos glitten sie an den großen Sattelschleppern vorbei, während die grünen Kilometerangaben anzeigten, wie schnell sie vorankamen. Ein Halbmond lugte keck über der Gebirgskette im Osten hervor.

»Irgendwer muss davon gewusst haben«, unterbrach Zen schließlich ihr langes Schweigen.

»Was gewusst haben?«

»Oder es zumindest vermutet haben«, fuhr Zen fort und spann den Gedanken weiter aus, der ihm gerade gekommen war. »Und das war nicht Brugnoli. Er glaubt zwar, er ist einer der Hauptakteure, aber das ist er nicht. Ganz im Gegenteil, die benutzen ihn bloß.«

Gemma wandte den Blick kurz von der Straße ab, um ihn anzusehen. »Wenn du einen Moment Zeit hast, würdest du mir dann bitte erklären, wovon um alles in der Welt du sprichst?«

Zen blieb etwa eine weitere Minute schweigsam, dann beugte er sich vor, um sich eine Zigarette zu nehmen. »Von meinem neuen Job«, sagte er, zündete die Zigarette an und kurbelte das Fenster ein wenig herunter.

»Was ist damit?«

»Ich konnte nicht verstehen, warum sie dieses ganze Theater veranstalteten, angeblich eine neue Abteilung einrichten wollten und mich zum ›Gründungsmitglied‹ machten. Die hätten mich doch ohne Weiteres dazu bringen können, vorzeitig in Pension zu gehen, wenn sie das gewollt hätten, sie hätten sogar ein fingiertes Attest von irgendeinem Arzt vorlegen können, das mich für dienstuntauglich erklärt. Aber das wollten sie nicht, weil irgendwer den Verdacht hatte, genau wie Lessi, dass ich mehr wusste, als ich zugab. Und wenn ich erst einmal den Dienst quittiert haben würde, hätten sie keinerlei Macht mehr über mich. Ich könnte meine Geschichte an die Presse verkaufen oder sogar ein Buch darüber schreiben.«

Er lachte. »So wie die Dinge liegen, werden die mich niemals in Pension gehen lassen! Zumindest nicht, bis das ganze Ensemble ausgewechselt ist und es niemanden mehr interessiert.«

»Was interessiert?«

Zen rauchte seine Zigarette zu Ende und schnipste den Stummel in den Fahrtwind, dann schloss er das Fenster. »Dieser Bombenanschlag in Sizilien, bei dem ich fast ums Leben gekommen bin. Bis heute Abend hab ich geglaubt, die Mafia sei dafür verantwortlich gewesen. Ganz ehrlich. Ich konnte mich allerdings auch kaum erinnern, wie es dazu gekommen ist. Einer der Ärzte hat mir gesagt, bei so einem Vorfall sei ein Gedächtnisschwund über das, was vorher war, ziemlich normal. Anscheinend haben Überlebende von schweren Autounfällen meist keine Ahnung, wie es passiert ist. Vorsicht, der Lkw da vorn.«

»Überlass das Fahren bitte mir.«

»Entschuldigung. Jedenfalls hab ich die offizielle Erklärung über die Bombe akzeptiert. Und das taten auch alle anderen, soweit ich wusste. Doch nun wissen wir, dass es zumindest eine Ausnahme gab.«

»Unseren Freund dahinten.«

Zen nickte. »Aber noch jemand anderes muss es gewusst haben. Jemand weiter oben in der Hierarchie, der genug Einfluss hat, um dafür zu sorgen, dass ich auf einen Posten versetzt werde, an dem ich kein Unheil anrichten kann, aber trotzdem noch unter Kontrolle bin.«

Eine Weile fuhren sie schweigend weiter.

»In dem Fall könnte diese Person auch wissen, dass Lessi dich umbringen wollte.«

Zen schüttelte entschieden den Kopf. »Nein, nein. Die Person, die ich meine, operiert auf einer ganz anderen Ebene. Es ist vermutlich ein ziemlich hohes Tier bei den Carabinieri oder im Verteidigungsministerium. Sein einziges Ziel ist es, den Ruf seiner Truppe zu schützen. Lessi haben sie abgeschoben, weil sie wussten, er würde nicht reden. Bei mir waren sie sich da nicht so sicher.«

»Dann meinst du, sie werden nicht neugierig, wenn Lessi auf mysteriöse Weise verschwindet?«

»Ich denke, es wird eher eine Erleichterung für sie sein, ganz ehrlich. Wie dem auch sei, Lessis kleiner Mordplan war ganz klar eine persönliche Angelegenheit. Er wollte sich rächen, sowohl für das, was ihm beruflich passiert ist, als auch für das, was mit Alfredo Ferraro geschehen ist, der möglicherweise mehr als sein beruflicher Partner war. Nein, er hat seine private Vendetta für sich behalten, da bin ich mir ganz sicher.«

In Wirklichkeit war Zen weitaus weniger zuversichtlich, als er sich anhörte.

In Magra, kurz vor der Abfahrt nach La Spezia, machten sie eine Kaffeepause. Während Gemma Salami, Käse und Brötchen als Proviant für den restlichen Morgen besorgte, nahm Zen die Müllsäcke mit Lessis Habseligkeiten aus dem Wagen und trug sie hinter die Servicestation. Er öffnete einen der großen Container dort und warf die Säcke hinein. An der Wand lehnte eine kaputte Palette. Er riss eine der Seitenleisten ab, drückte die Säcke damit nach unten und schob dann einen Haufen stinkenden Mülls darüber.

Gemma kehrte mit einer Plastiktüte voll Proviant zum Auto zurück. Sie schien ganz durcheinander. »Du wirst es nicht glauben, aber ich habe gerade einen alten Bekannten getroffen!«, sprudelte es nur so aus ihr heraus, während sie den Wagen wendete und zurück zur Autobahn fuhr.

»Wen denn?«

»Ach, einen ehemaligen Freund. Er kam auf mich zu, als ich an der Kasse wartete. Wollte mit mir plaudern.«

»Was hast du gesagt?«

»Ich hab ihm die Geschichte erzählt, die wir abgesprochen hatten, dass ich zu meiner Schwester fahre. Mir ist auf die Schnelle nichts Besseres eingefallen.«

Zu seiner Verblüffung stellte Zen fest, dass er eher eifersüchtig als besorgt war. »Wie alt?«

»Was?«

»Der Freund.«

»Ach, um Himmels willen! Aber jetzt weiß er es.«

»Was weiß er?«

»Dass ich hier war, mitten in der Nacht.«

»Auf dem Weg zu deiner Schwester.«

»Aber das bin ich doch gar nicht.«

Zen tätschelte ihr mehr beruhigend als leidenschaftlich das Knie. »Keine Angst. Das spielt keine Rolle. Dein Exfreund spielt absolut keine Rolle. Und dein Mann auch nicht, der früher oder später erfahren wird, dass wir sein Boot benutzt haben. Keiner von ihnen kann uns schaden, solange wir unsere Sinne beisammenhaben und den Mund halten. Die Einzigen, die uns verraten können, sind wir selber. Alles andere sind nur Gerüchte.«

Hinter La Spezia gerieten sie auf einer kleineren Strada statale hoch über einem schimmernden See zu ihrer Linken hinter einer scharfen Kurve in eine Straßensperre. Ein blauer Carabinieri-Jeep parkte am Straßenrand, und ein uniformierter Beamter stand auf dem Mittelstreifen und winkte mit einer reflektierenden roten Kelle.

Zen fluchte laut. Gemma bremste und hielt an. Der

Beamte näherte sich dem Fenster auf der Fahrerseite, während sein Kollege aus dem Wagen zusah und dabei rasch in ein Funkgerät sprach.

»Ihre Papiere, bitte.«

Zen reichte seinen Personalausweis hinüber, Gemma ihren Führerschein. Der Beamte trat zurück und überprüfte beides im Schein seiner Taschenlampe.

»Wo wollen Sie hin?«, fragte er.

»Nach Portunciulla«, antwortete Gemma.

»Warum so spät?«

»Wir haben dort ein Boot im Jachthafen. Wir fahren für ein paar Tage nach Korsika und wollen früh aufbrechen.«

Der Beamte leuchtete mit der Taschenlampe in das Innere des Wagens. »Was haben Sie dahinten?«

»Bloß Sachen, die wir für die Bootsfahrt brauchen«, sagte Gemma.

»Machen Sie hinten auf.«

Gemma warf Zen einen panischen Blick zu, während sie an einem Hebel unter dem Armaturenbrett zog. Zen stieg aus und ging auf der anderen Seite des Wagens nach hinten, wo der Carabiniere gerade die Heckklappe öffnete und mit der Taschenlampe ins Auto leuchtete. Er schob die Mäntel beiseite, die Roberto Lessis verschnürte Leiche bedeckten.

»Was ist das?«, wollte er wissen.

»Spiere«, antwortete Zen. »Und ein neues Besansegel. Was soll das alles, wenn Sie mir die Frage erlauben?«

Der Beamte musterte misstrauisch Zens Leinenanzug, dann knallte er die Heckklappe zu. »Banküberfall in La Spezia. Wir kontrollieren alle Ausfahrtstraßen. Was ist ein Besansegel?«

Zen lächelte, als ob er sich darüber freute, dass man

ihn das gefragt hatte. »Das ist ein kleines dreieckiges Segel, das man bei einer Ketsch achtern setzt. Fast das Gleiche wie ein Klüver, bloß dass es an einem Mast befestigt wird. Es dient hauptsächlich dazu, die Stabilität zu vergrößern, wenn man dicht am Wind segelt, besonders wenn ...«

Der Beamte gab ihm die Papiere zurück. »Schon gut, schon gut«, sagte er matt. »Sie können weiterfahren.«

Als ob sie es abgesprochen hätten, hüllten sich beide in absolutes Schweigen, bis sie die nächste Haarnadelkurve genommen hatten. Dann stieß Gemma einen langen, beinah tonlosen Schrei aus.

»Ich weiß nicht, wie viel ich noch ertragen kann.«

»Jede Menge. Du bist stark wie ein Ochse. Außerdem bestand keine wirkliche Gefahr. Den beiden Jungs wars bloß langweilig. Vermutlich waren wir seit einer Stunde das erste Fahrzeug, das hier vorbeikam. Ich hab selbst schon bei Straßensperren mitgemacht, vor vielen Jahren. Das ist eine Aufgabe, die gewaltig an den Nerven zerrt. Entweder ist das Auto, das du anhältst, nicht das, wonach du suchst, dann ist das Ganze eine reine Zeitverschwendung, oder es ist es. In dem Fall kannst du fast damit rechnen, überfahren oder erschossen zu werden.«

»Woher kennst du diese ganzen nautischen Begriffe, mit denen du ihn verblüfft hast?«

»Du weißt doch, ich komme aus Venedig. Das steckt uns im Blut. Das saugen wir mit der Muttermilch ein.«

Zwanzig Minuten später hatten sie die Ortschaft Portunciulla erreicht. Nach dem zu urteilen, was Zen vom Auto aus erkennen konnte, war dies einst ein kleiner Fischerhafen gewesen, wurde aber jetzt von Ferienwohnungen, Wochenendhäusern und der Hobbyschifffahrt beherrscht. Der Jachthafen befand sich am nördlichen Ende des ursprünglichen Hafens, mehrere Becken, die von hellen Flutlichtlampen beleuchtet wurden und durch einen künstlichen Wellenbrecher geschützt waren. Gemma hielt am Tor an und nannte einem gammeligen Jugendlichen mit dümmlichem Gesichtsausdruck ihren Namen. Der Junge nickte ganz langsam und vage, als erinnerte er sich an ein Ereignis aus einem früheren Leben. Dann ging er wieder in die Betonkabine, aus der er gekommen war, und kehrte mit einem Schlüsselbund zurück.

»Sie brauchen sicher Hilfe mit Ihrem Kram«, sagte er und zeigte hinten auf den Wagen.

»Nein danke, wir schaffen das schon«, antwortete Gemma kurz angebunden und schob ihm einen Schein in die Hand. »Hast du das Boot aufgetankt?«

»Alles erledigt«, antwortete der Junge teilnahmslos.

Gemma fuhr über den Parkplatz auf eines der Becken zu, dann wendete sie und parkte so, dass der Wagen im Dunkeln stand. Sie stiegen beide aus. Der Junge stand in der Tür seiner Kabine und beobachtete sie.

»Du bleibst hier und passt auf das Gepäck auf«, sagte Gemma zu Zen. »Ich nehm die Lebensmittel mit und schließ das Boot auf, dann komme ich mit einem Karren zurück für unseren Freund im Kofferraum.«

Im Dunkeln strebte sie auf das Becken zu. Zen zündete sich eine Zigarette an und beobachtete, wie Gemma über den Pier ging und auf eine der Motorjachten kletterte, die dort festgemacht waren. Was für ein Glücksfall, dachte er. Was für ein unglaublicher Glücksfall. Wer hätte das gedacht?

»Sehen Sie nur den Mond!«, sagte eine Stimme hinter ihm. »Quant'è bella!«

Er drehte sich um und sah den gammeligen Jungen,

der ihn mit verzücktem Ausdruck anstarrte. Zen antwortete nicht.

»Er ist immer schön«, fuhr der Junge ganz ernsthaft fort, »aber wir können ihn nicht immer sehen.«

»Nein.«

»Und selbst wenn wir ihn sehen können, tun wir es die Hälfte der Zeit nicht.«

»Wie wahr.«

Der Junge trat vor ihn und packte ihn fest am rechten Arm. »Stellen Sie sich mal vor, der Mond wäre nur alle fünfzig Jahre zu sehen, so wie eine Sonnenfinsternis. Dann würden die Leute überall auf der Welt die ganze Nacht aufbleiben, um ihn zu betrachten, und sie würden tanzen und singen und vor Freude weinen!«

»Wahrscheinlich.«

Der verzückte Ausdruck im Gesicht des Jungen verschwand wie ein Kondensfleck von einer Glasscheibe. »Aber er ist immer da«, fuhr er mit einer Stimme fort, aus der jegliche Emotion gewichen war. »Er starrt uns ins Gesicht, deshalb nehmen wir ihn als selbstverständlich hin.«

Zen warf seinen Zigarettenstummel weg. »Ein interessanter Gedanke«, sagte er.

Der Junge starrte nun durch die Heckscheibe in den Wagen. Die eingehüllte Leiche schien im Mondlicht zu leuchten. »Es ist direkt vor uns, deshalb können wir es nicht sehen«, flüsterte er in dem gleichen teilnahmslosen Tonfall.

»Mhm.«

Er drehte sich zu Zen um und starrte ihn durchdringend an. »Vielleicht können wir deshalb auch Gott nicht sehen.«

Zen hörte ein rumpelndes Geräusch. Gemma schob

einen kleinen Handkarren am Hafenbecken entlang. Er zählte ein paar Geldscheine ab und gab sie dem Jungen. »Mir ist gerade eingefallen, dass wir keine Streichhölzer mitgenommen haben. So ein blödes Versehen kann einem den ganzen Urlaub verderben. Meinst du, du findest irgendwo welche? Oder ein Feuerzeug. Das Wechselgeld kannst du behalten.«

Der Junge nickte trübselig, und während er zu seiner Kabine zurücktrottete, tauchte Gemma aus dem Dunkeln auf.

»Ich hab vergessen, dir von Piero zu erzählen«, sagte sie. »Er ist ein bisschen seltsam.«

»Ihm hat der Mond das Hirn vernebelt, und außerdem wird er jeden Moment zurückkommen. Lass uns die Leiche auf den Karren packen, dann bring ich sie ins Boot, während du dich um den Jungen kümmerst. Erzähl ihm, du wärst Astarte. Dann tut er alles, was du sagst.«

Er öffnete die Heckklappe und zog Lessis Leiche halb aus dem Auto, dann hob er sie auf den Trolley. Piero war bereits auf dem Rückweg. Zen packte den Karren an den Griffen und machte sich auf den Weg hinunter zum Becken. Unglücklicherweise war der Wagen, obwohl er durchaus schwere Lasten tragen konnte, nicht dafür geschaffen, etwas Langes und Instabiles zu befördern. Mitten auf dem abschüssigen Stück traf eines der Räder auf einen Stein, die Leiche rutschte auf eine Seite, und das ganze Ding kippte um.

Noch bevor Zen reagieren konnte, war der Junge bereits bei ihm und begann, Lessi an den Füßen hochzuheben. »Richten Sie den Karren auf«, sagte er. »Ich helfe Ihnen, das wieder raufzuheben.«

»Schon gut, wir schaffen das auch allein.«

»Nein, nein! Ist doch kein Problem.«

Zen stellte den Trolley wieder auf die Räder, dann hob er Lessi am Kopf hoch. Gemeinsam legten sie das Bündel zurück auf den Wagen.

»Puh, das ist aber schwer«, sagte Piero.

Zen nickte geistesabwesend.

»Was ist denn da drin?«, fragte der Junge.

»Eine Leiche. Mein verstorbener Schwager. Wir fahren mit ihm aufs Meer hinaus und werfen ihn dann über Bord. Erspart einem ein Vermögen an Bestattungskosten.«

Piero sah Zen sichtlich empört an. »Sie halten mich wohl für verrückt, was?«

»Nein, ich halte dich für hochintelligent, aber wen kümmert schon meine Meinung?«

Plötzlich tauchte Gemma zwischen ihnen auf, legte dem Jungen einen Arm um die Schulter und zog ihn von Zen weg. »Entschuldige, Piero«, hörte Zen sie sagen. »Wir haben beide einen langen, harten Tag hinter uns, mit den ganzen Reisevorbereitungen und so, und wir haben nicht geschlafen. Es war sehr nett von dir, dass du das Boot in Ordnung gebracht und uns die Schlüssel gegeben hast, und ich werde dem Management sagen, was für gute Arbeit du geleistet hast, wenn ich …«

Während sie Piero zurück zu seiner Kabine führte, fasste Zen die Griffe des Karrens, schob ihn das letzte Stück des Abhangs hinunter und dann auf das Becken zu, wo Gemma zu ihm stieß.

»Bist du wahnsinnig?«, zischte sie ihn an.

»Das sind wir vermutlich beide. Bloß du kannst besser damit umgehen.«

»Wenn er irgendwem erzählt, was du gesagt hast, dann droht uns beiden eine lebenslängliche Gefängnisstrafe.«

»Tut mir leid, ich bin einfach ausgerastet. Aber mach

dir keine Sorgen, niemand wird ernst nehmen, was Piero erzählt.«

»Hoffentlich nicht.«

»Natürlich nicht.«

Wieder war Zen weitaus weniger zuversichtlich, als er sich anhörte.

Gemma antwortete nicht, und für kurze Zeit glaubte Zen, dass sie wütend auf ihn war oder verständlicherweise entsetzt über das Ausmaß dessen, in das sie sich da hineinmanövriert hatte. Doch als sie erneut mit ihm sprach, klang ihre Stimme ruhig und entspannt. »Die da«, sagte sie und deutet mit dem Kopf auf eine riesige Motorjacht aus Teak mit glänzenden Chrom- und Messingarmaturen. Zen schob den Karren am Becken entlang und blieb vor einer kurzen Metallleiter stehen, die auf das Achterdeck führte.

»Fertig?«

Gemma nickte. Gemeinsam hievten sie die immer steifer werdende Leiche von Roberto Lessi von dem Gepäckwagen, um sie die Leiter hinaufzuzerren. Während Gemma an Bord ging, hob Zen die Leiche senkrecht hoch und drückte sie an den Füßen nach oben, damit Gemma sie über die Reling ziehen konnte. Sie hatten es gerade geschafft, den Schwerpunkt an Bord zu hieven, als ein plätscherndes Geräusch ihre Aufmerksamkeit auf die Jacht lenkte, die auf dem Ankerplatz neben ihnen lag. Dort stand ein Mann, nur mit einer Seemannskappe, einem blauen Blazer mit Messingknöpfen und dem Unterteil eines Bikinis bekleidet, und urinierte über das Heck.

»Was habt ihr denn da?«, fragte er mit lallender Stimme.

»Frisch geschlachtetes Fleisch«, antwortete Zen.

Er hörte, wie Gemma keuchend einatmete, und blickte

kurz zu ihr hinauf, während er auf die oberste Sprosse kletterte und die Rolle über die Reling stieß. Dann wandte er sich mit einem breiten Grinsen wieder ihrem Nachbarn zu.

»Ein ganzes Porchetta. Freunde von uns geben eine Party in ihrer Villa weiter oben an der Küste, und das ist unser Mitbringsel. Vor zwei Tagen geschlachtet und dann von einem echten Könner in den Bergen langsam über einem Holzfeuer geröstet.«

Der Mann zog die Bikinihose zurecht und sog laut-stark die Luft ein. »Mhm! Ich kann die Füllung von hier aus riechen. Ich wünschte, ich hätte solche Freunde. Meine sind alle hinüber, einer hat sogar auf dem Klo den Geist aufgegeben. Deshalb dieser öffentliche Auftritt. Möchtet ihr was trinken?«

»Nein danke, Arnaldo«, antwortete Gemma. »Wir wollen früh los.«

»Wie ihr meint.«

Er zeigte mit einem mahnenden Finger auf Zen. »Sie läuft bei niedriger Drehzahl manchmal ein bisschen aus dem Ruder. Dadurch kann es Probleme beim Rein- und Rauskommen geben. Geh dann auf volle Pulle und gib ihr alles, was du hast. Nur ein guter Rat. Buon viaggio.«

Er torkelte die Kajüttreppe hinunter und verschwand.

Zen kletterte an Bord und betrachtete Lessis Leiche, die so auf dem Deck lag, wie sie gerade hingefallen war.

»Lass uns das nach drinnen bringen«, sagte er.

Gemma öffnete die Tür zum Salon. Sie trugen die Leiche hinein und legten sie auf eine Sitzbank. Zen packte Lessis Pistole in eine Besteckschublade in der Kombüse, dann kehrten sie aufs Achterdeck zurück.

»Okay«, sagte Zen. »Es wird Zeit. Sag mir, wann ich losmachen soll.«

Gemma betrachtet ihn verdutzt. »Ich? Ich hab dir doch erklärt, dass ich nicht weiß, wie man dieses Ding bedient. Tommaso hat das immer gemacht, wenn ers überhaupt benutzt hat. Er hätte mich niemals an seine Knöpfchen und Hebelchen rangelassen.«

Zen lächelte verdrossen. »Na wunderbar«, sagte er.

Gemma beugte sich zu ihm hinüber und küsste ihn auf die Wange. »Macht nichts! Du schaffst das schon. Du bist doch aus Venedig, oder? Das steckt euch doch im Blut. Das hast du mit der Muttermilch eingesogen.«

Zen starrte sie wütend an. »Gib mir die Schlüssel und mach die Leinen los.«

Letztlich ließ sich das Boot ganz einfach bedienen. Sämtliche Schalter und Hebel im Cockpit, das sich über dem Achterdeck befand, waren mit großen Metallschildern gekennzeichnet, die eindeutig für die Sorte Leute gedacht waren, die sich solche schwimmenden Häuser kauften. Zen schaltete die Positionslichter an. Dann startete er den Motor, der sofort ansprang und leise und beruhigend anfing zu brummen. Gemma warf die Leinen an Bord, dann kletterte sie die Leiter hinauf und zog sie hinter sich ins Boot. Nachdem sie weit genug vom Rand entfernt waren, fuhr Zen mit genügender Kraft rückwärts und steuerte nach Backbord, um den Bug drehen zu können, dann legte er den Vorwärtsgang ein und gab ganz wenig Gas. Langsam glitten sie an den Doppelreihen vertäuter Boote vorbei. Als sie die Fahrrinne erreichten, brachte er die Jacht auf Kurs und gab etwas mehr Gas. Ihm fiel nicht auf, dass das Boot nach irgendeiner Seite aus dem Ruder lief. Oder hatte Arnaldo etwas anderes damit gemeint?

Zen steuerte an dem Wellenbrecher vorbei aufs offene Meer hinaus. Plötzlich herrschte gespenstische Dunkelheit.

»Wo fahren wir hin?«, fragte Gemma, die zu ihm ins Cockpit kam und sich eine Zigarette anzündete.

»Irgendwohin, wo das Wasser tief ist. Es gibt wohl nicht so was wie eine Karte hier an Bord?«

Gemma schnipste energisch mit den Fingern. »Ah! Darüber weiß ich Bescheid. Das hat sich Tommaso, ein paar Monate bevor wir uns getrennt haben, gekauft. Es könnte sogar sein, dass das einer der Gründe für unsere Trennung war. Du weißt schon, eine von diesen kleinen Spinnereien, die einem plötzlich klarmachen, was man eigentlich schon die ganze Zeit gewusst hat, dass man nämlich mit einem vollkommenen Idioten zusammenlebt.«

»Die Karte, Cara. Über dein Liebesleben kannst du mir später erzählen.«

Gemma drückte eine Taste an einem Monitor, der links von Zen stand. Erst flackerte er, dann begann er dezent zu leuchten.

»Mio caro Sposo war ein absolutes Spielkind. Er hat mir diese Trickkiste hier nicht einmal, sondern mindestens ein Dutzend Mal erklärt. Er kapierte einfach nicht, dass ich das nicht so aufregend fand wie er.«

»Ich interessiere mich nicht für Videospiele! Ich will eine Karte von dem Gebiet, in dem wir uns befinden, bevor wir auf ein Riff auflaufen und am Ende genauso tot sind wie unser blinder Passagier.«

»Das ist eine Karte. Ich meine, hier sind alle Karten drin. Es gibt ein Menü, doch die Karte, die du brauchst, ist voreingestellt und schon auf dem Bildschirm zu sehen. Du bewegst den Hebel hier, dann drückst du da, und schon erscheint ein großer Punkt. Der zeigt an, wo wir sind. Dann gehst du mit dem Cursor an die Stelle, wo du hinwillst, zum Beispiel so, und klickst wieder. Die gepunktete Linie zeigt dir den Kurs, den du gewählt hast.«

»Der geht über die Spitze der Halbinsel.«

»Dann such dir einen anderen aus. Danach drückst du hier, wo steht ›Kurs einstellen‹, und dann hier auf ›Autopilot anschalten‹. Nun brauchst du nur noch zu entscheiden, wie schnell du fahren willst, und die anderen Boote im Auge zu behalten. Möchtest du einen Kaffee?«

»Sehr gerne. Mit einem Schuss Grappa, wenn welcher da ist.«

»Natürlich gibts hier Grappa. Tommaso war zwar ein mieser Kerl, aber geizig war er nicht. Hier gibts alles. Mikrowelle, Whirlpool, Satellitenfernsehen, Sound Surround Stereo, DVD-Player, mehrere Computer mit Internetanschluss und natürlich eine gut bestückte Bar.«

Sie wandte sich zum Gehen. Zen hielt sie zurück, indem er sie mit einem Finger direkt über ihrer linken Brust antippte. »Wird er denn nicht sauer sein, wenn er das rauskriegt?«, fragte er.

»Was rauskriegt?«

»Dass wir uns sein Boot genommen haben, ohne ihn um Erlaubnis zu fragen.«

Gemma lächelte strahlend und küsste ihn flüchtig auf den Mund. »Das will ich aber schwer hoffen«, sagte sie.

Zen drosselte den Motor so weit, dass das Boot gerade noch Kurs hielt, und studierte den Bildschirm genauer. Er zeigte eine detaillierte Seekarte des Golfs von La Spezia, der große Punkt kennzeichnete ihre derzeitige Position nahe der Küste bei Portunciulla. Er bewegte den Hebel, bis der Pfeil über der südwestlichen Ausfahrt vom Golf lag, dann drückte er die Taste, die Gemma ihm gezeigt hatte. Wieder erschien eine gepunktete Linie. Er betrachtete sie gründlich. Es wurden keinerlei Felsen oder sonstigen Hindernisse angezeigt. Er drückte zwei weitere Tasten. Die gepunktete Linie wurde durchgehend, das Boot drehte sich langsam nach Steuerbord und hielt dann den neuen Kurs. »SSW 15.8« zeigte das Display auf dem Bildschirm an. Zen schaute auf den Kompass. Das war tatsächlich ihr Kurs. Er gab mehr Gas, bis die kleinen Wellen kräftig um den Bug plätscherten, dann lehnte er sich zurück und zündete sich eine Zigarette an.

Gemma brachte Zen den gewünschten Caffè corretto und setzte sich auf den zweiten mit Leder bezogenen Stuhl im Cockpit. »Möchtest du nichts?«, fragte er.

Sie schüttelte den Kopf. »Ich glaub, ich werd ein bisschen schlafen, wenn du nichts dagegen hast. Ich bin ziemlich kaputt.«

Bisher war vom Tagesanbruch noch nichts zu erkennen, doch das zerklüftete Vorgebirge rechts von ihnen und die imposante Bergkette auf der anderen Seite zeichneten sich samtig schwarz im hellen Mondlicht ab. Überall um sie herum bewegte sich die wogende Wasseroberfläche rastlos in endlosen Abwandlungen eines vorbestimmten Musters, das immer nur angedeutet, aber nie vollendet wurde. Es waren keine anderen Schiffe zu sehen, und das einzige Licht war das beharrliche Blinken eines Leuchtturms auf der Isola del Tino ganz am Ende der Halbinsel.

»Dann leg ich mich jetzt hin«, sagte Gemma.

»Sogni d'oro.«

Zen lehnte sich in dem bequemen Stuhl zurück, nippte an seinem Espresso mit Schuss und beobachtete, wie die Küste vorbeiglitt. Im Gegensatz zu Gemma fühlte er sich überhaupt nicht müde, sondern erregt und etwa zwanzig Jahre jünger. Sie hatten es geschafft! Bis jetzt hatte er nicht so richtig daran geglaubt, aber sie hatten es tatsächlich geschafft. Das Boot war auf dem Meer, Lessis Leiche sicher an Bord, und soweit er wusste, hatten sie keine Spuren hinterlassen. Sobald sie in tieferem Gewässer waren, würde er einen der Bootsanker losmachen, ihn an einem unbenutzten Seil befestigen, dieses um die Leiche binden und die ganze Angelegenheit ein für alle Mal über Bord werfen. Dann würde er die Waffe hinterherschmeißen, und sie wären aus allem heraus. Niemand würde je herausfinden können, was wirklich passiert war.

Obwohl er sich so munter fühlte, musste er leicht eingenickt sein, denn ein tutendes Geräusch ließ ihn plötzlich hochschrecken. Zuerst glaubte er, es wäre das geheime Kommunikationsgerät, das er vom Ministerium bekommen hatte, doch als er in seiner Tasche nachsah, stellte er fest, dass das Gerät stumm war. Dann merkte er, dass das Geräusch von dem Navigationsschirm auf der Konsole vor ihm kam, der signalisierte, dass sie die eingegebene Position erreicht hatten.

Mittlerweile war es fast hell, eine dieser langen, langsamen Morgendämmerungen im Sommer, voller Verheißung. Zen wählte aufs Geratewohl einen Punkt auf der Karte, weit draußen im Ligurischen Meer, dann bestätigte er den Kurs und schaltete auf Autopilot. Gehorsam drehte sich das Boot nach Westen und machte sich mit dumpfem Plätschern auf den Weg in tiefere Gewässer. Er betrachtete den Horizont. Auf der Hauptschifffahrtsroute waren einige Positionslichter zu erkennen, doch sie waren alle weit entfernt. Er rieb sich die Hände, die in der morgendlichen Brise ein wenig kalt geworden waren, und ging nach unten.

Im Salon lag Gemma auf der Sitzbank gegenüber von Lessis verschnürter Leiche ruhig schlafend unter einer Decke. Beide schienen es sehr bequem zu haben. Da der Bootscomputer anscheinend alle Arbeit tat, war Zen stark in Versuchung, sich zu ihnen zu legen, widerstand jedoch dem Drang. Stattdessen nahm er den Beutel mit den Lebensmitteln, trug ihn in die geräumige Kombüse und machte sich ein Salamibrötchen. Dann nahm er zwei Dosen Bier aus dem Kühlschrank und ging zurück ins Cockpit.

Und das war auch gut so, denn etwa zu dem Zeitpunkt, als er das Brötchen aufgegessen und die erste Dose Bier getrunken hatte, wurde das beruhigend erotische Schnurren des Motors plötzlich rau und abgehackt und verstummte kurz darauf ganz. Das Boot kam nicht mehr von der Stelle, sondern tanzte nur noch plätschernd auf den flachen Wellen.

Zen öffnete die zweite Dose Bier und trank einen großen Schluck. Sein Wissen über Motoren sämtlicher Art beschränkte sich darauf, sie an- und ausschalten zu können. Dieser Motor hier hatte sich allerdings bereits von alleine ausgeschaltet und zeigte sich absolut unwillig, wieder anzuspringen, egal wie oft Zen den Zündschlüssel drehte und den Anlasser drückte. Er hatte auch keine Ahnung, wie der Schiffsfunk funktionierte, geschweige denn, welche Frequenz er benutzen müsste. Also trieben sie ein paar Kilometer von der toskanischen Küste entfernt in Gewässern, die zu seicht waren, um Lessis Leiche loszuwerden, nach Lee. Früher oder später würde sie hier von einem Fischernetz hochgezogen oder von der Strömung an Land gespült werden, und dann würde man anfangen zu ermitteln. Wenn das passierte, hatte Zen keinerlei Illusionen, wie diese Ermittlungen enden würden. Seine einzige Hoffnung – *ihre* einzige Hoffnung – war, dass sie gar nicht erst beginnen würden.

Er schaltete sein Handy ein, bekam aber kein Signal. Das viel gepriesene Notrufgerät des Ministeriums zu benutzen kam eindeutig nicht infrage. Das Gleiche galt für einen SOS-Ruf über Funk, selbst wenn er den hinkriegte.

Die Küstenwache würde irgendwann jemanden schicken, der sie in den Hafen schleppte – immer noch mit Lessis Leiche an Bord. Doch selbst wenn er nichts unternahm, würden sie schließlich von einem vorbeikommenden Schiff oder Flugzeug entdeckt werden, mit demselben Ergebnis. Und selbst wenn das nicht geschah, würden Wind und Wellen das Boot irgendwann an Land treiben.

Also, seichtes Wasser hin oder her, die erste Priorität bestand darin, den Ermordeten von Bord zu schaffen. Er stöberte in diversen Schubladen und Schränken herum, bis er einen schweren Schraubenzieher fand, dann ging er hinaus an Deck. Eines der Schiffe, die er vorhin gesehen hatte, war jetzt deutlich näher gekommen. Und nicht nur das, es schien direkt Kurs auf sie zu halten. Es galt, keine Minute zu verlieren.

Die zwei modernen Pflugscharanker waren innen am Bug verstaut. An beiden waren Ketten befestigt, die ordentlich aufgerollt danebenlagen. Keiner sah aus, als wäre er je benutzt worden. Wenn man nicht den Strom einschalten und an Land gehen konnte, um den Kühlschrank aufzufüllen, hatte Tommaso offenbar kein Interesse an einem Halt. Zen steckte den Schraubenzieher durch die Öse eines Bolzens, über den Anker und Ketten verbunden waren, und drückte. Nichts passierte. Er blickte auf. Das Schiff war noch ein großes Stück näher gekommen. Es sah stark nach einem Kutter der Küstenwache aus.

Zen ging zu dem zweiten Anker, setzte den Schraubenzieher an und drückte mit aller Kraft. Plötzlich gab der Bolzen nach und begann, sich widerwillig zu drehen. Zen zwang ihn so lange herum, bis er ihn schließlich herausgedreht hatte. Dann zog er den Bolzen heraus und löste den Anker. Er ging in die Knie, packte den Anker mit beiden Händen, hob ihn mühsam hoch und machte sich auf den Weg zurück zum Achterdeck. Während er sich durch den schmalen Gang zwischen Salondeck und Reling manövrierte, schlug eine ungewöhnlich große Welle gegen Backbord und ließ das Schiff dermaßen heftig schlingern, dass Zen der Länge nach aufs Deck fiel. Er knallte so heftig auf den Anker, dass er aufschrie.

Während er dalag und sich fragte, ob er sich etwa seine gerade erst gerichteten Rippen wieder angeknackst hatte, wurde ihm bewusst, dass er sehr leicht hätte über Bord fallen und ertrinken können. Es war alles viel zu schwierig. Er brauchte Hilfe.

»Brauchen Sie Hilfe?«

Die Stimme schien von überall und nirgends zu kommen. Sie klang ohrenbetäubend, rau und war kaum zu verstehen, keine angenehme oder freundliche Stimme, sondern die Stimme der Macht. Zen richtete sich auf einem Ellbogen auf und blickte über die Leinenverkleidung der Reling. Ein Fischerboot lag etwa zehn Meter in Backbord. Auf der Brücke stand ein Mann mit einem großen gelben Megafon in der Hand.

»Brauchen Sie Hilfe?«, wiederholte er.

Zen stand rasch auf. »Nein danke, alles in Ordnung«, brüllte er zurück und formte dabei mit den Händen einen Trichter vor dem Mund. »Trotzdem vielen Dank. Sehr freundlich.«

Der Mann auf der Brücke gab durch ein Zeichen zu verstehen, dass er nichts hören könne. Einen Augenblick später legte der Trawler lautstark den Rückwärtsgang ein, beschrieb dann einen leichten Bogen vorwärts und legte sich längsseits neben die Jacht. Ein Mann in einem schmutzigen grünen Sweatshirt und Jeans sprang leichtfüßig auf das Achterdeck des Motorboots.

»Wo liegt denn das Problem?«, fragte er.

Zen lächelte übers ganze Gesicht. »Ach, eigentlich nichts. Bloß ein kleiner Motorschaden. Sobald ich das hier gerichtet hab, ankere ich und kümmere mich drum.«

Der Mann sah ihn ungläubig an. »Wie viel Meter Kette haben Sie denn?«

Zen hatte natürlich keine Ahnung.

»Hier sind es über fünfzig Meter bis zum Grund. Der Anker würde niemals halten. Wo ist der Motor? Lassen Sie mich mal gucken. Vielleicht ist es nur eine Kleinigkeit.« Er drehte sich Richtung des Hauptsalons, in dem Gemma und Roberto Lessi einander gegenüber ausgestreckt dalagen.

»Nein, warten Sie!«, rief Zen matt.

Aber es war zu spät. Der Mann hatte bereits den in eine der Planken eingelassenen Metallring entdeckt und zog ihn hoch, um eine verdeckte Bodenluke zu öffnen, in der er verschwand.

Am Ende des Salons stand eine Tür auf, die in eine Kabine mit einem großen Doppelbett führte. Zen ging hinein, nahm eine Decke aus einem der Schränke und drapierte sie rasch über Lessis Leiche. Einen Augenblick später kam der Trawlerfischer zurück.

»Die Treibstoffleitung war verstopft«, sagte er und wischte sich die Hände an seinem Sweatshirt ab. »Das kommt häufiger vor, wenn das Boot nicht so oft benutzt wird. Sollte jetzt wieder okay sein.«

Er blickte sich in dem protzigen, fast vulgär luxuriösen Salon um. »Ihre Freunde schlafen aber fest.«

Zen lachte. »Ja, das stimmt! Ist gestern Abend ziemlich spät geworden. Es funktioniert also alles wieder normal?«

Der Mann kam zurück aufs Deck, lief die Stufen zum Cockpit hinauf und drückte den Anlasser. Der Motor sprang sofort an und ging dann in das bekannte gleichmäßige Tuckern über. Zen zückte seine Brieftasche. »Wie viel bin ich Ihnen schuldig?«

»Nein, nein, das ist schon in Ordnung. Gesetz der See, was? Wir helfen uns alle gegenseitig. Man kann nie wissen, wann man selber Hilfe braucht.«

Trotzdem ging er noch nicht. Da hatte Zen eine Inspiration. »Haben Sie einen guten Fang gemacht?«, fragte er.

»Nicht schlecht.«

»Könnten Sie mir vielleicht eine schöne Seebarbe verkaufen?«

Das Gesicht des Mannes verzog sich zu einem breiten Grinsen.

»Davon haben wir einige Prachtexemplare. Warten Sie einen Moment.«

Sie gingen auf das Achterdeck hinunter, und er rief einem der Männer auf dem Trawler etwas zu. Kurz darauf kam der Mann wieder zurück, und etwas Silbrigrotes flog zwischen den beiden Schiffen durch die Luft. Zens Retter fing es mühelos auf und legte es auf die Planken.

»Die zuckt noch«, bemerkte er. »War bis vor etwa einer Stunde noch im Wasser.«

»Wie viel?«

Der Mann hob die Schultern. »Wie viel Sie meinen.«

Zen reichte ihm einen größeren Schein.

»Danke«, sagte er. »Das gibt ein fantastisches Mittagessen.«

»Grazie a Lei, e buon appetito«, rief der Mann und sprang zurück auf das Fischerboot, das schaukelnd seinen Kurs fortsetzte.

Zen verstaute den Fisch im Kühlschrank, dann kehrte er ins Cockpit zurück, legte den Vorwärtsgang ein und ließ den Motor leicht aufheulen. Gehorsam drehte sich das Boot und nahm seinen bisherigen Kurs wieder auf. Er lehnte sich in dem Stuhl zurück, zündete sich eine Zigarette an und war überaus zufrieden mit sich. Er hatte alles geregelt. Alles würde gut werden.

Als er die Zigarette zu Ende geraucht hatte, fiel ihm ein, dass der Anker immer noch ungesichert auf dem Vorderdeck lag, und er ging rasch hinaus, um ihn zu holen. Ein Dröhnen in der Ferne ließ ihn aufblicken. Von Süden kam ein großer Militärhubschrauber mit zwei Rotoren die Küste heraufgeflogen. Zen bückte sich, um den Anker aufzuheben, da bemerkte er, dass in einem der Speigatts ein kleines rechteckiges schwarzes Kästchen lag. Er wusste sofort, dass es sich um das Kommunikationsgerät vom Ministerium handelte. Es musste ihm aus der Tasche gerutscht sein, als er hingefallen war. Er bückte sich, hob es auf und wollte es bereits wieder einstecken. Da fiel ihm auf, dass der rote Knopf auf der Vorderseite hell leuchtete.

Es dauerte einen Moment, bis ihm klar wurde, was genau passiert war. Durch den Sturz musste die Plastikabdeckung über dem roten Knopf abgesprungen sein, und als er nach achtern ging, um mit dem Fischer zu sprechen, war er auf das Gerät getreten. Dadurch war vor etwa fünfzehn Minuten ein Alarm der höchsten Dringlichkeitsstufe an alle Sicherheitskräfte weitergeleitet worden mit kodierten Angaben über die exakte Position eines Bootes, auf dem sich nicht nur der unentbehrliche Dottor Zen befand, der angeblich von unbekannter Seite bedroht wurde, und das vielleicht sogar tödlich, sondern auch der von Kugeln durchlöcherte Leichnam des jüngst verstorbenen Roberto Lessi, einem ehemaligen Angehörigen der Eliteeinheit ROS der Carabinieri.

Der Hubschrauber war mittlerweile näher gekommen und flog nun direkt auf das Boot zu. Zen packte das schwarze Gerät und schleuderte es, so weit er konnte, ins Meer. Gott steh ihm bei, dass das Ding nicht auch noch unter Wasser funktionierte. Er rannte zurück ins Cockpit und jagte den Motor bis zum Äußersten hoch. Der Bug hob sich aus dem Wasser, und das immer raschere Klatschen der entgegenkommenden Wellen brachte das gesamte Schiff zum Erzittern. Alles, was nicht irgendwo befestigt war, setzte sich in Bewegung. Stifte, Zigaretten, Zens Kaffeetasse und Teller purzelten von der Ablage herunter aufs Deck. Dann hatte der Hubschrauber sie eingeholt, schwebte mit ohrenbetäubendem Motorlärm direkt über ihnen. Das Boot bebte immer heftiger, während es klatschend über die Wellen hüpfte und das Wasser auf beiden Seiten in einen Streifen cremigen Schaums verwandelte.

»Was zum Teufel ist denn hier los?«

Die Stimme gehörte Gemma, doch Zen drehte sich nicht um. Sekunden später war sie bei ihm im Cockpit. »Was machst du da? Du fährst ja wie ein Wahnsinniger!«

Er konnte sie jetzt deutlich hören, weil der Hubschrauber abgedreht hatte und wieder beharrlich seinen Kurs nach Nordwesten verfolgte. Zen beobachtete, wie er klein und unbedeutend wurde, dann drosselte er den Motor und fing schallend an zu lachen. »Ich konnte mich nicht beherrschen! Du weißt schon, der kleine Junge in mir. Ich wollte nur mal sehen, wie schnell es fährt.«

Gemma verdrehte die Augen. »Ich bin von der Bank gefallen und hab mir den Kopf am Tischbein gestoßen.«

»Tut mir leid, es war gedankenlos von mir.«

Nun war alles wieder still und friedlich.

»Doch davon abgesehen, hast du gut geschlafen?«

»Wie ein Baby. Auf Booten schlafe ich immer sofort ein.«

»Immer?«, fragte Zen mit schelmischem Blick.

»Nun ja, fast immer. Wie wars hier?«

»Sehr ruhig.«

»Du musst todmüde sein.«

»Eigentlich nicht. Ich genieße das. Ich hatte ganz vergessen, wie viel Spaß Boot fahren macht. Man muss sich immer um irgendwas kümmern. Das hält einen wach und auf Trab.«

»Möchtest du dich nicht ein bisschen ausruhen? Ich passe auf und ruf dich, wenn irgendwas ist.«

»Nicht bevor wir unseren Passagier abgeladen haben.«

»Und wann wird das sein?«

Zen zeigte auf den Bildschirm. »Wenn wir hier sind. Ich weiß allerdings nicht genau, wie lange das dauert.«

Gemma drückte eine Taste an einer Seite des Monitors und studierte das Display, das über der Karte erschien. »Bei der augenblicklichen Geschwindigkeit etwa vierzig Minuten.«

»So lange halte ich noch durch. Besonders wenn ich noch eine Tasse Kaffee bekomme.«

»Ich mach welchen.«

Dreiundvierzig Minuten später verkündete der Navigationsbildschirm erneut mit eindringlichem Ton, dass sie ihr angepeiltes Ziel erreicht hatten. Mittlerweile hatte er den Anker aufs Achterdeck gebracht, ein Tau von einer Klampe gelöst und neben dem Anker aufgerollt.

Der Wassertiefe unter dem Schiffsrumpf war selbst Tommasos hochmodernes Echolot nicht gewachsen. Es meldete nur unsinnig niedrige Werte, die sich offenbar auf einen vorbeiziehenden Fischschwarm bezogen. Doch laut Karte befanden sie sich in einer Zone mit einer Meerestiefe von über dreihundert Metern. Zen schaltete den Motor aus und betrachtete das Meer um sie herum, zunächst mit dem bloßen Auge, dann mit einem Fernglas, das Gemma ihm geholt hatte. Die italienische Küste war nur noch schemenhaft im Dunst zu erkennen, und an Schiffen waren lediglich zwei Frachter und eine Fähre zu sehen, alle weit am Horizont.

Sie holten die Leiche aus dem Salon, stellten sie aufrecht auf das Achterdeck und lehnten sie gegen den Dollbord. Mittlerweile war sie steif wie ein Brett und viel leichter zu handhaben. Zen kletterte die Stufen zur Badeplattform hinunter, die achtern über das Wasser ragte. Während Gemma das untere Ende der Leiche hochhob und vorsichtig über die Reling kippte, nahm Zen die Last unten entgegen und ließ sie auf den Kunststoffboden sinken. Dann kletterte er wieder hinauf, um den Anker zu holen. Gemma folgte ihm mit dem Tau nach unten.

So dicht am Wasser roch die Luft frisch und belebend. Ab und zu wurden sie von kleinen Wellen bespritzt, während sie die beiden Tauenden immer weiter um Hals und Füße der Leiche wickelten. Dann sicherte Zen jedes Ende mit mehreren Schlaufen und zog beide durch das Ankerauge, bevor er das Ganze noch einmal fest verknotete und zu guter Letzt die beiden losen Enden mit einem Kreuzknoten zusammenband. Schließlich stand er auf und betrachtete sein Werk.

»Das sollte halten.«

»Sollten wir nicht irgendwas sagen?«, fragte Gemma.

»Was denn?«

»Ich weiß nicht. Gibt es nicht irgendein Gebet für eine Seebestattung? ›Wir übergeben deinen Leib den Wellen und deine Seele dem allmächtigen Gott.‹ So was in der Art.«

Zen verzog das Gesicht. »Lass es uns bei dem Leib bewenden lassen. Du schiebst ihn da rüber, während ich den Anker anhebe.«

Sie schoben das verschnürte Bündel ganz nah an den Rand der Plattform. Dort legte Zen den Anker wieder vorsichtig auf die Leiche, wie einen Kranz.

»Okay«, sagte er mit einem Seufzer der Erleichterung. »Eins, zwei, drei …«

Das darauf folgende Platschen war beinah lächerlich unspektakulär. Einige Sekunden lang konnten sie noch beobachten, wie das weiße Gebilde in Spiralen im Wasser nach unten sank, allmählich kleiner wurde und an Substanz verlor, bis es schließlich ganz verschwunden war. Gemma bekreuzigte sich.

»Was ist mit der Waffe?«, fragte sie.

Zen schnipste mit dem Finger. »Richtig.«

Sie kletterten wieder die Leiter zum Achterdeck hinauf. Zen ging in den Salon, nahm Lessis Pistole aus der Schublade, in die er sie gelegt hatte, kehrte zurück an Deck und warf sie über Bord. Gemma kam gerade aus dem Badezimmer, wo sie sich die Hände gewaschen hatte.

»Was machen wir jetzt?«, fragte sie.

Zen betrachtete sie, wie sie da mit unerschütterlicher und erwartungsvoller Miene im Sonnenschein stand. Er wusste genau, was er gerne tun wollte, doch es schien nicht der richtige Zeitpunkt, zumal er sich noch nicht mal die Hände gewaschen hatte. Dann hatte er eine Idee, die so vollkommen verrückt war, dass er sofort wusste, er musste es tun. »Lass uns zu Mittag essen«, sagte er.

Gemma rümpfte die Nase. »Käse und Salami von der Autobahn? So hungrig bin ich nun auch wieder nicht.«

»Ich hab eine bessere Idee.«

Er ging ins Cockpit zurück und konsultierte die Karte. Ja, da war es. Er klickte ein bisschen herum, stellte den neuen Kurs ein und ließ den Motor an. Das Boot drehte sich mit dem Bug nach Südosten und begann sogleich den Wellen zu zeigen, wer hier der Boss war.

»Wo fahren wir hin?«, fragte Gemma.

»Ich leg mich jetzt schlafen. Achte auf andere Schiffe und weck mich rechtzeitig, wenn uns irgendwas zu nahe kommt.«

»In Ordnung, aber wo fahren wir denn hin?«

Zen lächelte geheimnisvoll. »Ins Gefängnis.«

»Gefängnis?«

Er nickte. »Wie bei diesem Brettspiel: ›Gehen Sie in das Gefängnis. Begeben Sie sich direkt dorthin.‹«

»Was redest du für einen Unsinn?«

»Bis später.«

Geboren werden ist verwirrend. Sterben könnte sich vielleicht als noch verwirrender erweisen. Selbst das Aufwachen kann manchmal verdammt verwirrend sein. Das waren Aurelio Zens erste Gedanken, als er abrupt aus einem traumlosen Schlaf erwachte. Warum ich? Warum hier? Warum jetzt?

Die Antwort auf diese Fragen, als sie ihm dann schlagartig kam, schien unwiderlegbar. In seiner besinnungslosen Erschöpfung hatte er sich genau dort hingelegt, wo Roberto Lessis Leiche all diese Stunden gelegen hatte. Das würde bestimmt Unglück bringen. Denn man konnte den Tod auch nicht bannen, weder durch Gesten noch durch Worte. Gegen ihn gab es einfach keine wirkungsvolle Gesto di Scongiuro, und er war stundenlang mit ihm in Berührung gewesen, und das auch noch schlafend, was die Sache nur noch schlimmer machte.

Aber war denn der Geist von Lessi eine Bedrohung, fragte er sich, während er immer noch in der flachen Kuhle lag, die er und der Leichnam seines Opfers in die Lederpolster gemacht hatten. Seine Mutter hatte in der

Wohnung in Rom zu ihm gesprochen, doch das war keine große Überraschung für ihn gewesen. Er hatte immer gewusst, dass sie die Macht hatte, mit ihm in Kontakt zu treten, wann immer sie wollte. Aber Lessi? ›Wir übergeben deinen Leib den Wellen und deine Seele dem allmächtigen Gott.‹ Nein, Lessi hatte diese Macht nicht, dessen war sich Zen sicher. Aber vielleicht seine Freunde?

»Die packen die Flaschen nicht in den Karton, die falten den Karton um die Flaschen herum.« Dieser merkwürdige Satz schien ihm jetzt einigermaßen klar. Er hatte sich damit sagen wollen, dass es mehr als eine Lösung für ein Problem gab. So hatte sein Verstand immer gearbeitet, auf eine spielerische, assoziative Weise, doch meist stellten sich seine Einsichten als richtig heraus. Zu dumm, dass er das damals nicht begriffen hatte. Und was hatte seine Mutter ihm gesagt? »Dreh solchen Leuten bloß nie den Rücken zu, das ist alles. Sieh ihnen nicht in die Augen und dreh ihnen niemals den Rücken zu.« Sie hatte recht gehabt, wie immer. Diesmal war er noch einmal davongekommen, doch als er aufstand, schwor er sich, nie wieder jemandem den Rücken zuzudrehen.

Erst als er sich wieder in der Vertikalen befand, wurde ihm der wahre Grund klar, weshalb er aufgewacht war. Das Boot lag reglos da, und kein Laut war zu hören. Sein erster Gedanke war, dass der Motor wieder ausgefallen sein musste, doch das würde nicht erklären, warum es nicht einmal schaukelte. Nun war er wirklich verstört und lief aufs Achterdeck hinaus. Ein Haufen Frauenkleidung lag auf den Planken. Er blickte um sich. Das Erste, was er sah, war Land, irgendeine felsige Küste. Sie mussten auf Grund gelaufen sein, dachte er schuldbewusst. Er war eingeschlafen, und Gemma hatte das Boot irgendwie stranden lassen.

Aber wo war Gemma? Keine Spur von ihr im Cockpit oder an Deck, abgesehen von den ausgezogenen Kleidungsstücken. Er rief mehrmals laut ihren Namen. Keine Antwort. O Gott, nein! War sie etwa über Bord gefallen, wie es ihm beinah passiert wäre?

»Ciao, caro!«

Die Stimme kam von hinten, vom Land. Er drehte sich um und erblickte in der flimmernden Mittagshitze Gemmas Gestalt, die ihm von einem Sandstrand zuwinkte. Zen sah sich verblüfft um. Das Boot schien sicher vertäut im Wasser einer nur wenige Meter langen, schmalen Bucht zu liegen, die durch eine flache Landspitze von dem bisschen Wind, das wehte, geschützt wurde. Hinter dem Strand stieg das Land steil an, das mit wirrem Gestrüpp, Büschen und verkümmerten Bäumen bewachsen war. Anscheinend führten keinerlei Pfade zum Strand hinunter, und es waren auch keine anderen Boote zu sehen.

»Hier ist es herrlich«, rief Gemma. »Komm rüber.«

»Wie denn?«

»Schwimm! Bin ich auch.«

»Ich hab keine Badesachen.«

»Ich auch nicht. Das ist meine Unterwäsche.«

Zen machte eine vage Geste. Es schien ihm wohl nichts anderes übrig zu bleiben. Er ging zurück in den Salon und zog sich aus, dann wagte er sich wieder aufs Deck hinaus. Verlegen wie ein Schuljunge kletterte er die Leiter hinunter auf die Badeplattform, sprang ins Wasser und schwamm an Land. Das Wasser war warm, und das Salz bildete einen samtigen Film auf der Haut. Er schüttelte sich und ging zu der Stelle, an der Gemma lag. Dort warf er sich neben sie in den heißen Sand.

»Wo um alles in der Welt sind wir?«, fragte er.

»Auf einer Insel namens Gorgona. Wir waren links von ihr, und sie sah so fantastisch aus, dass ich rübergefahren bin, um sie mir näher anzugucken. Dann sah ich diese Bucht, bin reingefahren und hab einfach gehalten.«

»Du hättest mich wecken sollen! In der Einfahrt hätten Felsen unter Wasser sein können. Du hättest das Boot kaputt fahren können!«

»Hab ich aber nicht. Ist es denn nicht wunderbar? Kein Mensch hier, und es sieht auch nicht so aus, als wär hier jemals wer gewesen. Das ist das Paradies! Bestimmt viel schöner als das, wo du hinwolltest.«

»Genau hier wollte ich hin.«

»Aber du hast doch gesagt, wir führen ins Gefängnis.«

»Gorgona ist eine Gefängnisinsel. Deshalb ist auch keiner hier.«

Gemma sah ihn entsetzt an.

»O mein Gott, dann kommen sie sicher gleich mit Waffen und verhaften uns wegen unbefugtem Betreten!«

»Das möchte ich bezweifeln. Hier sind jugendliche Straftäter aus den Slums der großen Städte untergebracht. Die haben nicht die Sorte Freunde, die eine Flucht mit einem Motorboot organisieren könnten. Die Sicherheitsvorkehrungen sind minimal.«

»Woher weißt du das?«

»Hier hat man mich hingebracht, nachdem ich an jenem Abend aus Versilia verschwunden bin. Damals hab ich gedacht, wie schön es doch wäre, eines Tages mit dir hierher zurückzukehren, aber natürlich habe ich das nie für möglich gehalten.«

Gemma lächelte ihn an. »Ich wusste gar nicht, dass du damals an mich gedacht hast.«

»Nun, das hab ich. Aber jetzt denke ich ans Mittagessen. Ich hab da so einen Fisch gekauft …«

»Den hab ich im Kühlschrank gefunden. Wie bist du denn daran gekommen?«

»Ach, ich hab ein vorbeifahrendes Fischerboot angehalten.«

Sie lachte. »Einfach so, wie ein Taxi?«

»So ähnlich. Jedenfalls sollte er sehr gut sein. Was machen wir damit?«

Gemma setzte sich auf und rieb sich den Sand vom Bauch. Ihre dunklen, vorstehenden Brustwarzen zeichneten sich in dem nassen Büstenhalter ab. »Ist alles vorbereitet«, sagte sie. »Ich hab ihn sauber gemacht, entschuppt und in eine Marinade aus Öl und Zitronensaft gelegt. Sollte mittlerweile durchgezogen sein. Etwa fünfzehn Minuten im Grill, dann können wir essen.«

Zen stand auf und ging über den Strand bis an den Fuß des felsigen Abhangs. Hier war der Boden glühend heiß. Ungeachtet der Schmerzen ging er einige Schritte bergauf, inspizierte das Gestrüpp, rieb hier und da ein Blatt zwischen den Fingern und riss schließlich zwei Zweige ab. Dann sprang er zurück auf den Sand und grub seine brennenden Fußsohlen für einen Moment in kühlere Sandschichten. Als er wieder normal gehen konnte, kehrte er zu Gemma zurück und überreichte ihr die Zweige. »Für dich«, sagte er mit einer ironischen Verbeugung.

Sie inspizierte das Geschenk. »Wilder Thymian und Rosmarin. Perfekt! Aber sie werden im Wasser verderben.«

»Das krieg ich schon hin. Und jetzt komm, ich hab wahnsinnigen Hunger.«

Sie schwammen zum Boot zurück, Zen auf dem Rücken und nur mit den Beinen paddelnd. Die Kräuter hielt er mit einer Hand aus dem Wasser. Auf dem Badedeck nahm Gemma sie ihm ab und ging in das bemerkenswert eingerichtete Badezimmer, um zu duschen. Als sie wiederkam, hatte sie, nach diversen subtilen Anzeichen zu urteilen, nichts weiter als ein Kleid übergeworfen.

Gemma deckte den Tisch auf dem Achterdeck unter einer Segeltuchmarkise, die Zen nach ihren Anweisungen herunterkurbelte. Dann holten sie das Essen und nahmen den Weißwein aus dem Kühlschrank, den Gemma schon vorher hineingestellt hatte. Der Essplatz war angenehm kühl und luftig. Sie aßen mit Heißhunger von dem saftigen Fisch und knuspriges Brot, das sie mit dem herben, spritzigen Wein herunterspülten.

»Gott, hier ist es ja so schön!«, rief Gemma. »Kaum zu glauben, dass das ein Gefängnis ist.«

Zen nickte. »Ist es aber. Und wir sind Gefangene.«

Sie runzelte die Stirn. »Du meinst, wir können hier nicht weg? Hab ich nichts dagegen.«

»Nein, wir müssen nicht hierbleiben. Wir sind Gefangene auf Bewährung, wir können kommen und gehen, wann wir wollen, bis zu einem gewissen Punkt. Aber trotzdem sind wir Gefangene.«

»Was redest du da, Aurelio?«

Es war das erste Mal, dass sie ihn so genannt hatte. Er schob seinen Teller beiseite und zündete sich eine Zigarette an. »Ich weiß gar nicht, mit wie vielen Fällen ich zu tun hatte, die nie gelöst worden wären, wenn nicht eine der beteiligten Personen aus dem einen oder anderen Grund beschlossen hätte, mit der Polizei zusammenzuarbeiten. Nun ja, hier ist es das Gleiche. Ich habe einen Mann getötet, und du hast mir geholfen, die Leiche zu beseitigen. Die Chancen, dass wir ungeschoren davonkommen, sind, glaube ich, sehr gut, aber nur, solange wir uns gegenseitig vertrauen. Und ich meine nicht nur jetzt, in diesem besonderen Augenblick hier im Paradies. Ich meine draußen in der realen Welt – und für immer. Das habe ich gemeint, als ich sagte, wir wären Gefangene. Nicht des Staates, sondern der eine vom anderen.«

Gemma lächelte geheimnisvoll. Anscheinend wog sie diverse Antworten ab. »Dann musst du halt darauf achten, dass du immer sehr nett zu mir bist«, sagte sie schließlich.

»Und umgekehrt.«

»Aber du hast mehr zu verlieren. Schließlich hast du ihn erschossen. Ich war die ganze Zeit gefesselt, weißt du das nicht mehr? Eine hilflose Frau in Gefahr. Das Entscheidende ist jedenfalls, dass wir eng in Kontakt bleiben müssen, damit wir uns gegenseitig im Auge behalten und aufpassen können, dass der andere nicht auf dumme Gedanken kommt. Am besten wäre es vermutlich sogar, wenn du bei mir einziehst, zumindest vorläufig. Sonst liege ich nachher wach und mache mir Sorgen, was du im Schilde führst. Und ich hasse schlaflose Nächte. Es sei denn natürlich, ich hab was Besseres zu tun.«

Sie sahen sich sehr lange an. Dann gähnte Gemma laut und stand auf. »Das Essen und der Wein haben mich müde gemacht. Ich werd mich jetzt ein bisschen hinlegen. Komm doch mit, wenn du magst.«

Sie ging durch den Salon in die vordere Kabine, wo sie sich auszog und aufs Bett legte. Zen blieb noch einen Augenblick, wo er war, und blickte hinauf zum Himmel. Von Westen zog ein breites Wolkenband herüber. Das Wetter änderte sich, und nicht zum Besseren. Sie würden bald zurückfahren müssen. Er warf seine Zigarette in das klare, blaue Wasser und folgte Gemma nach drinnen.

Entführung auf Italienisch

Kommissar Aurelio Zen reist für einen Spezialauftrag nach Perugia: Ruggero Miletti, das Haupt einer der mächtigsten Familien Italiens, wurde entführt. Alles scheint sich gegen den Neuankömmling aus Rom verschworen zu haben. Doch im Kampf gegen Korruption und Mafia entwickelt Aurelio Zen seine wahren Qualitäten.

Vendetta

Kommissar Aurelio Zen steht vor einem Rätsel: ein vierfacher Mord in der festungsartig ausgebauten Villa eines reichen Sarden, in die eigentlich niemand unbemerkt eindringen kann. Die Bluttat ist verewigt, da es zu den Gepflogenheiten des Hausherrn Oscar Burolo gehörte, sein Leben auf Video aufzuzeichnen – jetzt dokumentiert die Anlage seinen Tod.

Himmelfahrt

Rom, Sankt Peterskirche: An einem grauen Novembernachmittag stürzt Prinz Ludovico Ruspanti in den Tod. Des Prinzen Himmelfahrt wird ein Sonderfall für Kommissar Aurelio Zen. Als er versucht, in die dunklen Geheimnisse des Vatikans einzudringen, sieht er sich einer Mauer des Schweigens gegenüber. Denn Zeuge für Zeuge verstummt für immer.

Tödliche Lagune

In Venedig soll Aurelio Zen das Verschwinden eines Amerikaners untersuchen. In der Nähe der Laguneninsel, die dem Amerikaner gehörte, wird ein Skelett gefunden und Zen glaubt, Zusammenhänge zu erkennen. Aber im dunstigen Licht Venedigs zeigen die Dinge erst auf den zweiten Blick ihr wahres Gesicht.

Così fan tutti

Kommissar Aurelio Zen lebt im Chaos: Man hat ihn nach Neapel strafversetzt, seine Frau will sich scheiden lassen, und seine Geliebte erwartet ein Kind von ihm. Als in der Stadt am Vesuv Mafiosi und korrupte Politiker spurlos verschwinden, macht er sich auf die Suche nach den Drahtziehern – und gerät dabei selbst in höchste Lebensgefahr.

Schwarzer Trüffel

Aurelio Zen soll einen Fall ein einem Trüffel- und Weindorf im malerischen Piemont aufklären: Die gesamte Produktion des von Kennern geschätzten »Barbaresco« steht auf dem Spiel, denn Winzer Aldo Vincenzo wurde ermordet. Der Kommissar stößt auf sorgsam gehütete Geheimnisse rund um Wein, Trüffel und alte Feindschaften.

Sizilianisches Finale

Kommissar Aurelio Zen erhält den Auftrag, vor dem er sich immer gefürchtet hat: Er muss nach Sizilien, wo er auf Geheiß des Innenministeriums die Arbeit der erst kürzlich ins Leben gerufenen Anti-Mafia-Einheit der Staatspolizei überwachen soll. Da das Innenministerium mit der Staatspolizei rivalisiert, steht er von Anfang an zwischen den Fronten.

Im Zeichen der Medusa

Kommissar Aurelio Zen wird in die Dolomiten geschickt, wo die Leiche eines vermissten Offiziers der Gebirgsjäger aufgetaucht ist. Als eine weitere Leiche mit der rätselhaften Medusa-Tätowierung gefunden wird, merkt Zen: Er ist einer Verschwörung auf der Spur, in die höchste Kreise verwickelt sind.

Michael Dibdin im Unionsverlag

Alle 11 Kriminalromane mit Commissario Aurelio Zen sind bereits als E-Book erhältlich:

Mehr über Autor und Werk auf *www.unionsverlag.com*

GIUSEPPE FAVA *Ehrenwerte Leute*
Als die junge Lehrerin Elena in einem sizilianischen Bergdorf eine Stelle antritt, wird sie über Nacht zur Respektsperson. Wer sie beleidigt, wird am nächsten Morgen tot auf der Piazza gefunden. Ein unerklärliches Netz ist um sie gesponnen. Sie steht unter dem Schutz »ehrenwerter« Leute und weiß nicht warum. Das Dorf wird ihr zum Alptraum.

GIUSEPPE FAVA *Bevor sie Euch töten*
Vier Männer halten sich in den Bergen Siziliens versteckt, alle gegen ihren Willen zu Banditen geworden. Denn in dieser Welt des Umbruchs nach dem Weltkrieg gilt ein Menschenleben wenig. Es bleibt wenig Zeit zum Nachdenken in diesem verzweifelten Sizilien; es bleibt kaum Zeit, ein paar Augenblick zu leben, »bevor sie euch töten«.

LUIGI BARTOLINI *Fahrraddiebe*
Ein Mann muss mitansehen, wie sich eine dreiste Räuberbande mit seinem schönen neuen Fahrrad davonmacht. Doch was versteht die Polizei Roms schon von der Liebe zum Fahrrad und von der Freiheit, die es verkörpert? Melancholisch und humorvoll erzählt Bartolini von der abenteuerlichen Suche und verdichtet sie zu einer Parabel der menschlichen Existenz.

ROBERTO ALAJMO *Mammaherz*
Cosimo betreibt eine Fahrradwerkstatt in Calcara, einem vergessenen Dorf auf Sizilien. Doch weil die Kunden ausbleiben, sitzt er den lieben langen Tag vor seinem Laden und lässt sich von seiner Mamma widerwillig umsorgen. Bis ihn eine Gruppe Fremder zwingt, ein kleines Kind in seine Obhut zu nehmen, was sein eintöniges Leben gewaltig stört.

XAVIER-MARIE BONNOT *Die Melodie der Geister*
Der Marseiller Polizeikommandant Michel de Palma, auch »Baron« genannt, soll Licht in den Mord an Dr. Delorme bringen. Warum liegt Freuds Werk Totem und Tabu geöffnet vor dem toten Wissenschaftler? Gibt es eine Verbindung zu dessen früheren Reisen nach Neuguinea? Der »Baron« taucht ab in die Tiefen der Marseiller Unterwelt.

XAVIER-MARIE BONNOT *Im Sumpf der Camargue*
Der Marseiller Polizeikommandant Michel de Palma wird von Ingrid Steinert um Hilfe gebeten: Ihr Ehemann, ein milliardenschwerer Industrieller, ist verschwunden. Kurz darauf wird seine Leiche in den schlammigen Sümpfen der Camargue gefunden. Und es bleibt nicht die einzige Leiche. Ist die Tarasque, das Ungeheuer aus den Sümpfen, mehr als ein Mythos?

SIZILIEN FÜRS HANDGEPÄCK *Geschichten und Berichte*
Sebastiano Vassalli wird Zeuge des ersten politischen Mafiamordes · Truman Capote schwärmt von Taormina · Edmondo De Amicis fährt mit der Eisenbahn um den Vulkan · Lara Cardella möchte sich ausleben · Iain McCalman erkundet das Haus von Cagliostro · Vitaliano Brancati warnt vor den Folgen sizilianischer Blicke · Dies und vieles mehr über Sizilien …

PROVENCE FÜRS HANDGEPÄCK *Geschichten und Berichte*
Jean-Henri Fabre: Die Zikade · Frédéric Mistral: Kindheit im Dorf der Froschesser · Marcel Pagnol: Mit dem Maultierkarren ins Gebirge · Vincent van Gogh: Briefe aus Arles · Alphonse Daudet: Das Leuchten der Camargue · Walter Benjamin: Haschisch in Marseille · Jean-Claude Izzo: Stadt des Lichts und des Windes · Dies und vieles mehr über die Provence …

Mehr über alle Bücher und Autoren auf *www.unionsverlag.com*

Driss Chraïbi *Die Zivilisation, Mutter!*
Der Weg dieser marokkanischen Mutter führt aus einer archaischen Welt mitten in die Turbulenzen dieses Jahrhunderts. Stolz, sprühend und selbstbewusst erobert sie eine unbekannte Welt – den Markt, die Natur, die Politik – und stellt, mit ihrer Wahrhaftigkeit, ihre Umwelt auf die Probe.

Rafael Sabatini *Der Seefalke*
Sir Oliver Tressilian wird fälschlicherweise des Mordes beschuldigt und als Sklave auf eine spanische Galeere verkauft. Als die Korsaren von Algier das Schiff überfallen, schließt sich Sir Oliver ihnen an und wird zum gefürchteten »Seefalken« – bis er eines Tages zurückkehrt, um sich zu rächen und um das Herz seiner Angebeteten zu gewinnen.

Henry De Monfreid *Die Geheimnisse des Roten Meeres*
Henry de Monfreid stammte aus bestem Hause, war befreundet mit Matisse, Gauguin, Cocteau. Nach einigen frustrierenden Jahren als Ingenieur brach er 1911 auf ans Rote Meer. Er kaufte sich ein Schiff und lebte unter Fischern, Perlentauchern, Schmugglern, Piraten, Waffenhändlern als einer der Ihren. Seine Schilderungen machten ihn zur Legende.

Nagib Machfus *Die Midaq-Gasse*
Einst glänzte die Midaq-Gasse wie ein Stern in der Geschichte des mächtigen Kairo. Inzwischen sind die Arabesken am berühmten Kirscha-Kaffeehaus bröcklig und morsch geworden, aber immer noch ist die Gasse erfüllt vom Lärm ihres eigenen Lebens. Hier laufen die Fäden zusammen, hier strömen die Menschen ein und aus – Mikrokosmos einer Welt im Umbruch.

Mehr über alle Bücher und Autoren auf *www.unionsverlag.com*

Die Marseille-Trilogie: Total Cheops, Chuormo, Solea
Fabio Montale: ein kleiner Polizist mit großem Herz. Für ihn ist es reiner biografischer Zufall, ob einer Polizist wird oder Gangster. Freund bleibt Freund. Deshalb rächt Fabio zwei seiner Gangster-Freunde, die ermordet wurden. Das Spiel wird allerdings nach Regeln von Leuten gespielt, denen ebenso egal ist, ob einer Polizist ist oder Verbrecher.

Aldebaran
Im Hafen von Marseille liegt die Aldebaran fest, der Reeder ist Konkurs gegangen. Die letzten drei Männer an Bord warten ohne wirkliche Hoffnung darauf, wieder auslaufen zu können. Sie erzählen von ihrer Vergangenheit, von Liebe und Liebschaften, auf der Suche nach einer Zukunft in einer Stadt voller Erinnerungen.

Die Sonne der Sterbenden
Als man den Leichnam des Clochards Titi unter der Bank einer Pariser Metrostation findet, zieht dessen einziger Kumpel Rico Bilanz: Sein Leben ist verpfuscht. Rico beschließt, aus dem eisigen Pariser Winter abzuhauen, in den Süden. In Marseille versucht er, Lea wiederzufinden, seine erste Liebe - und schöpft zum ersten Mal wieder Hoffnung.

Leben macht müde
Es sind die kleinen Leute – Prostituierte, Matrosen, Hafenarbeiter, illegale Einwanderer –, die sich in diesen sieben Geschichten mit den großen Fragen des Daseins konfrontiert sehen. Izzos Geschichten handeln von der Suche nach dem unfassbaren Glück und der Hoffnung, in der Liebe zu sich selbst zu finden.